AF274004

Zum Buch:

Neben zwei toten Fußballern und allerlei ungeklärten Fragen muss sich Maders Team bei seinem vierten Fall zusätzlich zwei dubiosen Bestattern widmen, die auf ganz eigene Ideen kommen, als ihre Firma den Auftrag bekommt, diese beiden Bestattungen zu übernehmen. Und schließlich taucht noch ein von Interpol gesuchter Waffenhändler auf der internationalen Münchner Konferenz zur Sicherheitslage auf dem Balkan auf und sorgt für Turbulenzen.

Zum Autor:

Harry Kämmerer, Jahrgang 1967, lebt in München und arbeitet in einem Buchverlag. Er ist Autor zahlreicher Kurzgeschichten und hat zwei Hörspielserien fürs Radio geschrieben und produziert. Zu seinen Kriminalromanen zählen die Bände mit dem Ermittlerteam rund um den Münchner Kriminalrat Karl-Maria Mader, die mit »Isartod« beginnen. Weiterhin gibt es die Krimireihe »Mangfall ermittelt« und die Romane »Drachenfliegen« und »Oh, Mama!«. Harry Kämmerers Liebe zu Musik und Kabarett prägt seine Bücher und seine Lesungen mit Livemusik.

HARRY KÄMMERER

LETZTE HALBZEIT

Kriminalroman

HarperCollins

Die Originalausgabe erschien 2014 unter dem Titel
Pressing bei Graf Verlag.

1. Auflage 2024
© 2024 by Harry Kämmerer
Neuausgabe
© 2024 HarperCollins in der
Verlagsgruppe HarperCollins Deutschland GmbH, Hamburg
Umschlaggestaltung von Hauptmann & Kompanie, Zürich
Umschlagabbildung von berni0004 / shutterstock
Gesetzt aus der Berling
von GGP Media GmbH, Pößneck
Druck und Bindung von CPI books GmbH, Leck
Printed in Germany
ISBN 978-3-365-00639-9
www.harpercollins.de

Druckprodukt mit finanziellem
Klimabeitrag
ClimatePartner.com/15109-2009-1001

MIX
Papier
FSC FSC® C083411

Für Jojo & die 06er

Pressing, Pressing, Doppelpass!
Hey, ihr seid's ned hier zum Spaß!
Geh halt vor, geh halt vor,
hinten ist nur die Eins im Tor.
Abwehr, Abwehr, bist du blöd,
siehst du denn den Zehner ned?
Pressing, Pressing, Doppelpass!
Hey, ihr seid's ned hier zum Spaß!
Schiri, Foul! Ja, bist du blind?
Du Depp, das sieht doch jedes Kind,
Lass das Spiel nur weiterlaufen,
nächstes Mal werd ich dich kaufen.
Was sind denn so die Kosten
für 'nen Sieg bei dir, Vollpfosten?
Pressing, Pressing, Doppelpass!
Hey, ihr seid's ned hier zum Spaß!
Jetzt lauft's halt endlich mal, ihr Luschen!
Wer ned rennt, geht gleich zum Duschen!
Pressing, Pressing, Doppelpass!
Hey, ihr seid's ned hier zum Spaß!

Letzte Halbzeit ist nach *Isartod, Die schöne Münchnerin* und *Heiligenblut* der vierte Kriminalroman rund um das Team von Kriminalrat Mader bei der Münchner Mordkommission.

Karl-Maria Mader: Chef der Mordkommission I in München, Mitte fünfzig, Dackelbesitzer, wohnhaft im betonierten Neuperlach, liebt Frankreich und Catherine Deneuve (Fernbeziehung, einseitig).

Soulman Klaus Hummel mag Musik und Krimis, fantasievoller Kriminalbeamter, unsterblich verliebt in die Kneipenwirtin Beate. Mit der groovt es im Moment leider gar nicht, sodass Hummel viel Zeit hat, über sich, seine Zukunft, die Liebe und seine Karriere als Krimiautor nachzudenken.

Frank Zankl ermittelt wie immer mit einer Prise zu viel Testosteron. Ausgleich für zu Hause. Da hat seine Frau Jasmin die Hosen an. Und Tochter Clarissa natürlich.

Dosi Roßmeier ist die niederbayerische Seele der Münchner Kripo: loses Mundwerk, fintenreich Klein, stark, rothaarig – »das Sams« (Zitat Zankl). Ihr Freund Fränki will sie unbedingt heiraten. Sie weiß noch nicht, ob sie das gut findet.

Rechtsmedizinerin Dr. Gesine Fleischer kümmert sich hingebungsvoll um die Toten – in jeder Verfassung.

Dezernatsleiter Dr. Günther bewegt sich gerne in der Münchner Bussigesellschaft. Er mag Lyrikabende, gutes

Essen, Champagner. Stets besorgt um das gute Ansehen der Polizei. Manchmal kümmert er sich auch um die eigenen Leute. Will Mader immer noch nach Regensburg wegloben.

Gerlinde von Kaltern, Hummels Literaturagentin, dreht etwas am Rad. Endlich schickt Hummel ihr neue Texte, aber keineswegs das, was sie will oder der Markt braucht. Sie zweifelt an Hummels geistiger Verfassung.

Bajazzo ist und bleibt der klügste Dackel Münchens. Teilt mit Mader so manche Ansicht und auch Brühwürfel. Behält den Überblick und zieht die Fäden im Hintergrund.

POKAL!

»Die Spieler kommen aus den Kabinen. Was wird noch geboten nach dieser rustikalen ersten Halbzeit in Giesing? DFB-Pokal! 1860 gegen Aichach 05. Ja, ein kleines Wunder: Der Regionalligist Aichach 05 im legendären Stadion an der Grünwalder Straße. Aichach hat kurzfristig auf sein Heimrecht verzichtet: Fliegerbombe unter dem Rasen. Das hat das altehrwürdige Stadion an der Grünwalder Straße vor ein paar Jahren erlebt. 2012 waren auch hier Hinterlassenschaften aus dem Zweiten Weltkrieg gefunden worden. Nach schlecht besuchten Jahren in der Allianz Arena sorgen die Sechzger in der alten Heimat Giesing für ausverkaufte Spiele. Auch heute natürlich, denn DFB-Pokal steht auch nicht jede Woche auf dem Programm. Der Termin ist perfekt: ein wunderbarer Augusttag, 18 000 Zuschauer, Riesenstimmung. Im Moment allerdings vor allem aufseiten der Gäste. Denn Aichach hat die erste Halbzeit dominiert. Nicht schön, aber wirkungsvoll. Es steht 1:0 für Aichach durch Lucijan Djuvic. Der robuste Stürmer von 05 ist bisher der auffälligste Mann auf dem Platz. Großes Laufpensum, Rieseneinsatz.

Jetzt Anstoß Sechzig. Lex zu Mölders. Der spielt zurück in die Abwehr. Buchta leitet zu Dressel. Der legt quer zu Türk. Dazwischen ein Spieler von Aichach. Weg ist der Ball: Tschinga, der kleine Koreaner hat ihn. Wieselflink. Zieht ab. Nein, die Kugel landet bei Mölders. Der schiebt den Ball lässig zu Lex durch. Tikitaka vom Feinsten. Schön, dass die Sechzger so lange den Ball halten. Aber wozu? Der Strafraum der 05er ist meilenweit entfernt. Jetzt tritt Mölders an. Gute Aktion. Geht doch! Zurück zu Lex. Der überlegt lange, zu lange, erste Pfiffe. Was wird das? Das ist ein K.-o.-Spiel! Wenn Sechzig das Ding nicht klarmacht, ist schon in der ersten Runde Ende Geländer.

Präzises Zuspiel auf Willsch. Der lässt zwei Spieler einfach stehen, durchbricht die löcherige Abwehr von 05, wuchtiger Schuss aus 15 Metern, rechts oben, Parade Jentsch, der die Fäuste gerade noch hochbringt und den Ball ins Toraus befördert. Endlich Stimmung bei den Münchnern. Ecke Sechzig. Lex legt sich den Ball zurecht. Gerangel im Strafraum von 05. Warum deckt niemand Mölders? Kurz ausgeführte Ecke auf Mölders, der gibt die Kugel an Karger, Doppelpass. Doch jetzt geht Djuvic dazwischen. Was hat der groß gewachsene Mittelstürmer von 05 eigentlich im eigenen Strafraum verloren? Sich den Ball holen. Was sonst! Djuvic fliegt über den Rasen, dribbelt Lex und Karger aus, Willsch versucht, ihn zu stoppen. Wahnsinn! Getunnelt. Djuvic stürmt weiter, Karger und Wein bauen sich vor ihm auf. Warum geht kein 05er mit nach vorn?! Was für ein Konter! Djuvic schlägt einen Haken, zwei, der Ball verspringt ihm, Hiller weit draußen, jetzt spielt Djuvic auf Tschinga ab, die Kugel kommt postwendend zurück, zu hoch, aber Djuvic springt, der Ball perlt ihm von der Brust auf den linken Fuß, er legt ihn sich vor, sein rechter Fuß schnellt … Djuvic stürzt. Die Kugel kullert in die Arme von Hiller. Djuvic … bleibt liegen! Was ist da los?«

WEISSES LICHT

Lucijan Djuvic – oder Lucky, wie ihn seine Freunde nennen – liegt einfach da. Hört nicht den ganzen Lärm, die Pfiffe, die Schreie. Irgendwer tippt ihm an die Schulter. Jetzt ziehen ihn zwei Männer hoch. Mitspieler? Gegner? Er weiß es nicht, kapiert es nicht. Alles ganz weit weg. Sie legen ihn wieder ab. Die Pfiffe haben aufgehört, das Schreien auch. »Lucky, was ist los?«, vernimmt Djuvic eine Stimme. Vertraut. Sein Trainer. Nichts, würde er gerne antworten. Wenn er könnte. Er spürt weder die Kälte des feuchten Rasens noch die Spätnachmittagshitze des Augusttags. Keine Schmerzen. Gar nichts. Und jetzt kommt tatsächlich das Nichts. Aber nicht schwarz, sondern weiß, gleißendes Licht. Erstaunlich. Kein Ton mehr. Stille.

GAME OVER

»Schau da nicht hin, Paul!«, sagt Hummel.

Der Zwölfjährige, der neben ihm sitzt, sieht natürlich genau zu der Menschentraube auf dem Spielfeld. Wohin denn sonst?

»Was hat der Typ?«, fragt Paul.

»Vermutlich Kreislaufkollaps. Die Hitze.«

Es ist schon ein bisschen mehr, wie der Sanitäter auf dem Platz feststellt. »Herzinfarkt«, meint er und hebt die Augenlider des Fußballers, um mit seiner kleinen Stabtaschenlampe hineinzuleuchten.

13

»Schmarrn!«, giftet der Trainer. »Der Lucky ist topfit!«

»Topfit schaut anders aus. Der ist tot.«

»Lassen Sie mich durch, ich bin Arzt!« Der Mannschaftsarzt von 1860 drängt sich durch die Spieler des FC Aichach. Besieht sich Djuvics Augen, betastet Stirn und Brust, dann öffnet er den Mund des Toten. Weißer Schaum.

Im Stadion ist es totenstill. Es vergeht eine Ewigkeit, bis die Ansage des Stadionsprechers kommt. Er informiert die Zuschauer über den tragischen Todesfall und dass das Spiel abgebrochen und nachgeholt wird. Keine Proteste. Kommt schließlich nicht jeden Tag vor, dass man so was live sieht.

Hummel und Paul steigen die Tribüne runter zum Ausgang.

»Wow, mein erster Toter!«, sagt Paul. »Klaus, hast du schon mal einen Toten gesehen?«

»Äh, ja.«

»Wann?«

»Hat dir Karla denn nicht gesagt, was ich arbeite?«

»Doch. Du bist Polizist.«

»Na eben.«

»Du regelst den Verkehr, kommst, wenn die Nachbarn sich streiten.«

»Nicht ganz. Nur wenn nach dem Streit einer tot ist.«

»Echt? Passiert das oft?«

»Manchmal.«

»Cool.«

»Das würd ich jetzt so nicht sagen.«

»Bist du bei der Mordkommission?«

»So ist es.«

»Cool.«

»Wenn du meinst.«

14

»Klaus, ich hab Hunger. Ich will 'ne Bratwurst. Und 'nen Sechzger-Schal will ich auch noch.«

»Ich denk, du bist Bayern-Fan?«

»Sechzig geht auch. Notfalls. Aber für Bayern kriegst du ja keine Karten.«

»Hey, das heute war auch nicht gerade einfach. Das ist DFB-Pokal!«

»Ja, Sechzig gegen den FC Aichach. Elend trifft Elend.«

Hummel muss grinsen. Trotz des tragischen Zwischenfalls läuft es gar nicht schlecht mit seinem neuen Ziehsohn.

PAMPERS

Zankl flucht vor dem Fernseher. Jetzt hat er seit Menschengedenken seinen ersten freien Tag ohne Familie – Jasmin ist mit Clarissa bei ihren Eltern –, sein Plan war, den Nachmittag gemütlich mit einer Flasche Bier vor der Glotze zu verbringen, da wird das Pokalspiel abgebrochen! Nicht, dass er Fan von 1860 wäre – Bayern, was sonst! –, aber ob sich die von den Burschen aus Aichach aus dem Pokal schmeißen lassen, das wäre schon spannend geworden. So weit ist es nicht gekommen, noch nicht. Macht der Stürmer von Aichach mitten im Spiel die Grätsche. Tragisch. »Tja, Leistungssport ist gefährlich«, murmelt Zankl und trinkt das Bier aus. Er rülpst laut. Ist ja niemand hier, um ihn zurechtzuweisen. Was soll er mit dem angerissenen Abend machen? Zankl zappt lustlos durch die Programme. Als er eine Pampers-Werbung erwischt, schaltet er aus.

VIERUNDZWANZIG

Mader und Dosi stecken kurz vor Fröttmaning im Stau. Sie sind auf dem Rückweg von einer Fortbildung in Nürnberg. *Neue Erkenntnisse in der DNA-Analyse.* Dazu hat Günther sie verdonnert. Fortbildung ist momentan Günthers großes Thema. Warum hat er nicht Gesine und ihre Leute hingeschickt?, denkt Mader. Na ja, vermutlich weil die das schon alles wissen. Ist ja auch ein Kurs für Ermittlungsbeamte. Und eigentlich war es ganz interessant. Ein Wissenschaftsteam arbeitet mit Fördermitteln des Innenministeriums an neuen Analysemethoden. Viel genauer und schneller als die bisherigen Verfahren. Lauter hoch engagierte Wissenschaftler. Nerds. Oder Autisten. Wenn er an diesen Professor Breitenbach denkt – so ein Faun! Aber speziell die Entwicklung eines mobilen DNA-Blitztests zum Einsatz vor Ort ist schon gut. Datenabgleich via Internet. Eine große Chance für entlegene Tatorte und ländliche Bereiche, weil man Spuren viel schneller auswerten kann und nicht erst tagelang auf Laborergebnisse warten muss.

Mader sieht zu Dosi, die am Steuer des Dienst-BMWs sitzt. Er denkt an den gestrigen Abend und grinst. Dosi hat im Gasthaus *Zum Hirschen* sage und schreibe vierundzwanzig Nürnberger Rostbratwürste verdrückt. Vierundzwanzig! »Des is ja nur a kleiner Finger!«, hat sie gesagt, nachdem sie das erste Würstchen mit der Gabel aufgespießt hatte. Womit sie durchaus recht hatte. Aber vierundzwanzig! Mader hat gerade mal zwölf geschafft. Und Dosi hatte dazu noch eine Riesenladung Sauerkraut und zwei Semmeln verdrückt. Respekt!

»Was ist da los?«, flucht Dosi über den stockenden Verkehr.

»Unfall«, sagt Mader und grinst.

Jetzt sieht Dosi den Grund für Maders Heiterkeit: Ein Wohnmobil ist mit einem Dixi-Klo-Laster zusammengekracht. »Ach du Scheiße«, murmelt sie.

EWIGKEIT

»Warum nehmen wir nicht die Tram?«, mosert Paul.

»Weil die zu voll ist. Wir gehen zu Fuß.«

»Das dauert eine Ewigkeit.«

Hummel denkt an den Typen, der ihm bei der Hinfahrt in der überfüllten Tram fast auf die Schuhe gekotzt hat und er gerade noch zur Seite springen konnte. Den sauren Geruch und die Achselschweißschwaden der Fußballfans in ihren Plastiktrikots hat er noch lebhaft in der Nase. So viel Nähe ist er als Radfahrer nicht gewohnt.

»Jetzt komm, Paul. Leg einen Zahn zu.«

»Wir stoppen aber schon noch bei der Eisdiele!«

BESCHISSEN

Zlatan ist beschissen gelaunt. Heute Morgen hat er festgestellt, dass sein Auto geknackt wurde. Die Türschlösser waren okay. Aber was heißt das schon. Diese Funkschlösser lassen sich einfach austricksen, wenn man ein bisschen Ahnung von Technik hat. Jemand war an seinen Sachen. Die Kisten im Heck seines Minivans standen anders. Denn er hat seine ganz eigene Ordnung. Aber es hat nichts gefehlt. Er ärgert sich über sich selbst – er kann die Vitaminpräparate nicht einfach über Nacht im Auto lassen. Sind einen Haufen Kohle wert. Zumindest für die, die sich damit auskennen. Nicht auszudenken, wenn irgendwelche Freaks sich das Zeug reinpfeifen und nicht wissen, wie man es dosiert. Passiert ihm jedenfalls nicht noch mal, dass er die Mikronährstoffe im Wagen lässt.

Generell ein Scheißtag heute. Er ist sauer, weil er nicht ins Stadion konnte, sondern das Lager in der Boutique seiner Frau umräumen musste. Wasserschaden. Ausgerechnet heute! Bei dem wichtigen Pokalspiel. Das bislang größte Spiel seines treuen Kunden Lucky. Aber egal, manchmal kommt einfach alles zusammen. Wenigstens ist kein Fallrohr kaputtgegangen, das wäre jetzt richtig Scheiße. Und dann hat Sabrina nicht mal ein Radio im Laden. Dreck! Bis zur Halbzeitpause hat er immer wieder sein Smartphone gecheckt. Aichach schlug sich gut. 1:0. Lucky hat einen guten Tag. Topform. Auch sein Verdienst, ha! Dann hat er vor lauter Arbeit das Spiel ganz vergessen und weiß noch gar nicht, dass die zweite Halbzeit vorzeitig beendet wurde. Zlatan grunzt. So, das Lager ist umgeräumt! Das defekte Wasserrohr muss sich der Klempner ansehen. Hoffentlich muss nicht die ganze Wand aufgestemmt werden.

Jetzt sucht er den Karton mit seiner Bestellung. Bei der Räumerei sind die Sachen ein bisschen durcheinandergeraten. Na ja, muss eh alles ausgepackt werden. Er lässt sein Springmesser aufschnappen und knöpft sich den ersten Karton vor. Mit einem schnellen Schnitt teilt er das Klebeband der Länge nach und greift hinein. Seine Hand kommt mit neonfarbenen Bikinioberteilen wieder heraus. Schaumstoffgefüllte Körbchen in Türkis, Orange und Zitrone. Farben der

Saison. Wer kauft jetzt im August noch Bikinis? Aber Sabrina führt das Geschäft. »Superschnäppchen«, hat sie gesagt. Zlatan schüttelt den Kopf und pfeffert die Stoffbonbons wieder in den Karton. Nach und nach öffnet er die weiteren Kartons. Im vorletzten findet er, wonach er sucht. Fußballtrikots in Rotblau. *Sportfreunde Obergiesing.* Er zählt sie durch und baut auf dem Boden ein Männchen, legt alle Einzelteile aufeinander: Trikot, Hose, Stutzen.

Plötzlich geht die Ladentür auf. Zlatan zuckt zusammen und greift zum Messer.

»Was wird das?!«, pfeift ihn seine Frau an und deutet auf die offenen Kartons.

Er lässt das Messer sinken.

»Zlatan, was macht die Kleidung da auf dem Boden?«

»Äh ...« Er deutet hilflos auf die Trikots. »Gerade gekommen. Trikots.«

»Du und dein blöder Fußball.«

»Guckst du, Sabrina!« Stolz hält er das Trikot mit der 10 hoch. Auf der Brust steht in großen Lettern: *Sabrina's Buttique.* Er strahlt. »Sponsoring. Wie Profi-Verein.«

»Profi? Dein Sponsoring ist der letzte Mist.«

»Spinnst du?«

»Das ist Müll.«

»Wieso Müll?«

»Weil man ›Boutique‹ nicht so schreibt.«

Zlatan sieht sie erstaunt an, dann das Trikot, stürmt aus dem Laden auf die Corneliusstraße raus und starrt nach oben auf das Ladenschild. Mit offenem Mund. Er kommt wieder in den Laden und zischt: »Goran ist so ein Trottel! Macht er mir neu! Was für ein Idiot! Kann keine Deutsch!«

»Zlatan, jetzt komm endlich, die Kinder warten im Auto. Die wollen heim!«

GUT DEFINIERT

Gesine gähnt herzhaft, als sie am Morgen ihr Reich betritt. Heute mal was Neues, ein Fußballer. Der Mannschaftsarzt von 1860 hat die Polizei verständigt. Verdacht auf Vergiftung eines Spielers. Ihre Assistenten haben den Mann schon für sie vorbereitet. Gesine zieht das Tuch weg und pfeift durch die Zähne. So einen durchtrainierten Mann hatte sie noch nicht auf dem Tisch. Und der hier ist nicht mal Profifußballer. Ausgesprochen gut definierte Muskeln. Oberschenkel dick wie Baumstämme, riesiger Brustkasten. Darauf die kroatische Fahne in A3 als Tattoo. Wegen des dichten Brustpelzes nicht ganz farbecht. Auf dem Penis noch mal das gleiche Tattoo in klein. Gesine runzelt die Stirn. Na ja, wer's mag,denkt sie. Sie betrachtet sein Gesicht. Ein bisschen holzschnittartig. Zäh trotz junger Jahre, markante Nase und eng zusammenstehende Augen. Insgesamt eine archaische Erscheinung, über und über behaart. »Okay, Süßer«, sagt sie und lässt die Latexhandschuhe über ihre Handgelenke schnalzen. »Dann lernen wir uns mal näher kennen.«

COCKTAIL

Am Nachmittag gewährt Gesine ihren Kollegen Audienz, gibt einen kurzen Überblick zur Befindlichkeit des Fußballers: »Zahlreiche Blessuren. Hämatome am Jochbein, eine jüngere, schlecht verheilte Platzwunde am Hinterkopf. Ein

Schneidezahn abgesplittert. Interessant vor allem das Innenleben, die Laborwerte: Dianabol, Nandrolon, Clenbuterol, Kortison, ein paar Amphetamine, Captagon, Ephedrin. Ein wilder Cocktail aus Anabolika und anderen Stimulanzien. Entzündungshemmend, gut fürs Muskelwachstum, erhöhte Risikobereitschaft. Keine Ahnung, wie das alles zusammen wirkt.«

»Tödlich«, sagt Mader.

»Jedenfalls war der Typ bis Oberkante voll gedopt.« Gesine winkt ihr Publikum an den Bildschirm ihres Laptops. »Das hier ist ein Querschnitt durch die Leber. Weitgehend zerstört durch langen Missbrauch. Der Typ hat die Mittel schon sehr lange eingenommen. Sagt auch sein Blutbild.«

»Geht das einfach so?«, fragt Dosi, »dauerhaft dopen, ohne dass einer was merkt?«

Zankl zuckt mit den Achseln. »Die Wahrscheinlichkeit, dass in der Regionalliga kontrolliert wird, ist wohl eher gering.«

»Der hat das seit Jahr und Tag gemacht«, bekräftigt Gesine.

»Aber wenn er schon so lange dopt, weiß er doch vermutlich, wie es geht, also, wie man richtig dosiert. Oder?«

»Ja, wahrscheinlich. Aktuell hat er allerdings eine geradezu unglaubliche Mischung starker Mittel intus. Die bringt Körper und Kreislauf fast zwangsläufig zum Kollabieren. Im Anbetracht des Spielverlaufs: kurzes, extremes Leistungshoch, dann Exitus.«

»Dann könnte es auch Mord sein«, sagt Mader. »Freiwillig wird er sich das kaum gemixt haben. Wir haben die Trinkflasche? Irgendwelche Spuren?«

Hummel schüttelt den Kopf. »Die Flaschen wurden nach dem Spielabbruch gereinigt. Ich hab mit dem Zeugwart telefoniert.«

Mader seufzt. »Wo kriegt man diese Dopingmittel?«

Gesine zuckt mit den Achseln. »Ich schätze mal vor allem im Internet. Zum Teil sind die Sachen nicht mal verboten, nur ihr Einsatz im Wettkampfsport ist nicht legal. Wenn man Doping langfristig betreiben will, braucht man allerdings jemanden, der sich mit der richtigen Dosierung auskennt. Zum Beispiel einen Arzt. Wobei ich hier skeptisch bin. Wie gesagt – das ist eine explosive Mischung. Die Laborwerte sprechen gegen jeden ärztlichen Rat.«

»Vielleicht hat dem Djuvic das in der Pause einer von der gegnerischen Mannschaft untergejubelt?«, schlägt Hummel vor. »Damit jeder sieht, dass er gedopt ist und vom Platz gestellt wird. Der war schon extrem auffällig.«

Zankl lacht. »Die Sechzger? Um in Überzahl zu spielen und nicht gleich aus dem Pokal zu fliegen? Das glaub ich nicht.«

Hummel überlegt weiter: »Das Ganze ist vor einer großen Zuschauermenge passiert. Achtzehntausend Zuschauer im Stadion und dann noch die Live-Übertragung im Fernsehen. Ein öffentlicher Tod. Wenn den Djuvic wirklich jemand mit einer Überdosis von dem Zeug vergiftet hat, dann hat er in Kauf genommen, dass Djuvic öffentlich stirbt. Warum? Rache? Oder eine Warnung? Aber von wem? Und an wen gerichtet?«

»Meinst du echt?«, sagt Dosi skeptisch.

»Ich überlege nur laut.«

»Ja, Leute, interessante Gedanken«, schließt Mader die Runde. »An die Arbeit. Kriegt raus, was der Djuvic für ein Typ war, ob er Feinde hatte, Schulden, der ganze Kram.«

BEZIEHUNGSSTATUS

»Sag mal, Hummel«, meint Dosi nach Dienstschluss auf der Straße, »hab ich dich gestern auf der Heimfahrt mit Mader in Giesing auf der Tegernseer Landstraße gesehen, bei der Eisdiele, mit einem Jungen?«

»Kann sein. Ich war mit Paul unterwegs.«

»Wer ist Paul?«

»Der Sohn meiner Freundin.«

»Beate hat ein Kind?«

»Nein. Das mit Beate ist aus.«

»Wie, aus?«

»Aus, eben. Finito.«

»Warum das denn?«

»Lange Geschichte. Ach, gar nicht mal so lang. Der Testfahrer ist wieder am Start. Ihr Ex ist nicht mehr ihr Ex. Aber ich will jetzt nicht darüber reden.«

»Okay. Paul also. Und der hat eine Mama?«

»Karla.«

»Sauber. Du machst Sachen. Lässt nix anbrennen.« Sie würde gern mehr wissen, merkt aber, dass Hummel nicht mehr dazu sagen will, und verabschiedet sich.

Nein, über seinen neuen Beziehungsstatus will Hummel im Moment keine Details erzählen. Ist alles noch so frisch. Fragil. Hummel sperrt sein Fahrrad auf und schiebt es durch die Fußgängerzone. Gedankenverloren durchpflügt er die Menschenmassen in der Kaufingerstraße. Karla. Er hat sie im Kabarett kennengelernt, wo er sich von seinen trüben Gedanken ablenken wollte. Die ihn überrollten, nachdem ihm

Beate zugunsten ihres Ex den Laufpass gegeben hatte. Wie immer der das hingekriegt hat, was immer er ihr versprochen hat, der Depp.

Marienplatz: Japaner, Italiener, Amis, Sonnenbrillen, Sonnenhüte, Fotoapparate, Eisbecher, Bier und Coca-Cola auf den Bistrotischen. Ein wilder Mix. Und doch so normal. Hummel sieht zu dem wimpelgeschmückten Kiosk, dem lustigen Flattern im Wind: Deutschland, Bayern, FC Bayern, Sechzig, Regenbogenfahne – alles da. Fototapete aus Postkarten mit Dackeln, König Ludwig oder Sisi, Karl Valentin. Jodelalarm!

Hummel geht das Gespräch mit Dosi durch den Kopf. Dass er nix anbrennen lässt. So ein Quatsch! Er ist eine treue Seele, er überstürzt nichts. Aber manchmal passieren Dinge einfach so. Gerade war er noch in Trauer und drohte in Selbstmitleid zu ertrinken, da war alles schon wieder ganz anders. Alles voller Sonnenschein. Karla war im Theater im Fraunhofer neben ihm gesessen. Weil sie beide erst knapp vor Vorstellungsbeginn kamen, saßen sie nebeneinander in der ersten Reihe. Er hatte sich gewundert, warum so gute Plätze noch frei waren, bis er es gleich kapierte: Logisch – Sigi Zimmerschied rekrutiert Nebenrollen oft aus der ersten Reihe des Publikums. Das muss man mögen. Fiel ihm aber erst ein, als es schon zu spät war. Sie mussten jedenfalls beide kleine Nebenrollen einnehmen. Erst war es ihnen schrecklich peinlich, doch dann lachten sie ebenfalls. In der Pause tranken sie zusammen ein Bier und kamen ins Gespräch. Und kurz darauf wusste er, dass er verliebt war. *Bing!* In die Frau, die im Zuschauerraum des kleinen Theaters neben ihm saß. Lange braune Haare, fein geschnittenes Gesicht, Grübchen, dunkle Augen. Komplett anders als Beate. Nach der Aufführung musste Karla zu seiner Enttäuschung gleich nach Hause, aber er überwand sich und fragte nach ihrer Handynummer. Und sie hat sie ihm gegeben.

Er hat das Tal erreicht. Aus dem großen Secondhand-Kleidermarkt quillt eine Wolke muffiger Luft. Die Uhr am Isartor läuft wie immer links herum. Rauschender Verkehr am Altstadtring.

Nach einem Tag zittrigen Abwartens hat er Karla angerufen. Und sich mit ihr verabredet Ein unglaublicher Abend. So schön. Wie im Märchen. Und jetzt sind sie ein Paar. So wie Beate und ihr blöder Testfahrer wieder ein Paar sind. Der Typ hat sich einfach in Beates Leben zurückgeschlichen. Hummel schüttelt den Kopf. Die Zeiten, in denen er sich deswegen in seiner dunklen Erdgeschosswohnung vergraben hätte, sind definitiv vorbei. Er staunt immer noch. So schnell kann es gehen: Jetzt hat er nicht nur eine neue Freundin, sondern gleich eine kleine Familie. Denn Karla hat einen zwölfjährigen Sohn: Paul. Natürlich gibt es da im Hintergrund noch einen Papa. Aber der interessiert ihn im Moment nicht. Er konzentriert sich ganz auf sein Glück.

Hummel hat die Museumsbrücke erreicht. Sieht runter in die glitzernde Isar. Sonnenreflexe im Wasser. Unzählbar.

SELTSAMES SPIEL

Die Liebe ist ein seltsames Spiel, denkt Zankl auf dem Heimweg. Wirklich seltsam. So vielen Prämissen unterworfen, die er nicht beeinflussen kann. Nach einem kurzen ertischen Höhenflug mit Jasmin hat er erneut die Sahara erreicht, die er nun mit hängender Zunge barfuß durchquert. Manchmal kommt ihm der Gedanke, dass Jasmin nur an Sex mit ihm interessiert war, um gleich wieder schwanger zu werden. Was ja geklappt hat. Er erinnert sich an die grausame Hormontherapie bei dem Fruchtbarkeits-Doc. Hätte er sich sparen können. Offenbar ist an der Qualität seiner Spermien nichts auszusetzen. Oder haben die Medikamente erst so richtig seinen Turbo gezündet? Vielleicht. Trotzdem – alles ein bisschen schnell. Kaum ist Clarissa aus dem Gröbsten raus, stellt ihn der konfuse Hormonhaushalt seiner schwangeren Frau erneut vor hochkomplexe Anforderungen, erfordert maximale Toleranz und Flexibilität. »Bitte, gerne. Ja, Schatz, überhaupt kein Problem.« Für jede einsame Minute ist er im Moment unendlich dankbar. Er sieht in den Wassernebel des sprudelnden Stachus-Brunnens. Kinder wuseln durch die Fontänen.

PLATIN

Dosi hat sich verlobt. Tatsächlich! Nicht ganz freiwillig. Sie hat nach langem Zögern den Platinring angenommen, mit dem Fränki sie eines Abends überrascht hat. Kalt erwischt sozusagen. Sie konnte es Fränki einfach nicht abschlagen, als er sie nach einem köstlichen Abendessen beim Italiener nach dem dritten Wein fragte, ob sie seine Frau werden will. »Ich bin geschieden«, brachte sie hilflos vor.

»Nicht mehr lange«, antwortete Fränki strahlend.

VIRTUELL

Und Mader? Ist da ein Sprung in seiner harten Neuperlacher Betonschale? Durch den ein fröhliches Gänseblümchen dem Tageslicht entgegenstrebt? Ist er nach wie vor solo unterwegs? Allein mit sich und seinen Gedanken an Catherine Deneuve. Ist virtuelle Liebe dasselbe wie alleine sein? Das überlegt er manchmal. Zumindest eine Einbahnstraße. Aber nein, ganz allein ist er nicht, es gibt ja noch Bajazzo. Und manchmal sind Hunde die besseren Menschen. Bajazzo muss er nichts erklären, bei ihm muss er sich für nichts rechtfertigen. Gerade durchqueren sie den Ostpark, nachdem sie auf dem Heimweg schon an der U-Bahnstation Michaelibad ausgestiegen sind. Mader bleibt stehen, um die bunten Drachen der Kinder am weiß-blauen Himmel zu betrachten.

Mader überlegt, wer morgen welchen Job übernehmen soll. Nein, er weiß es schon: Zankl soll dem Mannschaftsarzt von 1860 einen Besuch abstatten. Gefällt ihm bestimmt. Mal ein Blick hinter die Kulissen des Profifußballs. Dosi und Hummel wird er auf eine Expedition ins Münchner Hinterland schicken, nach Aichach, wo Djuvic wohnte und spielte.

SOMMERMOND

Brummende Biergärten, Krüge klirren, Gelächter, Stimmengewirr flattern durch die Münchner Sommernacht. Eine frisierte Vespa schießt die Rosenheimer Straße hinunter, die Tram quietscht den Gasteig-Berg hoch. Die Lichtinstallation auf dem Isarwehr beim Müller'schen Volksbad taucht den Wasserfall abwechselnd in blaues und rotes Licht. Liebespaare knutschen auf dem Isarkies, Grillkohle schwefelt die milde Luft. Am Himmel glänzen die Sterne, der Mond klebt fett und rund über Haidhausen. Darunter all das Leben, all die Liebe, all die Stimmen. So empfindet es Hummel, der noch eine Runde durch sein Viertel dreht.

HÖLLE

Möbelhaus, Teppichmarkt, Supermarkt, Möbelhaus, Tankstelle, Supermarkt, Drogeriemarkt, Möbelhaus, Drogeriemarkt, Tankstelle, Teppichmarkt, Supermarkt, Möbelhaus, Tankstelle, Drogeriemarkt, Möbelhaus … Seit Hummel und Dosi am späten Nachmittag von der Lindauer Autobahn abgefahren sind, kämpfen sie sich durch ein Dickicht monotoner Vorstädte mit Flachdachbunkern an riesigen Parkplätzen, umgarnt von Girlanden auf Jahrzehnte hin abzubezahlender Bauspar-Albträume – Spitzgiebelniedlichkeiten in frohsinnigen Pastellfarben mit Großgrill und Plastikmöbeln auf der Baumarkfliesenterrasse.

»Hölle, Hölle, Hölle!«, murmelt Hummel. »Der Eigenheimwahnsinn macht mich krank.«

»Ach«, meint Dosi.

»Verstehe, du wirst jetzt solide. Der Ring ist neu, oder?«

»Nur kein Neid!«

Bajazzo sieht von Hummel zu Dosi und zurück. Dieses Geplänkel geht schon die ganze Zeit. Die sind doch sonst immer cool? Vielleicht hätte er doch bei Mader im Büro bleiben sollen. Und hoffentlich sind sie bald da. Er muss dringend für kleine Jungs.

Hummel auch. Als sie endlich das Vereinsgelände am nördlichen Ortsrand von Aichach erreichen, rutscht Hummel schon nervös auf dem Beifahrersitz hin und her.

»Hast du was am Hintern?«, fragt Dosi.

»Nein, ich hab's ein bisschen mit der Blase zurzeit.«

»Na dann, Prost.« Dosi lässt sich beim Einparken besonders viel Zeit, und Hummel platzt fast. Noch während Dosi rangiert, reißt er die Tür auf und stürmt nach draußen, hat die Hose bereits offen und nähert sich einem kümmerlichen Parkplatzbäumchen, als sein Blick auf die Jugendmannschaft fällt, die dort am Zaun auf den Trainingsbeginn wartet. Unverhohlene Neugier. Hummel schließt die Hose und stürmt ins Vereinsheim. Er probiert mehrere Türen, bis er schließlich eine offene Kabine findet. Saurer Schweiß und Feuchtigkeit schlagen ihm heftig entgegen. Er hastet weiter in den Dusch- und WC-Bereich, stürmt eine Toilette, sinkt mit lautem Stöhnen auf die Schüssel und lässt seinen Gefühlen freien Lauf. Es wird mehr als nur ein kleines Geschäft. Er atmet tief durch. *Mission accomplished*. Er hört, dass jemand die Dusche betritt. Wasser rauscht. Hummel lauscht. Ein paar Jungs machen grobe Späße. Nasse Handtücher knallen.

»Hörst auf! I sackl di glei aus!«

»Trau di.«

»Des hätt'st wohl gern?«

»Du Depp! Deine niederbayerischen Sportarten kannst mit wem anders machen!«

»Mei, du … San ma leicht was Besseres? Aus Oberbayern, ha?«

»Logisch! Jung und schee, i bin vom Tegernsee.«

Gelächter.

»Hauptsach, ned aus Schwaben.«

»Wo man halt hi muss wegen der Arbeit.«

»Sag a mal, gehst du zum Lucky?«

»Logisch. Du ned?«

»I woaß ned. Jetzt kriegt des Arschloch a Heldenbegräbnis. Bis oben voll und dann dern's so, als wär er die Number One.«

»Die Number Ten.«

»Ja, freilich, wie der Madonna.«

»Maradona.«

»Sag ich doch. Der Madonna von Aichach 05. Wegen dem Pokalspiel kommen zur Beerdigung angeblich sogar welche von de Sechzger. Voll der Respekt. Und wer vom DFB.«

»Is doch ned schlecht. Kriag ma mal a gscheide Presse.«

»Weißt du, was eigentlich Scheiße ist?«

»Na, was denn?«

»Der Pokal. Dass ma noch mal spuin müssn. Ohne den Lucky san ma doch am Arsch.«

»Und wenn ma uns a was besorgen? Beim Zlatan.«

»Spinnst du, dass uns so geht wiam Lucky?«

»Schmarrn, des is nur a Frage der Dosierung.«

»Dosierung… Sag a mal – schorselst du die ganze Zeit so greislig?«

»Na, des kommt vom Scheißhaus.«

»Vom Scheißhaus, so …?«

Stille. Hummel lauscht andächtig. Nix mehr zu hören. Plötzlich beginnt es zu regnen. Heftig. Von oben. Von wo auch sonst. Hummel öffnet die Tür und sieht zwei Testosteronbomber, die ihre muskulösen Lenden mit Handtüchern nur nachlässig verhüllt haben. Hummel blickt zu den Duschen. Zwei Duschköpfe sind nach oben gedreht und wässern die Toiletten. Die zwei Burschen grinsen und singen: »Schöner fremder Mann, du bist Schuld daran…«

»Sehr erfrischend«, sagt Hummel und schiebt die Jacke zur Seite, damit sie seine Waffe sehen können. Sie blicken ihn erstaunt an.

Hummel sagt »Bumm!« und durchquert feuchten Schrittes die Fußpilzkultur.

»Was is 'n passiert?«, fragt Dosi, als er klatschnass bei ihr ankommt.

»Hab mich angschifft – vor Lachen.«

»Jetzt komm, der Vereinspräsident erwartet uns.«

WUNDER

»Mei, der Lucky«, sagt Georg Haßlehner, im echten Leben Inhaber eines Autohauses, im zweiten Leben Präsident von Aichach 05. Mit Blick auf die hochglanzpolierte Glatze vermutet Hummel, dass ihn die Vereinsarbeit sämtliche Haare gekostet hat. Die zwei unterbelichteten Typen in der Kabine sind bestimmt nur die Spitze des Eisbergs. Auf Haßlehners Stirn oben links prangt eine unschöne fingerkuppentiefe Einbuchtung. »Autounfall«, erklärt Haßlehner, der Hummels

Blick sofort registriert hat. »Der andere hat's ned überlebt.«
Er lächelt. »Verbrannt.«

»Sehr schön«, sagt Dosi. »Sie wissen, warum wir hier sind?«

Er nickt schwerfällig. »Ja, wegen dem Lucky.«

»Wieso eigentlich Lucky?«

»Lucijan hat den Djuvic kaum einer genannt. Außerdem war er ja unser Glücksjunge. Wenn er ein bisschen verlässlicher gewesen wäre, hätter er auch zweite Liga spielen können. Tja. Aber so ... Sagen Sie: Der Lucky soll irgendwelche Sachen genommen haben, hab ich gehört.«

»Haben Sie gehört, so?«

»Ja, aber ned gwusst. Sonst hätt der gar ned spielen dürfen. Wir sind ein Fußballverein. Wir machen vor allem Jugendarbeit. Damit die Burschen von der Straße weg sind.«

»Und ihre Körperpflege nicht vernachlässigen«, ergänzt Hummel.

Dosi sieht ihn irritiert an, aber Haßlehner nickt heftig. »Genau. Auch das. Was meinen Sie, wie schwer des ist, den Jungs beizubringen, dass man nach dem Training duscht.«

»Siphifuß«, murmelt Hummel.

»Was?«

»Nix. Weiter bitte.«

»Na ja, der Pokal ist natürlich eine Riesensache, eine Wahnsinnsgeschichte. Da geht's nicht nur ums Geld, da geht's vor allem ums Image, um die Ehre. Wir sind ein kleiner Verein in der Provinz.«

Dosi nickt. »Stimmt des eigentlich mit der Fliegerbombe? Der Platz hier schaut doch ganz okay aus?«

Haßlehner räuspert sich. »Na ja, des war vielleicht doch blinder Alarm. Bislang ein paar rostige Metallteile im Boden. Wissen Sie, die Pokalteilnahme ist für uns *Das Wunder von*

Aichach. Da ist die große Bühne in München schon willkommen. Jetzt ohne den Lucky wird's allerdings schwierig. Aber wir haben noch ein paar Talente.«

»Zum Beispiel Zlatan?«, fragt jetzt Hummel.

»Der Zlatan? Wieso?«

»So halt. Was macht der?«

»Jedenfalls nicht spielen.«

»Sondern?«

»Sportbekleidung. Vom Zlatan bekommen wir unsere Trikots.«

»Sonst noch was?«

»Na. Wieso? Was denn?«

»Stimulierende Substanzen? Leistungssteigernde Mittel?«

»Schmarrn, der Zlatan ist doch auch Jugendtrainer.«

»Hier?«

»Na, in München. Wo er wohnt. *Sportfreunde Obergiesing.*«

Hummel schluckt. Das ist Pauls Verein.

»Können Sie sich erklären, warum sich der Lucky so in der Dosis vergriffen hat?«

»Hat er das?«

»Schaut ganz so aus. Der war gedopt bis oben hin. Das ist amtlich. Also, warum?«

»Na, wegen dem Pokal vermutlich. Vielleicht, damit ihn endlich mal die Scouts wahrnehmen. Das Ganze war ja im Fernsehen. Der Lucky war auch schon fünfundzwanzig. Da geht in dem Business nicht mehr viel.«

ÜBERDOSIS

»Schon fünfundzwanzig«, stöhnt Hummel im Auto. »Ich werd dreißig, erst dreißig! Super. Und der Typ lügt wie gedruckt, wenn er sagt, dass er nicht weiß, was seine Spieler so nehmen. Weißt du, was ich dir sag?«

»Dass der Ball rund ist?«

»Das auch. Jeder hat gewusst, dass der Djuvic das Zeug nimmt. Alle wussten das. Und irgendjemand hat mal schnell seine Dosis erhöht.«

»Eifersüchtige Kollegen?«

»Ich weiß es nicht. Vielleicht ging's auch um Geld oder Wetten.«

»Wer ist dieser Zlatan, Hummel? Du fragst da Sachen, von denen ich keinen Schimmer hab.«

»Hab ich am Klo aufgeschnappt. Bei Luckys Mannschaftskollegen. Den schauen wir uns mal näher an. Klang ganz so, als stellt der die Versorgung der Spieler mit wichtigen Vitaminen und Mineralstoffen sicher.«

Bei diesen Stichworten fällt Hummel ein, dass Mader ihm noch eine Packung Brühwürfel für Bajazzo mitgegeben hat. Hummel pult einen Würfel aus dem Silberpapier und gibt Bajazzo die Hälfte. Nur keine Überdosis. Bajazzo schmatzt zufrieden im Fußraum. Hummel selbst erspart sich den zweifelhaften Genuss.

REINGECHIPT

Zankl hat gehofft, er könnte endlich mal hinter den Vorhang der geheimnisvollen Welt des Profifußballs schauen. Von wegen. Die speisen ihn alle mit ein paar harmlosen, nichtssagenden Gesprächen ab. Aber klar. 1860 hat schon genug Probleme, da ist niemand heiß drauf, dass hier auch noch ein Kripobeamter rumschnüffelt. Ob jemand von Sechzig für die Überdosierung von Luckys Vitamincocktail gesorgt hat? Aha, was weiß er schon. Nein. Dass ein Verein zu solch extremen Mitteln greifen würde, um ein Pokalspiel zu gewinnen, ist äußerst unwahrscheinlich. Egal, sein Verein ist sowieso der FC Bayern. Sonst müsste er auch noch als Fan leiden. Das kann er sich nicht leisten, wo doch schon sein Familienalltag aktuell so ein Trauerspiel ist. Also als Mann. Als hätten sich die beiden Damen gegen ihn verbündet. Aber vielleicht wird das zweite Kind ein Junge, mit dem er dann am Samstag ins Stadion gehen kann. Notfalls auch zu 1860. Und vielleicht hat er ja sogar Talent und wird einmal Fußballer.

So viele Gedanken, als er am Maschenzaun des Trainingsgeländes entlangmarschiert zu den hinteren Plätzen, wo gerade die Profis zum Training auflaufen. Das will er sich nicht entgehen lassen. Am Zaun sind bereits alle guten Plätze vergeben. Er zwängt sich zwischen zwei Zaungäste und entschuldigt sich mit einem Lächeln. Beobachtet die Dribbling-Übungen der Spieler. Staunt über die Präzision. »Jorge, Tempo!«, brüllt der Mann neben ihm. Adressat ist ein dunkelhäutiger Jugendlicher mit dichten schwarzen Locken, der den Ball traumhaft tanzen lässt. »Den kenn ich gar nicht«, sagt Zankl zu seinem Nachbarn.

»Jorge Fernandez, mein Junge.«

»Sie sind der Vater?«

»Sein Berater.«

Zankl sieht seinen Nebenmann von oben bis unten an. Berater – von denen hat er schon so viel gehört. Kennengelernt hat er noch keinen. »Berater – das klingt interessant.«

»Na ja.«

»Man hört so vieles.«

»Aha. Und Sie, auch im Fußballgeschäft?«

»Nur peripher. Frank Zankl, Kripo München.«

»Glücksspiel?«

»Nein, Mordkommission.«

»Der Tote vom Pokalspiel?«

Zankl macht eine entschuldigende Geste und lächelt.

Der Berater gibt ihm die Hand. »Raffael Stöger.«

Zankls Miene erhellt sich. »Raffael Stöger? Bayer Leverkusen?«

»Das ist lang her.«

Zankl strahlt übers ganze Gesicht. »Ist mir eine große Ehre. Damals der Elfer gegen Schalke, ganz großes Kino, großartig! Angetäuscht und einfach reingechipt. Sehr lässig. Und Sie sind jetzt Berater?«

»Ich kümmere mich um junge Talente.«

»Für Sechzig?«

»Auch für Sechzig. Ich suche gute Jungs und schaue, zu welchem Verein sie passen, bring sie zum Probetraining. Wenn sie genommen werden, sorge ich dafür, dass sie pünktlich sind, ihre Klamotten dabeihaben, dass sie ein Dach über dem Kopf haben, ich klär das mit der Schule. Das können die Eltern der Jungs oft gar nicht leisten. Oft kommen die

36

Jungs aus ganz einfachen Verhältnissen. Mein kleiner Brasilianer da konnte vor zwei Jahren noch nicht lesen und schreiben. Vom Rechnen reden wir gar nicht.«

»Wow, das klingt anstrengend.«

»Es ist sehr befriedigend, wenn dann aus den Jungs was wird. Aber dafür haben Sie keine Garantie. Alle wollen Profis werden. Ganz wenige haben das Zeug und die Ausdauer dazu. Sie ermitteln wegen Djuvic?«

»Wir überprüfen, ob wirklich kein Fremdverschulden vorliegt. Kannten Sie Djuvic?«

»Ein Spielerberater kennt alle guten Spieler.«

»Und war Djuvic gut?«

»Vor ein paar Jahren schon. Großes Talent. Lucky gehörte aber zu den Jungs, die immer ein Talent bleiben, die nicht den nötigen Ehrgeiz haben, auch mal hart gegen sich selbst zu sein. Bei ihm ging's neben dem Fußball immer nur um Autos, Frauen, Alkohol – das volle Programm. Und der Lucky hat sich alles Mögliche reingepfiffen, um trotzdem auf dem Platz Leistung zu bringen.«

»Und das fiel nicht auf?«

»Wie denn? Aichach 05! Das Pokalspiel ist die größte Bühne, die dieser Verein je hatte und haben wird. Und gleich da hat er es vermasselt. Wissen Sie, hinterher schreiben die Zeitungen über Doping im Fußball. Totaler Quatsch. Doping kann Sie bei der Tour de France weiterbringen, da sitzen Sie allein auf dem Rad. Aber Fußball ist ein Mannschaftssport. Wenn da einer abgeht wie eine Rakete, dann haben die anderen auch nichts davon. Seinen Platz in der Mannschaft optimal ausfüllen, das ist das Geheimnis. – Jetzt, Jorge!«

Auch Zankl dreht sich zum Platz. Der Ball vollführt eine elliptische Flugbahn. Einschlag im Tor links oben. Unhaltbar. Zankl nickt beeindruckt. Vielleicht ist der kleine Jorge in ein paar Jahren ein Megastar, der für zehn Millionen zu Bayern und dann für fünfzig Millionen zu Chelsea wechselt. Oder zu Real, PSG.

Zankl gibt Stöger seine Karte. »Darf ich Sie anrufen, wenn ich noch eine Frage habe?«

»Dienstlich oder privat?«

»Dienstlich. Wie gesagt – wir ermitteln im Todesfall Djuvic. Da wäre es gut, möglichst viel über das Fußballgeschäft zu wissen. Auch in der Regionalliga.«

»Sie gehen also nicht von einer Überdosis aus?«

»Uns interessiert, ob er selbst dafür verantwortlich war.«

Stöger nickt nachdenklich, gibt Zankl ebenfalls seine Karte und dreht sich zum Spielfeld: »Jorge, nicht Blümchen pflücken! Setz deinen Arsch in Bewegung!«

SAUSTALL

Dosi und Hummel besichtigen Djuvics enge Dreizimmerwohnung in einem Wohnblock südlich von Aichach. Mit bezaubernder Aussicht auf eine Industriebrache. Heruntergekommene Werkshallen, zersplitterte Fenster. Hummel steht in der zugemüllten Küche und sieht zu den Kindern hinaus, die zwischen den Hallen Fußball spielen und erstaunliche Tricks zeigen. Durchaus eine Möglichkeit, aus dem Dreck rauszukommen, denkt Hummel, wenn man entdeckt wird.

Er geht zu Dosi ins Wohnzimmer. Sie deutet auf ein Bild an der Wand. Das Foto zeigt drei junge schwer bewaffnete Männer vor dem Ortsschild von Vukovar. Ein Mann hat frappierende Ähnlichkeit mit dem verstorbenen Fußballer.

»Dafür ist er definitiv zu junge, meint Hummel. »Vielleicht der Vater oder der große Bruder?«

Sie sehen sich weiter um. Kein Telefon. Kein Computer.

»In seinem Spind in der Umkleide war auch nix?«, fragt Dosi.

Hummel schüttelt den Kopf. »Da will jemand nicht, dass wir seine Kontakte kennen. Oder wissen, was auf seinem Rechner ist.«

Bajazzo schnuffelt intensiv am Boden. Knurrt und rümpft die Schnauze. Dosi betastet den Boden und merkt, dass auf der dunklen Auslegware eine Flüssigkeit eingetrocknet ist. »Hummel, da ist was. Ein Fleck. Vielleicht Blut.«

»Die Wohnung ist voller Flecken. Allein schon das Bettlaken. Das ist ein verdammter Saustall.«

FLASCHE

München-Neuhausen. Die schrille Klingel lässt Berti Zahnfeld hochschrecken. Er ist gerade vom Training beim FC Ismaning heimgekommen und hundemüde. Er erhebt sich mühsam vom Sofa und geht zur Tür, drückt den Summer, begibt sich wieder aufs Sofa. »Bestimmt Lisa, weil sie wieder ihr blödes Spielzeug vergessen hat‹, murmelt er. Er sieht zum Couchtisch, wo ein iPhone in Swarovski-Hülle liegt.

Kurz darauf steht Zlatan in seinem Wohnzimmer.

»Du?«, fragt Berti erstaunt.

Zlatan atmet schwer.

»Ist was passiert?«, fragt Berti. »Setz dich. Willst ein Bier?«

»Wasser.«

Berti bringt ihm ein Bier. »Wasser ist aus.«

Zlatan nimmt einen großen Schluck.

»Was ist los, Zlatan?«

»Lucijan ist tot.«

»Ja, hab ich gehört. Starker Abgang. Mitten im Pokalspiel. Der Lucky – immer für eine Überraschung gut. Tja, Sport ist Mord.«

»In mein Auto ist eingebrochen worden. Vorgestern.«

»Aha?«

»Ich hab da meine Sachen drin, also die Sportsachen, die Vitamine und das ganze Zeugs.«

»Deinen Doping-Scheiß.«

»Ist kein Doping-Scheiß! Das sind Vitamine, Mineralstoffe und so. Auch Luckys Sachen.«

»Fehlt was?«

»Nein.«

»Na, dann ist ja alles gut.«

»Nix ist gut. Stöger hat beim Training von 1860 einen Bullen getroffen. Die ermitteln wegen Lucijan. Wenn jetzt jemand was in Lucijans Flasche getan hat, also in seine Vitamine, dann ist das nicht gut. Am Ende denkt noch wer, dass ich was damit zu tun hab.«

»Warum sollte das jemand machen?«, unterbricht ihn Berti.

Zlatan beißt sich auf die Lippe.

»Jetzt sag schon!«

»Der Lucijan hat mir erzählt, wie er Stöger kriegt richtig am Arsch. Hat gesagt, dass er ihm ein Angebot macht, das er nicht ablehnen kann.«

»Wer, der Stöger dem Lucky?«

»Nein, Lucijan dem Stöger.«

»Oh, mei. Lucky – der Pate. Lucky hat den Stöger erpresst?«

40

»Ich weiß es nicht, ja, vielleicht. Und jetzt ist er tot.«

»Du meinst also, der Stöger hat da seine Finger im Spiel?«

»Ich weiß nicht.«

»Womit hat Lucky denn Stöger erpresst?«

»Ich, nein, ich weiß nicht …« Zlatan verstummt.

»Oh, Mann. Zlatan, komm runter! Trink dein Bier, entspann dich. Du machst ein bisschen viel in letzter Zeit. Wie wär's, wenn wir zwei endlich richtig Geschäftspartner werden? Ich brauch Geld.«

»Geld. Du. Klar. Wegen deine Scheiß-Zockerei. Du schuldest mir jetzt schon einen Haufen Kohle. Geld seh ich nie wieder.«

»Aber klar doch. Magst du einen Schnaps?«

Zlatan schüttelt den Kopf, aber Berti füllt zwei Gläser. Vierfache. Sie trinken auf ex.

»Zlatan, was genau machst du eigentlich für Stöger?«

»Kurier, seine Jungs fahren, Klamotten besorgen …«

»Das Vitaminzeugs auch?«

»Nein, das ist allein mein Geschäft. Aber Stöger macht die Vorfinanzierung.«

»Viel Arbeit?«

»Schon.«

»Wie wär's, wenn ich da einsteige?«

»Stöger mag dich nicht.«

»Ach, das ist doch verjährt. Und was soll ich denn sagen? Hätte Stöger damals seinen Job gut gemacht, würde ich heute bei Bayern spielen. Na ja, bei Sechzig zumindest. Außerdem ist es dein Geschäft. Du sagst ihm, dass wir zwei jetzt Partner sind. Und sag ihm auch, dass ich verschwiegen bin. Weißt du, ich hab viele Kontakte in der Szene. Der Markt für das Zeug ist groß. In den unteren Ligen kontrolliert keiner. Und im Wettgeschäft hab ich richtig viel Knowhow. Hey, Zlatan, da könnten wir so richtig Gas geben. Hey, was machst du denn für ein Gesicht?«

»Wenn die Polizei jetzt kriegt raus, dass in Luckys Trinkflasche was drin war …«

»Ach komm, die werden ausgerechnet auf dich kommen. Und selbst wenn, warum solltest du deinen Kunden schaden wollen? Ist die Ware noch im Auto?«

Zlatan nickt.

»Dann musst du die Sachen entsorgen!«

»Aber das Zeug kostet Scheiß-Geld!«

»Dann bring ich es in ein sicheres Versteck? Wenn die bei Lucky was finden, sind die schnell bei dir. Wir stellen das Zeug bei meiner Oma in den Keller. Die geht da nicht mehr runter. Du machst ein bisschen Pause mit dem Zeug, bis sich die Wolken verzogen haben.«

»Welche Wolken?«

»Sagt man so. Aber Probleme sind da, um gelöst zu werden. Zlatan, wir sind doch Kumpels. Ich helf dir. Komm! Ich hab noch 'ne Stunde. Dann muss ich zu Lisa.« Berti steckt Lisas iPhone ein und geht zur Tür. »Weißt du, Zlatan, ich hab langsam eine Vorstellung davon, was der Lucky über den Stöger weiß. Und du weißt es auch. Du bist ja direkt an ihm dran. Da gibt es doch Möglichkeiten. Für uns beide. Wir bereden das im Auto. Ich glaube, dass der Stöger doch noch einen Job für mich hat. Und dann mischen wir zusammen das Geschäft so richtig auf!«

42

DREITAGEBART

Besprechung in Maders Büro. »Fassen wir zusammen«, sagt Mader: »Die Wohnung des Fußballers ist voller Blutflecken. Von Djuvic und anderen. Was ist da passiert?«

Hummel zuckt mit den Achseln. »Eine Schlägerei.«

»Vielleicht. Dazu rote und blondierte Frauenhaare. Diverse Schamhaare in Djuvics speckigem Laken, ein Stück Schneidezahn unter der Couch. Dann der ganze paramilitärische Klimbim. Was bedeutet das alles?«

»Darum müssen sich eigentlich die Augsburger kümmern«, meint Zankl. »Aichach ist nicht unser Einzugsbereich.«

Mader lässt den Einwand nicht gelten: »Es ist unser Fall. Djuvic ist in München gestorben.«

»Mir wär's lieber, er hätte das in Aichach hingekriegt«, sagt Hummel. »Ich hab kein gutes Gefühl bei der Sache. Die Nachbarn machen den Mund nicht auf. Die mögen keine Polizei. Und ich hab mir mal Luckys Vorstrafen angesehen. Der hat so einiges auf dem Kerbholz. Vor allem Rotlichtsachen. Am Ende geht es da um irgendwelche Bandengeschichten, Prostitution, Drogen.«

»Hey, Hummel, mach mal langsam«, meint jetzt Dosi. »Es wird ja nicht gleich das ganze Programm sein. Was ich mich vor allem frag: Wie passt das alles zu einem Fußballer?«

Das Telefon auf Maders Schreibtisch klingelt. Er geht dran und hört aufmerksam zu. »Ja, danke.« Er legt auf und dreht sich zu seinen Leuten. »Der Augsburger Kollege ist da.«

»Wer?«, fragten diese einhellig.

»Ein Kollege, der uns in dem Fall unterstützen wird. Seien Sie bitte nett. Kooperation wird großgeschrieben bei der bayerischen Polizei.«

Dosi will schon was sagen, aber Mader hebt warnend die Augenbrauen.

Als sich die Tür öffnet, ist Dosi nicht mehr so ablehnend, sondern durchaus angetan. Ein kerniger Typ in Jeans, Stiefeln, Parka und mit Dreitagebart im herben Gesicht. Blonde Struwwelhaare. »Servus, ich bin der Marlon«, grüßt er die Münchner. »Oder Marlon Schimmel, wenn's recht ist.«

Mader gibt ihm die Hand. »Grüß Gott, Herr Schimmel, schön, dass Sie da sind, wir können Unterstützung brauchen.«

SCHIMI

»Uh, ein Vorstadt-Schimanski«, stöhnt Zankl, als der neue Kollege aus Augsburg das Büro noch mal verlassen hat, um seine Habseligkeiten für den ihm zugewiesenen Schreibtisch aus seinem Auto zu holen.

»Von der Sitte«, sinniert Hummel, »haben die in Augsburg denn keine normalen Mordermittler für uns?«

»Ach«, sagt Dosi, »ist doch mal was anderes. Kein so Warmduscher wie ihr zwei.« Sie grinst Zankl und Hummel an.

»Das erzähl ich Fränki«, mault Zankl.

Es klopft. Dr. Günther tritt ein. Strahlt übers ganze Gesicht. »Und, wo ist er?«

»Wer?«

»Na, der Augsburger Kollege.«

»Schon wieder weg«, sagt Zankl.

Günther sieht misstrauisch in die Runde. »Ich hoffe, Sie waren höflich!«

»Aber sicher doch«, sagt Mader. »Herr Schimmel holt nur seine Sachen aus dem Auto.«

»Gut. Sehr gut. Ich kenn seinen Vater, Professor Dr. Herrmann Schimmel.«

»*Der* Schimmel?«, fragt Dosi. »Handbuch Kriminologie?«

»Exakt. Professor Dr. Herrmann Schimmel. Mein Doktorvater. Inzwischen ein hohes Tier im Innenministerium in Berlin. Staatssekretär.«

»Na, sauber«, sagt Zankl. »Und der Sohn ist bei der Sitte.«

»Jetzt Mordkommission. Der Junge hat ausgezeichnete Referenzen. Und sein Vater begrüßt es sehr, dass er nun in der bayerischen Landeshauptstadt tätig ist.«

Zankl nickt. »Wir machen ihm das Nest schön warm. Ganz kuschelig.«

»Ich erwarte nicht viel mehr als Höflichkeit und Professionalität. Die Standards. Ich bin mir sicher, dass Sie viel voneinander lernen können. Kooperieren Sie. Sie werden auch von Schimmels Fachkenntnissen profitieren. Dieser Djuvic soll einschlägige Kontakte ins Rotlichtmilieu gehabt haben. Da ist es doch gut, wenn Sie jemanden an Bord haben, der sich in der Augsburger Szene auskennt und Ortskenntnisse mitbringt.«

»Wir ermitteln in München«, sagt Mader. »Djuvic ist hier gestorben.«

»Jetzt seien Sie mal nicht so kleinlich, Mader. Groß denken. Das Verbrechen ist überall. Bei der Sitte gibt es schon lange eine gute Zusammenarbeit auf der Rotlichtachse Augsburg–München. Und die Augsburger sind keine Dorfdeppen. Wissen Sie eigentlich, dass Augsburg die drittgrößte Stadt in Bayern ist? Denkt man gar nicht. Einen schönen Tag noch.«

HANSA

Dosi und Hummel räumen einen verwaisten Schreibtisch frei und lassen den Computer vom IT-Support freischalten.

Als Marlon seinen kleinen Karton mit persönlichen Büroaccessoires auf den Tisch stellt, fragt Dosi erstaunt: »Mehr hast du nicht?«

»Ist alles hier oben drin«, sagt Marlon, tippt sich an die Stirn und lacht.

Zankl ist nicht da, also verläuft die erste gemeinsame Besprechung recht harmonisch.

»Djuvic hat Elektroinstallateur gelernt«, berichtet Marlon. »Aber gearbeitet hat er nie wirklich. Immer Fußball. Aber nur kleine Vereine. Diverse Nebenjobs, unter anderem Türsteher im *Straps*, einem Stripladen in Augsburg. Und angeblich hatte er auch mal einen Hasen in der Hansastraße laufen.«

»Hansastraße, München?«

»Ja. Jasmin aus Zadar. Aber was Handfestes hatten wir nie gegen ihn in der Hand. Jasmin ist wieder in ihrer Heimat. Es gibt auch Hinweise auf Drogenhandel. Was diese Jungs halt so alles machen. Brauchen ja immer Kohle. Für Autos, Frauen, zum Zocken. Aber Lucky war kein großer Fisch, nur ein Handlanger, ein kleines Licht.«

»Ich hab recherchiert«, sagt Hummel. »Er hat 'nen Bruder. Mirko.« Er hält das Foto aus Djuvics Wohnung hoch. »Mirko Djuvic hat eine dicke Akte. Alles von Zuhälterei bis hin zu Waffengeschäften. Und international gesucht wegen Verdacht auf Kriegsverbrechen. Ganz schwerer Junge.«

46

Marlon nickt. »Stimmt. Aber tot. Letztes Jahr, Schießerei in einem Sexschuppen, der dann ausgebrannt ist. Gleich beim Augsburger Hauptbahnhof. Vier Tote. War groß in allen Zeitungen.«

»Hab ich gelesen. Auch eine junge Frau ist umgekommen.«

»Ja, das ist ein gefährliches Milieu für die Mädchen.«

»Kennst du dich aus in Mädchen, äh in München?«, fragt Dosi mit feuerrotem Kopf.

Marlon verzieht keine Miene. »Zumindest im Rotlichtmilieu. Das sind dieselben Leute in München und Augsburg.«

»Spielen da auch Sportwetten eine Rolle?«, fragt Hummel.

»Logisch.«

ERSTE LIGA

Lichter der Großstadt. Die weißgelben Achsen der Stadt. In langsamer Bewegung. Draußen. Drinnen: gedämpftes Licht, leise klirrende Gläser, Besteck auf feinem Porzellan. Stöger sieht zu, wie sein Schützling mit großem Appetit isst. Hervorragende Küche hier im Panoramarestaurant des Olympiaturms. Ambiente sowieso. Wie in einem Bond-Film. Chrom, gestärktes Leinen, lederbezogene Stühle, dunkle Holzpaneele an den Wänden. Der dezente Jazz versandet im dichten Flor des auberginefarbenen Teppichs. Draußen kreist die Stadt. Unten Lightshow im Oly-Stadion. Heute Konzert. Jetzt taucht die leuchtende Allianz Arena am Horizont auf. Heute Rot. Saisonstart.

»Dortmund ist stark«, sagt der junge Mann.

»Didi, Rot gewinnt immer«, lautet Stögers Antwort.

»Restlos ausverkauft.« Didi fährt sich versonnen über den blonden Seitenscheitel.

»Tickets hätte ich organisieren können«, sagt Stöger. »Ist doch jetzt dein Verein, Didi. Unser Verein.«

»Ach, unser Termin heute war mir wichtiger. Ich möchte bei meiner Karriere nichts dem Zufall überlassen.«

Stöger hebt das Glas. »Recht so, Didi. Ein, zwei Jahre, dann bist du in der Stammelf. Wenn du dich reinhängst!«

»Und dann Chelsea, Barcelona, Juventus, Real …«

Stöger lächelt und winkt dem Kellner. Der schwebt herbei und füllt die Champagnergläser erneut.

»Didi, auf den Zweijahresvertrag! Nie wieder Haching!«

»Sag nix gegen Haching!«

Sie lachen und trinken.

Didi wischt sich die Lippen. »Du, Raffi, über ein wichtiges Detail müssen wir noch reden.«

SCHNAUZER

»Was ist das für ein Typ, der Neue?«, fragt Fränki, als er den Speck für die Spaghetti Carbonara würfelt.

Dosi legt gerade im Flur Wäsche zusammen. »Marlon war bei der Sitte in Augsburg. So ein bisschen aus der Zeit gefallen. Schimanski-Typ.«

»Mit Schnauzer?«

»Hatte Schimanski ’nen Schnauzer?«

»Logo.«

»Echt? Nein, hat Marlon nicht. Ist aber der Sohn von einem hohen Tier im Innenministerium.«

»Aha. Innenministerium.«

48

»Sag mal, Fränki, bist du eifersüchtig?«

»Ich?! Au! Scheiße!«

»Hast du dich geschnitten?« Sie kommt in die Küche. »Zeig mal her!« Sie nimmt seine Hand und betrachtet die blutende Fingerkuppe. »Mensch, Fränki, pass doch auf! Drück drauf, ich hol ein Pflaster.«

EINE LETZTE

Didi blickt auf die Stadt hinab, während der Kellner diskret die Teller abräumt. Dann sieht er Stöger an. Der hat zwei tiefe Denkfalten in der Stirn. Dahinter arbeitet es gewaltig.

»Und, haben wir einen Deal?«, fragt Didi.

Stöger überlegt, dann nickt er langsam.

»Gut.« Didi steht unvermittelt auf. »Sorry, ich muss mal kurz.«

Er geht zum Vorraum und die Treppe hoch. Allerdings nicht auf die Toilette. Er verlässt das Lokal und tritt hinaus auf die offene Aussichtsplattform. Atmet tief durch. Darauf eine Zigarette. Nur eine. Eine letzte. Er muss aufhören mit dem Rauchen. Geht gar nicht. Jetzt als Profi. Ja, er wird aufhören. Nur diese allerletzte noch. Zur Feier des Tages. Danach wird er die Schachtel über die Brüstung werfen, hinab in die Münchner Nacht. Nächste Woche endlich das erste richtige Training! Didi checkt sein iPhone. Nichts Neues von Lisa. Sie ist unterwegs. Mit diesem Nullchecker Berti. Lisa könnte doch erste Liga haben! Irgendwann kapiert sie das. Er steckt das Handy ein, sieht in die Nacht. Zu ihm dringt der Gitarrensound aus dem Stadion und das Jubeln aus Tausenden Kehlen. Da spielt heute diese Metal-Band. Der

Name fällt ihm nicht ein. Aber die müssen groß sein, wenn sie im Oly-Stadion auftreten. Didi erinnert sich, dass er auch mal im Oly-Stadion gespielt hat. Nicht Musik, sondern Fußball. Haching gegen Türkücü. Tja, aber in Zukunft nur noch erste Liga, also bei Heimspielen Allianz Arena. Didi schützt die Feuerzeugflamme mit der hohlen Hand gegen den Wind und zündet sich eine Zigarette an. Er inhaliert tief und wirft die Schachtel über die Brüstung.

MÄNNERSACHEN

»Schläft er?«, fragt Karla, als Hummel in die Küche kommt.

Hummel nickt und setzt sich an den Küchentisch, widmet sich seinem inzwischen kalten Espresso.

»Ich konnte ja nicht wissen, dass Paul dich noch sprechen will. Soll ich dir einen neuen Kaffee machen?«

»Danke, kalter Kaffee macht schön.«

Sie lächelt. »Worüber habt ihr euch denn unterhalten?«

»Männersachen.«

»So?«

»Fußball.«

»Kennst du dich da aus?«

»Nein, aber ich muss eh nur zuhören: erste Liga, zweite Liga, Premier League, Primiera Division, Seria A, Abseits, Phantomtor, Pressing, Gegenpressing, Okocha, Rainbow … Woher weiß er das alles?«

»Paul holt jeden Morgen die Zeitung hoch, breitet den Sportteil auf dem Tisch aus und studiert alles ganz genau. Für meine Kaffeetasse bleibt kaum genug Platz.«

»Kluger Junge.« Hummel trinkt seinen Kaffee.

Karla sieht ihn ernst an. »Du tust Paul gut.« Sie lächelt und beugt sich über den Tisch. »Und mir auch.« Hummel schließt die Augen, spürt ihre weichen Lippen. Sein Handy klingelt. Karlas Lippen verhärten sich.

»Tut mir leid«, murmelt er und sieht aufs Display. »Muss ich ran. – Zankl, was ist los?«

WIE EINE EINS

Am Olympiaturm stehen mehrere Einsatzwagen. Die Terrasse des Cafés am Fuße des Turms ist mit Plastikbändern abgesperrt. Dahinter Mader, Dosi, Hummel und Zankl.

»Dosi, haben Sie den Schimmel angerufen?«, fragt Mader.

»Marlon ist unterwegs.«

»Warum ist hier so viel los?«

»Konzert im Olympiastadion«, erklärt Hummel. »Gerade vorbei.«

Mit einer Sichtschutzwand verhindern die Kollegen, dass Schaulustige zu nahe kommen, um einen Blick auf den Toten zu erhaschen. Der ist sehr tot. Kein schöner Anblick: von sehr hoch oben hinuntergestürzt, genau auf einen der zusammengefalteten Sonnenschirme des Cafés. Der Ständer hat den Rücken des jungen Mannes durchstoßen. Blutige Gedärme kleben wie Rotzschlieren am Schirmstoff. Der deformierte Körper unten auf dem Betonfuß des Schirms macht ebenfalls keinen appetitlichen Eindruck.

»Ironie des Schicksals«, sagt Zankl.

»Wie meinst du das?«, fragt Hummel.

»Oder Glück im Unglück. Er ist Sekundenbruchteile gestorben, bevor er wirklich aufgeprallt ist.«

»Spielt das noch eine Rolle, wenn man eh schon ohnmächtig ist?«

»Warum sind wir eigentlich hier?«, beendet Dosi den philosophischen Diskurs. »Kümmern wir uns jetzt um Selbstmörder?«

Zankl berichtet, dass der Spielerberater Raffael Stöger ihn angerufen hat. Einer seiner Spieler sei plötzlich verschwunden. Beim Abendessen oben im Restaurant. Kurz darauf hätte man den Jungen gefunden. Hier unten.

»Und da ruft er dich an?«, fragt Hummel.

»Ich hab ihn bei den Sechzgern kennengelernt. Stöger weiß, dass ich bei der Kripo bin.«

»Aber wenn ein junger Mann in den Tod springt …?«

»Unwahrscheinlich.«

»Woher willst du das wissen?«

»Stöger hat gerade einen Zweijahresvertrag für seinen Schützling bei den Bayern ausgehandelt. Das haben sie heute gefeiert. Oben im Drehrestaurant. Da springt man vielleicht vor Freude in die Luft, aber nicht vom Turm runter.«

Hummel schüttelt den Kopf. »An der unteren Plattform ist ein hohes Gitter, und von der oberen Plattform brauchst du schon ein Katapult, um über die untere Plattform zu kommen.«

Mader sieht zu Gesine. Die ist in ihre Arbeit vertieft. »Frau Fleischer, die Leiche sagt uns noch nichts, oder?«

»Nicht auf den ersten Blick. Wenn es vorher ein Handgemenge gab, können wir vielleicht noch was finden. An den Körperteilen, die halbwegs heil geblieben sind. Sind aber nicht viele. Ich bin eher skeptisch. Tja. Und das mit dem Sonnenschirm ist erstaunlich.«

»Ja?«

52

»Überlegen Sie mal: Das sind hundertachtzig Meter. Der Typ wiegt um die siebzig Kilo. Das ist eine Wahnsinnsenergie, wenn der unten ankommt. Und der Schirm steht wie eine Eins. Muss ich mir merken. Also die Marke. Mir ist der Sonnenschirm auf der Dachterrasse zweimal geknickt. Bei einem lauen Lüftchen. Ob's diese Schirme auch in einem ganz normalen Baumarkt gibt? Also bei mir ist ja der, wie heißt er noch mal …?«

»Yippiehyaya Yippieyippieyeah?«, schlägt Zankl vor.

»Genau, Yippieyippieyeah!« Gesine lacht.

»Wo ist dieser Stöger?«, unterbricht Mader die Spaßfraktion.

Zankl deutet zu der Trage, die soeben in den Krankenwagen geschoben wird. »Der Notarzt hat ihm ein Beruhigungsmittel gegeben.«

Marlon trifft gerade ein und sieht Stöger im Vorbeigehen mit großen Augen an. Der stiert nur glasig vor sich hin.

»Schön, dass Sie auch mal kommen«, begrüßt Mader Marlon.

Marlon nimmt einen letzten Zug aus seiner Zigarette und schnippt die Kippe weg. »Augsburg ist nicht Schwabing. Und auch nicht Neuperlach. Was macht der Stöger hier?«

»Sie kennen ihn? Von der Sitte?«

»Nein, vom Fußball. Ich war früher mal in der Jugend vom FC Augsburg.«

»Sauber«, sagt Zankl. »Und, kennst du ihn näher?«

»Wie man sich eben vom Fußball kennt. Ganz früher war Stöger bei Leverkusen. Toller Spieler. Hängende Spitze. Dann Scout, schließlich Berater. Umstrittener Typ. Aber ziemlich erfolgreich.« Marlon deutet auf die Leiche. »Wie ist das passiert?«

»Wir wissen es noch nicht.«

Mader überlegt kurz, dann sagt er zu Zankl: »Schauen Sie mal, ob der Tote ein Handy hat. Brieftasche und Schlüssel waren in seiner Jacke im Lokal. Handy war keins drin.«

Zankl streift sich Einmalhandschuhe über und durchforstet die Taschen des Toten. »Fehlanzeige.«

»Namen haben Sie?«

Zankl nickt. »Von Stöger. Didi Schosser. Wohnt in Unterhaching. Jägerstaße 9.«

»Allein?«

»Bei seinen Eltern.«

»Oje. Kündigen Sie mich bitte da an, und fahren Sie mit Dosi und Hummel ins Restaurant hoch. Befragen Sie die Leute, ob sie was gesehen haben. Auch den Liftführer. Und sehen Sie sich die Plattform genau an.«

»Und ich?«, fragt Marlon.

»Sie fahren mit mir nach Haching.«

EINSTELLIG

Fränki steht in der Nähe im Gebüsch. Nicht ganz zufällig. Er ist Dosi gefolgt. Das ist also der Neue – Schimanski trifft es tatsächlich. Nur in jung und besser aussehend. Muss er zugeben. Und ohne Schnauzer. Er hat genau registriert, wie Dosi ihn angesehen hat. Das muss er im Auge behalten. Er stutzt, als er unter den Schaulustigen jemanden sieht, den er kennt. Aus dem Stadion. Von 1860. Der »geile Andi«, einer von den Ultras. Blondierter Vokuhila, stattliche Körpergröße, bescheidener Körperumfang, ein Hauch vogelscheuchig. Fränki kennt niemanden, der den Sechzger-Schal so bescheuert trägt. Als wär's ein Seidenschal und kein Polyacryl.

Was macht denn der hier? Er sieht zu Dosi, dann wieder zum geilen Andi. Der spricht jetzt mit einem Typen, der einen guten Kopf kleiner ist und eine Figur wie ein Bullterrier hat. IQ vermutlich einstellig Den hat er doch auch schon mal gesehen? Ebenfalls bei den Ultras? Ja, klar. Diego. Mit dem hat er mal im *Sixty Lions* ein Bier nach einem Spiel getrunken. Was arbeiten die Jungs eigentlich? Bestimmt Lageristen oder so. Getränkemarkt würde auch passen, haha. Fränki überlegt schon, einfach rüberzugehen und die beiden anzuquatschen. Aber er entscheidet sich anders. Die Typen sehen irgendwie aus, als hätten sie mit der Sache irgendwas zu tun. Denn ihre Gesichter zeigen nicht nur Schaulust, sondern auch schlechtes Gewissen. Das fällt Fränki auf, weil diese emotionale Regung so gar nicht zu den zwei Spackos passt.

SORGENFALTEN

Mader und Marlon fahren durch die Münchner Nacht.

»Behandeln die Kollegen Sie gut?«, fragt Mader.

»Kann nicht klagen. Wir hatten aber noch kaum das Vergnügen.«

»Warum wollten Sie nach München?«

»Wollte ich das? Wer sagt das?«

»Dr. Günther.«

»Sie wissen, wer mein Vater ist?«

Mader nickt.

»Der Alte will für mich immer irgendwas arrangieren. Passt ihm nicht, dass ich nur in Augsburg bin. Außendienst auch nicht. Passt mir aber sehr gut. Nur Sitte nicht mehr.

Der ganze Dreck, die jungen bleichen Dinger, die tätowierten Luden, die Gewalt, die Drogen. Das ist auf die Dauer deprimierend.«

»Das ist bei der Mordkommission kaum besser.«

»Ein bisschen mehr Psychologie.«

Mader sieht ihn erstaunt an.

»Urteilen Sie nicht vorschnell. Eine Lederjacke macht noch lange keinen Rocker.«

Mader lächelt und setzt den Blinker. Eine schmale Wohnstraße in Unterhaching. Jägerstraße. Nummer 9.

Sie steigen aus. Das Rauschen der Autobahn ist deutlich zu hören. Ein Einfamilienhaus von stattlicher Größe und geringem Geschmack. Manikürter Vorgarten. Vergitterte Fenster im Erdgeschoss. Im Küchenfenster brennt noch Licht. Mader sieht auf die Uhr. Halb zwölf.

Sie klingeln. Das Gesicht einer besorgten Mutter erscheint am Küchenfenster, verschwindet wieder. »Wer ist da?«, schallt es aus der Sprechanlage mit Videobullauge.

Mader beugt sich zu der Anlage hinunter und sagt: »Polizei, bitte öffnen Sie.«

Der Summer ertönt. In der Haustür steht Frau Schosser, eine einst attraktive Frau mit sorgengefaltetem Gesicht, das blonde Haar zu einem strengen Dutt zusammengebunden. Um die Schultern ein beiges Wolltuch. Es ist alles andere als kalt. »Ist etwas passiert?«, fragt sie heiser.

»Hat mein Kollege Ihnen schon etwas gesagt?«

»Welcher Kollege?«

»Sie haben keinen Anruf bekommen?«

»Nein. Ist etwas mit Dietrich? Er ist noch nicht zu Hause. Ist etwas passiert?«

»Ist Ihr Mann da?«

»Nein, er ist geschäftlich unterwegs.«

56

»Weit weg?«

»Er ist auf einer Großbaustelle in Sachsen.«

»Können wir reinkommen?«

WINKEWINKE

»Wahnsinnsblick«, sagt Hummel und sieht durch das Gitter auf die Stadt runter. »All die Lichter, all die Fenster, all die Straßen. Hier muss es passiert sein. Also ungefähr. Die Terrasse vom Café müsste genau unter uns sein.«

Dosi rüttelt an der hohen Brüstung. »Aber wie ist es passiert? Da musst du schon selber übers Geländer steigen. Da wirft dich keiner drüber. Von der oberen Plattform schon gar nicht.«

Hummel geht auf die gegenüberliegende Seite. Dort ist eine Baustelle, wo Ausbesserungsarbeiten am Betonboden und am Geländer durchgeführt werden. Hummel überlegt. Das wäre eine Möglichkeit. Aber falsche Seite. Das Café und der Fundort der Leiche sind auf der anderen Seite.

In der inneren Plattform bei der kleinen Bar fallen ihnen zwei Hocker auf, die nicht umgedreht auf dem Tresen stehen. »Die Spurensicherung soll sich die mal anschauen«, meint Zankl. »Wenn das Mord war, muss das mehr als ein Täter gewesen sein. Sonst schaffst du das nicht. Mal als These: Die haben ihn k.o. gehauen, haben die Hocker rausgeholt, um ihn über das Gitter zu wuchten.«

»Viel zu wackelig«, sagt Hummel. »Glaub ich nicht. Und zu auffällig.«

»Bis wann haben die hier oben eigentlich offen?«

»Bis 23 Uhr.«

»Echt? Und, waren da noch andere Leute oben?«

»Der Liftführer sagt, dass heute wenig los war. Wir haben jedenfalls aktuell keine Zeugen. Wir kriegen aber die Videos aus der Überwachungsanlage unten vom Foyer.«

»Und von den Gästen in dem Edellokal hat auch keiner was gesehen«, sagt Dosi. »Schade.«

Zankl grinst. »Stell dir vor, du sitzt da bei Hummer und Kaviar und draußen fliegt einer vorbei und macht Winkewinke.«

Hummel schüttelt den Kopf und macht den Scheibenwischer.

WUNDERBAR RUHIG

Fränki sitzt in der U3 eine Sitzgruppe hinter dem geilen Andi und seinem Spezl Diego und sieht ihre Rücken. Der Wagen ist überfüllt und laut. Alles voller *Rinnstein*-Fans. Schon spezielles Publikum: schwarze Jeans und Leder mit funkelnden Nieten, bleiche Gesichter mit Kajal, ungesundes weißes tätowiertes Fleisch. Viele tragen die schwarzen T-Shirts mit dem roten Kreuz und dem Titel der neuen LP *Amokfahrt*. Fränki überlegt, ob die beiden auch auf dem Konzert im Olympiastadion waren. Sie haben zwar keine Bandshirts an, aber der Sound würde definitiv zu ihnen passen. An der Münchner Freiheit mischen sich ein paar versprengte Bayern- und Dortmund-Fans unter die *Rinnstein*-Fahrgäste. Durchschnitts-IQ steigt nicht.

Umsteigen Sendlinger Tor, aussteigen Silberhornstraße. Fränki weiß schon am Bahnsteig, wohin die zwei ihre Schritte lenken. Er nimmt den anderen Ausgang, spurtet die Treppe hoch, läuft zur Tegernseer Landstraße.

Er hat bereits einen großen Schluck von seinem Bier genommen, als der geile Andi und der dicke Diego im *Sixty Lions* auflaufen. Sie stellen sich neben Fränki an den Tresen.

»Servus, Andi, wie ham die Bayern gschpuit?«, fragt Fränki.

»4:1. Aber was willstn mit de Bayern? Sechzig forever! Lang ned gsehn, Fränki. Wie lauft's?«

»Viel Arbeit. Die Computerbranche schläft nie. Und ihr, wo kommt's ihr so spät noch her?«

»Von der Arbeit«, sagt Diego.

Fränki sieht sie erstaunt an.

Der geile Andi tritt seinem Spezl an die Wade. »Na ja, beim Miller ist immer was los.«

»Beim Miller?«

»Trauerhilfe Miller. Vorne an der Sankt-Martin-Straße.«

»Ach, *der* Miller.« Fränki lacht. »Ihr seid Bestatter?«

»Logisch. Wusstest du das nicht? Vierundzwanzig Stunden on duty.«

»Und, wie ist die Arbeit da?«

»Schlechte Arbeitszeiten. Aber wunderbar ruhig.«

Sie lachen und bestellen Nachschub. Reden über Fußball und natürlich auch über das abgebrochene Pokalspiel gegen Aichach.

»Den Djuvic machen mir«, erklärt Diego stolz. »Der Verein will was Besonderes. Ein echtes Fußballbegräbnis, gell, Andi!«

Der nickt. »Kommen richtig wichtige Leute.«

»Hier am Ostfriedhof?«, fragt Fränki.

»Na, in Aichach. Wir machen ihn zurecht, sobald er aus der Rechtsmedizin kommt.«

»An was ist er denn gestorben?«

»Zu viel Einsatz. Zamklappt, einfach so.«

»Warum dann Rechtsmedizin?«

»Postume Dopingkontrolle.«

Alle drei lachen herzhaft.

Diego bringt jetzt die eigentliche Attraktion an den Mann: »Weißt du, wir machen die Innenausstattung des Sargs mit Lederflicken in Weiß und Schwarz, also natürlich kein echtes Leder, aber so Oldschool-Fußball. Und dem Djuvic ziehen wir das Auswärtstrikot von Aichach an. Also nicht das Heimtrikot, weil in Zukunft spielt der ja auswärts, ha! Und ein Stück Rasen kommt auch noch in den Sarg.«

»Aus der Arena oder aus Aichach?«, fragt Fränki.

HUNDERT PUNKTE

Hummel und Zankl sitzen in einer Kneipe in Schwabing. Dosi hat schon den Heimweg angetreten. Sie will Fränki nicht zu lange warten lassen nach ihrem Abendtermin.

Zankl sieht sich um. »Hey, im *Nordpol* war ich ewig nicht mehr. Warum wolltest du nicht in die *Black Box*? Ist doch dein Stammlokal.«

»Na, dreimal darfst du raten.«

»Du hast Streit mit Beate.«

»Nicht wirklich.«

»Dieser Heini hat sie wieder angebaggert. Ihr Ex.«

»Hundert Punkte.«

»Na, und? Den steckst du doch lässig in den Sack.«

»Täusch dich nicht. Sie ist wieder mit ihm zusammen.«

»Aber dafür bist du noch ganz gut drauf.«

»Tja.«

»Sag bloß, du hast 'ne Neue?«

»Noch mal hundert Punkte.«

»Echt? Mensch, Hummel! Erzähl!«

»Karla, alleinerziehend. Mit Paul, zwölf Jahre.«

»Und, hübsch?«

»Paul?«

»Nein, sie.«

»Oh ja, sehr. Dunkler Typ. Ganz anders als Beate.«

»Was Festes?«

»Ja, bei der Stadt. Baureferat.«

»Nein, ihr, also du?«

»Ich glaub schon.«

»Wie? Du glaubst schon? Hey, Hummel, du musst langsam mal unter die Haube. Du bist kein Student mehr. Auch wenn deine Bude immer noch so aussieht. Die ganzen Bücher und Platten. Das reinste Chaos.«

»Sag nix gegen meine Platten!«

»Hast du ein Foto von ihr?«

Hummel zeigt ihm sein Smartphone. Ein Schnappschuss aus dem Biergarten. Karla strahlt im Abendlicht. Haselnussgold.

»Wow! Hummel, ich fass es nicht. Die musst du heiraten, ehe sie es sich zu genau überlegt.«

»Was überlegt?«

»Ob das Sinn macht mit 'nem Bullen. Also von der Mordkommission. Jasmin hat mir gesagt, wenn sie vorher gewusst hätte, was das bedeutet, hätte sie mich nie im Leben geheiratet.«

Hummel denkt an Karlas Enttäuschung vorhin, als er den romantischen Abend abbrechen musste, weil Zankl angerufen hat. Tja, das ist einer der Nachteile seines Jobs. Dass der keinen Anfang und kein Ende hat. So ist das nun mal. Aber von neun bis fünf im Büro, das wäre auch nichts für ihn, überhaupt nicht. Noch weiß Karla nicht im Detail, wie der

Arbeitsalltag eines Polizisten aussieht. Soll er das mit ihr fix machen? Heiraten? Familie? Nach so kurzer Zeit? Will er das? Zusammenziehen, alles teilen? Was wäre dann mit seinen Platten? Bestimmt dürfte er dann auch nicht mehr spätnachts am Küchentisch sitzen, rauchen und Bier trinken. Vielleicht würde Karla ihn fragen, was er da ständig in sein Tagebuch schreibt? Da stehen seine höchsteigenen Gedanken drin, die niemanden außer ihm etwas angehen. Vielleicht wäre es aber auch ganz schön, so intime Gedanken mit jemandem zu teilen? Nein, das kann er sich nicht vorstellen. Im Moment zumindest nicht.

Tagebuch würde er auch weiterhin nur für sich ganz allein schreiben. Schreiben – kein besonders gutes Stichwort. Er war sich mit seiner Agentin ja endlich einig geworden, wie das mit seinem Krimi weitergehen soll – so ein bisschen derb und brutal –, und hatte schon ein bisschen was ins Unreine geschrieben, aber dann ging wieder so viel Zeit ins Land. Ja, der Split mit Beate hat ihm einen gehörigen Strich durch die Rechnung gemacht. Und jetzt mit Karla und Paul bleibt zum Schreiben wieder keine Zeit. Er hat seit Wochen keine Zeile geschrieben! Gerlinde von Kalterns letzte mahnende Mail hat er nicht beantwortet …

»Hey, Hummel«, unterbricht Zankl seine Gedankenflut, »magst du noch ein Bier?«

Hummel sieht erst Zankl an, dann die Bedienung, nickt gedankenverloren.

»Wie findest du eigentlich den Neuen«, fragt Zankl, »den Schimanski?«

»Marlon – ach, der ist ganz okay. Anders als wir. Dosi kann gut mit ihm.«

»Ist der auch aus Niederbayern?«

»Nein, ein Schwabe.«

Zankl nimmt einen großen Schluck Bier. »Na, dann klappt das ja mit der Völkerverständigung. Ich hab mal seinen Vater gegoogelt. Ganz hohes Tier. War sogar mal als Innenminister im Gespräch.«

»In Bayern?«

»Im Bund.«

»Sauber. Aber?«

»Der werte Professor Schimmel ist ein glühender Verfechter von Trojanern. Bekam deswegen Stress mit den Datenschützern. Da haben sie ihn aus der Schusslinie genommen, also die Parteioberen von der CSU. Zieht jetzt im Hintergrund die Fäden.«

»Staatssekretär ist nicht gerade Hintergrund.«

»Aber zweite Reihe. Ich frag mich, warum er uns seinen Sohn aufhalst?«

»Ich hab nicht den Eindruck, dass Marlon Papas Beistand braucht. An Selbstbewusstsein mangelt es ihm nicht.«

»Kann ja nicht jeder so ein Komplexbündel sein wie du.«

»Danke, Superman. Deine Sensibilität rührt mich.«

Die Bedienung bringt das Bier.

Zankl sieht zur Eingangstür. »Hey, Hummel, schau mal. Ist das nicht Beate?«

»Trink dein Bier und verarsch dich selber.«

»Nein, im Ernst.«

Hummel lugt aus ihrer Nische. Tatsache, Beate mit ihrem neuen Lover, der auch ihr alter Lover ist. Sie stehen jetzt eng umschlungen am Tresen.

»Was macht der jobmäßig noch mal?«, fragt Zankl.

»Testfahrer bei BMW.«

»Echt? Cool!«

»Du Arsch. Lokalwechsel. Jetzt können wir ja noch gefahrlos auf einen Absacker in die *Blackbox*.«

MIT DEM DINGS

»Wo kommst du denn so spät noch her?«, fragt Dosi, als Fränki in seine Wohnung stolpert und seine geröteten Augen gegen das grelle Flurlicht schützt. Fränki versucht, eine korrekte Antwort zu geben, aber das Sprechen fällt ihm schwer. Er hat mindestens ein Bier zu viel getankt, sodass es mit der Artikulation nicht ganz klappt. Ein verdruckster Rülps kommt über seine Lippen. Damit gibt sich Dosi nicht zufrieden. »Also, wo warst du?«

Fränki lässt sich auf die Schuhbank sinken und streift die Stiefel ab. »Hey, das ist meine Wohnung. Wenn ich noch ein Bier trink und du bist nicht da … Ist das, bürps, ist das … mein, äh … Bier. Du warst ja noch mit dem Dings, mit dem Schimanski, unterwegs. Oder?«

»Logisch, mit wem denn sonst? Und jetzt wünsch ich dir eine gute Nacht! In ›deiner‹ Wohnung!« Sie klippst den Schlüssel von ihrem Bund und legt ihn auf die Schuhbank. Fränki sieht sie konsterniert an.

Und schon ist Dosi zur Tür raus. Fränkis bescheuerte Eifersucht geht ihr dermaßen auf den Zeiger! Das mit dem Heiraten wird sie sich noch sehr genau überlegen. Gründlichst. Sie geht los durch die Nacht. An der Silberhornstraße hält sie noch mal an und überlegt. Fränki hat ja recht. Sie motzt ihn in seiner Wohnung an. Sie war es doch, die abends noch mal losmusste. Und dann will sie Rechenschaft von ihm. Sie sind nicht verheiratet. Noch nicht! Aber selbst wenn sie es wären, war ihr Tonfall nicht in Ordnung. Sie dreht um, doch dann überlegt sie es sich noch mal anders und geht zur U-Bahn hinunter. Soll Fränki mal seinen Rausch ausschlafen. Allein. Mit ein bisschen Glück erwischt sie die letzte U-Bahn noch. Und Fränki erinnert sich morgen vielleicht an nichts mehr vor lauter Kopfschmerzen.

INNIG

Hummel ist am Ende. Emotional. Obwohl er ja eigentlich keinen rechten Grund hat. Objektiv gesehen. Er hat eine liebevolle Freundin, die einen tollen Sohn hat, und alles könnte wunderbar sein. Ist es nicht. Subjektiv gesehen ist er sehr ambivalent unterwegs.

Liebes Tagebuch,
ich fühle mich grauenvoll. Beate in inniger Umarmung
mit diesem Ekelpaket. Das war ja ein krönender Ab-
schluss des Tages. Und in der Blackbox begrüßte mich
Andrea, die Barfrau, mit den Worten: »Du, Beate ist
heute nicht da.« Ja, was meint denn die Kuh, warum ich
mich überhaupt reintrau? Und als ob ich sonst nur wegen
Beate in die Blackbox gegangen wäre. Pah! Zu allem
Überdruss haben die den Rest des Abends nur Barry
White gespielt. Die Pest! Der klebrige Scheiß. Das ist doch
Musik zum Bum…, nein, zum Heulen! Oh, Tagebuch,
warum ist mir Beate noch immer nicht egal? Warum hat
sie sich bloß für diesen Lackaffen entschieden? Ich hätte
ihr mehr Geschmack und Intelligenz zugetraut. Ach, ich
kann einfach nicht aufhören, an sie zu denken. Außer
wenn ich mit Karla zusammen bin. Aber das bin ich ja
nicht die ganze Zeit. Vielleicht sollte ich das mit Karla

wirklich fix machen, wie Zankl sagt. Möglichst bald heiraten, eine Familie gründen. In der ich gebraucht werde. Dann würde ich abends an Pauls Bett sitzen, mit ihm die Ereignisse des Tages und die Spielergebnisse aus den Ligen dieser Welt Revue passieren lassen.

Oh mein Tagebuch, ich weiß nicht, was ich tun soll. Es kann doch nicht sein, dass mein ganzes Glück nur an den Frauen hängt. Das ist doch bescheuert! Ich muss doch auch mal an mich selbst denken! Morgen fange ich wieder mit dem Schreiben an! Ja, morgen, wenn mein Kopf wieder klar ist. Dann melde ich mich auch endlich bei Frau von Kaltern wegen unserem Buchprojekt. Ist ja klar, dass sie als Agentin Bescheid wissen will, ob und wie es vorangeht. Ich ruf sie an. Mach ich. Wenn ich etwas mehr Zeit habe. Jetzt werde ich noch eine gute Platte auflegen. Und dazu eine Zigarette. Und ein letztes Bier. Und niemand, der mir reinredet.

RÜCKSICHTSVOLL

Mader liegt unruhig im Bett, kann nicht schlafen. Der Besuch in Unterhaching hat ihn mitgenommen. Zankl hat tatsächlich vergessen, sie anzukündigen. Wie peinlich. Die Mutter war bei der Nachricht vom Tod ihres Sohnes zusammengebrochen, den Vater hatten sie nicht erreicht, nur die Mailbox. Mader denkt an den aufgespießten Körper und das Gedärm am Sonnenschirm. Mader hat der Mutter nicht alles gesagt. Aber sie hat darauf bestanden, ihren Sohn morgen zu sehen. Er hat Dr. Fleischer noch auf die Mailbox gesprochen und sie gebeten, ein bisschen zu zaubern.

Marlon Schimmel geht ihm auch noch im Kopf herum. Abgebrühter Hund. Während er mit der weinenden Frau Schosser im Wohnzimmer saß, hat Marlon das Haus inspiziert, besonders den ausgebauten Dachstuhl, wo der Sohn gewohnt hat. Klar, er hat höflich um Erlaubnis gefragt, ist dann aber seelenruhig durch die Sachen gegangen. Er selbst verschafft sich bei solchen Gelegenheiten immer nur einen ersten Eindruck, will nur ein Gefühl für die Person bekommen, die dort gelebt hat. Subtil. Rücksichtsvoll. Das ist seine Art. Na ja, das interessiert die jüngeren Kollegen offenbar nicht sehr. Schossers Computer hat er Marlon aber nicht überlassen. So gut kennt man sich noch nicht. Der Laptop liegt jetzt hier auf seinem Couchtisch. Zankl soll sich den morgen näher ansehen. Wochenende hin oder her – er hat alle für morgen früh einbestellt.

DATENSCHUTZ

Zankl gibt sich große Mühe mit dem Laptop. Er hat was auszubügeln, denn er war gestern in dem Trubel zu verpeilt gewesen, Frau Schosser anzurufen. Unprofessionell. Da hat Mader völlig recht. »Also, die Daten auf Schossers PC sind nicht besonders interessant«, vermeldet Zankl schließlich. »Kein Password. Auf den ersten Blick nichts Besonderes. Ein paar Spiele, belanglose Mails, Internetverlauf brav gelöscht. Vielleicht hatte er Angst, dass Mutti guckt, was er im Netz treibt.«

Marlon runzelt die Stirn. »Ist das okay, wenn wir einfach seine Festplatte checken?«

Zankl murmelt: »Dein Papa hätte da sicher weniger Bedenken wegen Datenschutz.«

»Haha, sehr lustig, Mr. Superhacker.«

»Wollen wir hier einen Mord aufklären, oder was?« Zankl klickt sich weiter durch die Dateiordner und Software. Er stutzt, öffnet ein Programm. Sieht den Stadtplan von München. Im Westend blinkt ein rotes Licht. »Kommt mal her!« Zankl zeigt auf die Statusleiste: Lisas iPhone steht dort. »Das ist ein Programm, mit dem man Handys orten kann. Also keine beliebigen. Aber wenn man die Ortungsfunktion auf dem Handy aktiviert hat, kann ein anderer sehen, wo man ist.« Er grinst. »Es soll Paare geben, die so was machen. Hey, Dosi, das wär doch was für Fränki.«

»Eher für Jasmin«, kontert Dosi. »Damit sie weiß, ob du wirklich arbeitest oder dich mit Hummel vor deinen Vaterpflichten drückst.«

»Wer ist Lisa?«, fragt Mader. »Seine Freundin? Die Mutter hat nichts erzählt.«

»Keine Ahnung. Aber hier haben wir ihre Nummer.« Zankl greift zum Telefon und wählt die Nummer. Wartet. Nichts, nur die Box. Er bittet um Rückruf.

»Wie genau ist das Signal?«, fragt Mader.

»Sehr genau. Collierstraße 4. Westend.«

»Zankl, Sie überprüfen den Computer weiter. Dosi und Marlon, Sie fahren zu der Adresse.«

»Und ich?«, fragt Hummel.

»Haben wir die Videodaten vom Olympiaturm schon?«

»Noch nicht.«

»Dann organisieren Sie die bitte.«

Gerade als sich die Versammlung auflösen will, erscheint Dr. Günther. »Ah, treffe ich Sie endlich mal alle zusammen!«, stößt er hervor und streckt Marlon die Hand entgegen und ergreift Marlons Hand und schüttelt sie wild. »Grüß Sie! Ach, wir sind ja Brüder!«

68

Marlon sieht ihn verblüfft an.

»Ihr Vater ist auch mein Vater – mein Doktorvater. Marlon, ich kenne Sie schon, da waren Sie noch so klein.« Mit der rechten Hand deutet Günther vom Boden weg circa sechzig Zentimeter an. »Und gerade mal stubenrein.«

Marlon verdreht die Augen. Dosi prustet los.

Günther ficht das nicht an. »Nun, wie laufen die Ermittlungen? Haben die zwei Fußballer Gemeinsamkeiten? Außer Fußball?«

Mader nickt ernst. »Ja, sie sind tot.«

Dosi prustet wieder los.

»Na, wenn die Stimmung so prächtig ist, dann freue ich mich auf baldigste Ergebnisse. Ein schönes Wochenende noch! Und einen schönen Gruß an Ihren Herrn Vater, Marlon!«

TOTAL EASY

»Hier muss es sein.« Marlon deutet auf den blinkenden Punkt auf dem Display des Notebooks.

Dosi sieht zu dem Haus. »Vier Stockwerke. Na, super. Dann klingeln wir uns mal durch.« Sie steigt aus und drückt auf alle Klingelknöpfe und ruft »Wochenblatt!«. Und schon ertönt der Summer. Sie betreten das Treppenhaus und hören eine Frau rufen: »Du bist so ein Depp! Von wegen: Das mit dem Zocken ist vorbei! Ich hab es so satt!«

Marlon und Dosi gehen die Treppe hoch. Im zweiten Stock treffen sie eine wütende junge Frau.

»Lisa?«, fragt Dosi. Die Frau sieht sie irritiert an, bleibt unentschlossen stehen. Marlon geht an ihr vorbei und durch die offene Wohnungstür. Im Wohnzimmer ist gerade ein Mann damit beschäftigt, seine Schuhe anzuziehen.

Marlon staunt. »Ich glaub, mich tritt ein Pferd. Berti, Berti Zahnfeld?«

»Marlon, ich, was …?«

Marlon zeigt ihm seinen Ausweis.

»Dienstlich?«, fragt Berti.

Marlon nickt und grinst. »Berti Zahnfeld, ich fass es nicht! Kickst du noch?«

»Ismaning.«

»Wärste mal in Augsburg geblieben.«

»Kommst du wegen dem Lärm?«

»Was ist hier los?«

»Ach, Lisa hat mich zusammengeschissen, weil ich beim Zocken war. Klar, ich hab ihr versprochen, dass ich damit aufhör, aber was soll ich denn machen?«

»Die Lady im Treppenhaus ist deine Freundin?«

»Hoffentlich ist sie das noch.«

»Kennst du Didi Schosser?«

»Didi Schosser, klar, kenn ich Didi. Der ist bei Haching. Mamasöhnchen, aber guter Fußballer. Angeblich bald beim FC Bayern.«

In dem Moment betreten Dosi und Lisa die Wohnung.

»Was ist mit Didi?«, fragt Lisa.

»Kennen Sie ihn näher?«

»Ein bisschen.«

»Dass ich nicht lache!«, sagt Berti. »Der Typ ist ein Psycho. Er stellt ihr nach!«

»Du hältst jetzt mal die Klappe«, erklärt Marlon und wendet sich an Lisa: »Didi hat ein Tracking-Programm auf dem Laptop. Bestimmt auch auf seinem Handy. Mit dem Programm kann er verfolgen, wo Ihr Handy ist.«

Lisa sieht ihn konsterniert an. »Warum?«

»Das fragen wir uns auch. Woher haben Sie das Handy?«

»Er hat es mir günstig organisiert. Vertragsfrei. Sein Vater hat so 'nen Elektroladen, so Hausinstallationen. Der kriegt Prozente.«

»Lisa, was läuft da, verdammt noch mal?«, meldet sich Berti wieder. »Hast du was mit dem?«

»Nein! Mein Gott, Didi ist ein bisschen verliebt in mich, hat mir Geschenke gemacht. Aber das mit dem Handy orten, ich mein, ist das denn legal?«

»Kann ich Ihr Handy mal sehen?«, fragt Marlon.

Sie zögert. Holt es aus der Jackentasche.

»Bildschirmsperre aus, bitte!«, sagt Marlon.

Sie gibt ihm ihr Handy, Marlon tippt sich durchs Menü. »Na also. Wenn Didi auf seinem Handy die Ortungsfunktion ebenfalls freigeschaltet und das Ding noch Akku hat, sparen wir uns einen Haufen Arbeit. Na, bitte, geht doch. Sein Handy ist in Giesing, schau an.«

Berti schnappt nach Luft. »Lisa, das musst du mir jetzt erklären!«

»Ich muss gar nichts. Wir beide sind fertig miteinander.«

Marlon sieht Berti scharf an: »Wo warst du gestern Abend? Zwischen 20 Uhr und Mitternacht?«

»Beim Zocken.«

»Zeugen?«

»Genügend.«

»Und Sie?« Die Frage geht an Lisa.

»Zu Hause.«

»Was haben Sie gemacht?«

»Geheult. Ohne Zeugen. Warum fragen Sie das alles? Was ist mit Didi?«

»Didi ist tot. Abgestürzt. Vom Olympiaturm.«

Lisa hält sich die Hand vor den Mund, ihre Beine geben nach. Berti fängt sie auf. »Selbstmord?«, schluchzt sie.

»Oder Mord«, sagt Marlon. »Berti, schreib mir die Namen und Adressen deiner Zockerfreunde auf.«

EIN HAUCH

Marlon und Dosi sitzen im Auto. Lisas Handy haben sie konfisziert. Marlon sieht auf das Display. »Das ist schon ein Ding. Didi hat sein Handy für Lisa freigeschaltet. Prophylaktisch? Weil er denkt, dass sie längst ein Paar sind und sie bestimmt wissen will, wo er ist. Und was er tut.« Er lacht. »Und sie hat keine Ahnung. Der Typ war wirklich ein Psycho.«

»Na ja, Liebe macht halt blind. Glaubst du, dass dieser Berti Zahnfeld etwas mit Schossers Tod zu tun hat? Eifersucht?«

»Deswegen schmeißt du doch keinen vom Olympiaturm.«

Dosi denkt an Fränki und ist sich da nicht so sicher. Schon gar nicht, wenn Fränki sie jetzt mit Marlon im Auto sehen würde. Sie sieht Marlon von der Seite an. Schon ein fescher Typ. Könnte sie glatt schwach werden. Unsinn! Aber ein bisschen gucken wird ja noch erlaubt sein. Dosi sieht auf das Display von Lisas Handy. »Giesing, Tela, Ecke Kesselbergstraße.«

Wenig später halten sie vor dem *Sixty Lions*. Marlon steigt aus und streckt sich. »Ich liebe urige Kneipen.«

»Da geht's dir wie mir«, sagt Dosi und steigt auch aus. Sie öffnet die Kneipentür. Dem Laden entströmt trotz der noch frühen Abendstunde ein brisanter Duft. Männerschweiß, Nikotin, Bier, Schnaps. Und ein zarter Hauch Urin. Oder Klostein. »Hu, vielleicht gehst du lieber allein rein.«

»Jetzt mach keinen auf Primadonna!«

Sie betreten den düsteren Gastraum. Am Tresen drei verwelkte Gestalten an halb leeren Biergläsern, brennende Kippen zwischen ledrigen Lippen. Dosi kneift die Augen zusammen. »Hey, in Bayern is fei Rauchver…«

»Bist stad!«, bremst Marlon sie ein und ordert zwei Bier. Dosi starrt ihn an. Er grinst. »Dienst ist Dienst, und Bier ist Bier.«

Marlon sucht auf seinem Handy die Homepage der Spielvereinigung Unterhaching. Als er sie gefunden hat, hält er dem Barmann das Handy unter die Nase. »Kennst du den hier?«

Er sieht sich das Bild von Didi Schosser an und sagt: »Haching is ned mein Verein.«

»Jetzt ist er bei Bayern.«

»No schlimmer.«

»Der Typ war nicht hier?«

»So a Schnulli? Echt ned.«

Marlon trinkt einen großen Schluck Bier. Sieht sich um. Dann tippt er auf Didis Kontakt in Lisas Handy. Zwei Meter Luftlinie weiter erklingt *Stern des Südens*. Die Stüberlgäste blicken empört von ihren Biergläsern auf. Mit rotem Kopf eilt der Barmann zu seiner Jacke. »Das Handy bekomm ich«, sagt Marlon und zeigt seinen Dienstausweis.

TYPEN

Dosi ist stocksauer, als sie bei Fränki klingelt. Endlich macht er auf. Sie stürmt an ihm vorbei in die Wohnung. »Bist heut aber früh daheim, Fränki?«

»Was soll das? Ich hab 'nen Gleittag.«

»Aha.«

»Ja, wegen Kopfweh, wenn du es genau wissen willst.«

»Fränki, du hast was liegen gelassen in der Kneipe.«

Er sieht sie fragend an.

»Im *Sixty Lions*. Ein Handy.«

»Mein Handy?«

»Nein, nicht *dein* Handy.«

»Ja, was jetzt?«

Dosi berichtet ihm, was ihr der Barmann erzählt hat. Dass das Handy vermutlich der Typ vergessen hat, der als Letzter noch in der Kneipe gesessen war. Ein hagerer Typ mit einem Schlangentattoo am Unterarm. »Ja, so viele kenn ich nicht, die so ein Tattoo haben!«

Fränki ist empört. »Was soll das? Ich hab mein Handy noch.«

»Das Handy gehört einem Typen, der gestern auf unschöne Art gestorben ist.«

»Der Typ vom Olympiaturm?«

»Woher weißt du das?!«

»Weil ich da war.«

»Du warst *was*?!«

Jetzt erzählt er ihr kleinlaut die Geschichte, wie er von Eifersucht getrieben ihr ins Olympiazentrum gefolgt ist, wie er die Leiche gesehen hat …

»Und da steckst du einfach das Handy ein?«, unterbricht ihn Dosi.

»Ich steck gar nichts ein. Aber ich weiß, wer das war.«

GRELL

Wenig später im Präsidium. Andi und Diego sind etwas in-disponiert, wissen nicht recht, wie ihnen geschieht. Marlon kehrt den harten Cop raus: »So, ihr zwei Clowns, jetzt ist Schluss mit lustig. Dosi, du gehst bitte mit dem Herrn hier in die 1. Ich bring Dickie in die 2 und komm gleich rüber.« Sie verschwinden in den Verhörräumen.

»Geht ganz schön ran, der Marlon«, sagt Hummel zu Zankl.

»Mein Stil ist das nicht.«

»Zankl, kann es sein, dass du ein Problem damit hast, dass andere auch was können?«

»Kann der was?«

»Das haben Dosi und Marlon richtig gut hingekriegt. Die beiden Typen sind auch auf dem Überwachungsvideo vom Oly-Turm. Also unten beim Aufzug.«

»Na, sieh mal einer an. Das ist schon mal hervorragend. Wissen Dosi und Marlon das schon?«

»Logisch.«

Jetzt kommt Mader dazu und deutet auf die Tür zwischen den beiden Verhörräumen. Sie treten ein. Links und rechts sieht man durch halbdurchlässige Spiegel in die grell er-leuchteten Verhörräume. »Die zwei waren am Olympiaturm und hatten das Handy von Schossers, erklärt Hummel. »Dosi und Marlon haben die Jungs gefunden.«

»Aha. Und wie?«

»Dosis Freund hat sie in der Kneipe getroffen, und die beiden waren ein bisschen zu redselig.«

»Und Videoaufnahmen aus dem Oly-Turm zeigen die beiden unten beim Lift. Zur entsprechenden Zeit«, ergänzt Zankl.

Während der kleine Dicke wie bestellt und nicht abgeholt wartet, befassen sich Marlon und Dosi mit dem großen Hageren. »So, du bist also der geile Andi?«, lautet Marlons Gesprächseinstieg.

»Andreas Wohlmeier. Für Sie: Herr Wohlmeier.«

»Der geile Andi. Wir wissen Bescheid. Ich hab mir mal deine Akte angesehen. Oh, lecko mio!« Marlon pfeffert einen Schnellhefter auf den Tisch.

Dosis Einsatz: »Herr Wohlmeier, sagen Sie, was arbeiten Sie zurzeit?«

»Trauerhilfe Miller. Ich bin Bestatter.«

Marlon lacht hysterisch und schlägt mit der flachen Hand auf die Tischplatte. »Der geile Andi ist Bestatter. Köstlich. Und sorgt selbst für Nachschub. Weißt du, was dein Spezl da drüben mir gerade geflüstert hat? Dass ihr gestern Abend auf dem Olympiaturm wart.«

»Wir waren nicht auf dem Olympiaturm.«

»Doch, wart ihr. Der Liftführer hat euch gesehen.«

»Hat er nicht.«

»Hat er schon. Lüg mich nicht an! Und wir haben Videoaufnahmen aus dem Foyer. Noch Zweifel?«

»Ja, gut, wir waren oben.«

»Was habt ihr da gemacht?«

»Ähm …«

»Ich höre!«

»Einen Test.«

»Aha, einen Test?«

»Na ja, wir machen ja jetzt so Trauer-Events …«

»Und da schmeißt ihr Leute vom Turm. Erst das Event, dann die Bestattung.«

76

Andi überlegt kurz, dann grinst er. »Genau, Bungee ohne Seil.«

»Dir vergeht das Lachen gleich, Freundchen. Also, ihr habt den Fußballknaben von da oben runtergeschmissen?«

»Wir haben niemanden runtergeschmissen!«

»Sondern?«

»Wir haben nur was getestet.«

»Weiter!«

»Na ja, wir hatten eine Tüte Asche dabei. Wir machen ja auch Urnenbestattung. Wir wollten sehen, na ja, wie das …«

»Ich glaub's nicht. Und unten im Café rieselt den Leuten die Asche auf den Cappuccino.«

»Schmarrn, da sitzt doch abends keiner mehr. Außerdem verblast's des da oben ja gleich.«

»Vom Winde verweht. Ihr zwei Komiker! Gut, ihr seid also die großen Asche-Checker. Wo habt ihr das Handy her?«

»Welches Handy?«

»Das ihr im *Sixty Lions* gefunden habt?«

»Keine Ahnung. Vielleicht gehört das Handy diesem Fränki, mit dem wir da ein Bier getrunken haben.«

»Weißt du, was ich euch sag: Ihr habt dem Typen oben am Turm das Handy abgenommen und die Kohle.«

»Er hatte keine Kohle dabei.«

Marlon lacht. »Sehr schön, dann wären wir einen Schritt weiter. Also, es gab Streit, und dann habt ihr ihn k.o. gehauen. Vor lauter Panik, dass er hin ist, habt ihr ihn über das Geländer gewuchtet.«

»Haben wir nicht.«

»Sondern? Wo habt ihr das Handy her?«

Andi knetet seine Hände. »Wir sind unten vorbei, und da hing er schon auf dem Schirmständer.«

»Und da habt ihr ihm die Taschen leer gemacht.«

77

Andi nickt. Durchaus beschämt. »War aber nur das Handy drin. Der braucht es doch nimmer. Wir haben es dem Wirt vom *Sixty* gegeben. Für unseren Deckel. Wir sind gerade ein bisschen knapp bei Kasse.«

Marlon schüttelt den Kopf. »Ihr seid so was von widerlich.« Er geht mit Dosi nach draußen.

»Solche Arschgeigen«, sagt Dosi.

»Kannst du laut sagen.«

»Ja, höchste Zeit für Fränki sich neue Freunde und ein anderes Lokal zu suchen.«

Jetzt ist der kleine Dicke in dem anderen Verhörraum dran. Diego erzählt ihnen mehr oder weniger dieselbe Geschichte.

»Wir können den Jungs nichts anhängen«,sagt Mader. »Außer Diebstahl.«

»Am Ende ist es doch Selbstmord«, meint Hummel. »Vielleicht aus Liebeskummer, weil diese Lisa einfach nichts von ihm wissen wollte. Und die beiden Jungs sind nur zwei Leichenfledderer.«

»Ist das Handy von Schosser denn noch funktionsfähig?«, fragt Mader.

»Ja, nicht eine Schramme. Erstaunlich. Wenn man an den Rest denkt.«

»Ist es bereits ausgewertet?«

»Die Kollegen sind dran.«

»Haben wir den Code?«

»Nein, aber den Fingerabdruck.«

»Wie?«

»Na, von Gesine.«

KORREKT

Nachmittag. Zankl hat Schossers iPhone in einem Klarsichtbeutel vor sich auf dem Schreibtisch liegen. »Der hat ständig bei dieser Lisa angerufen«, sagt er zu Hummel.

»Ein Stalker?«

»Sieht so aus. Auch viele Telefonate mit Raffael Stöger.«

»Klar, wenn der sein Trainer ist.«

»Berater. Das ist was anderes.«

»Ist das eigentlich ein richtiger Beruf?«

»Nein, aber wenn du gut bist, kannst du da fett Kohle verdienen.«

»Was hältst du von Stöger?«

»War ein Super-Fußballer bei Leverkusen.«

»Ich mein, jetzt.«

»Macht schon einen korrekten Eindruck. Was denkst du?«

»Dass er vielleicht was damit zu tun hat. Er war schließlich definitiv am Tatort.«

Zankl schüttelt den Kopf. »Das macht doch keinen Sinn. Der bringt seinen Spieler bei Bayern unter und legt ihn dann um. Womit verdient er dann sein Geld?«

»War ja nur ein Gedanke. Wo ist eigentlich Dosi?«

»Bei den Zockerspezln von Berti Zahnfeld. Bertis Alibi überprüfen. Mit ihrem neuen Lieblingskollegen.« Zankl zwinkert.

Hummel schüttelt den Kopf. »Oh mei, Zankl. Familie bekommt dir nicht, oder? Hast du schon wieder sexuelle Halluzinationen?«

»Ständig.«

»Jetzt ist Clarissa doch schon fast ein Jahr alt. Da wird ja wieder was laufen?«

»Leider nicht mehr.« Zankl grinst.

Hummel versteht erst nicht, dann geht ihm ein Licht auf: »Echt jetzt?«

»Echt jetzt.«

»Hey, Glückwunsch, Mann! Was wird es denn?«

»Ach, wir lassen uns überraschen.«

»Was willst du denn?«

»Ist mir egal. Obwohl, ein Junge wär schon schön. Dann hätten wir beides. Und ich hätte später jemanden, der mit mir ins Stadion geht.«

»Wenn du es nicht mehr erwarten kannst, leih ich dir gern mal Paul zum Üben. Also, wenn Karla es erlaubt.«

»Ich komm drauf zurück. So, ich mach jetzt mit dem geilen Andi und dem Maradona noch das Abschlussprotokoll.«

»Kriegen die was wegen Diebstahl?«

»Ach komm, wir sind bei der Mordkommission.«

MEISTERWERK

Mader ist mit den Schossers in Gesines Reich. Gesine hat an Didi ein wahres Meisterwerk vollbracht. Die inneren Organe sind weitgehend wieder an den Orten, wo sie hingehören, die zerfetzte Haut am Bauch ist mit engem Stich mustergültig zusammengenäht. Kein Vergleich zu dem desolaten Zustand am Vortag. Didi trägt ein weißes OP-Hemd. Was die Situation aber nur unwesentlich besser macht. Die Mutter schluchzt lautstark, der Vater betrachtet mit glasigen Augen die Leiche. Mader ist sich nicht sicher, ob nur

Trauergefühle ober auch scharfe Flüssigkeiten für den hohen Wasserstand in Herrn Schossers Pupillen sorgen. Es riecht penetrant nach Pfefferminzbonbons.

»Wann können wir ihn beerdigen?«, fragt der Vater.

»Wenn ihn die Rechtsmedizin freigibt. In wenigen Tagen.«

Herr Schosser zieht seine Zigaretten aus der Sakkotasche und steuert den Ausgang an. Frau Schosser bleibt bei ihrem Sohn, hat seine kalte Schulter fest im Griff.

»Hatte Ihr Sohn Liebeskummer?«, fragt Mader. »Kennen Sie Lisa?«

Frau Schosser zieht die Nase hoch und nickt. »Wenn Dietrich nicht Fußball spielte, drehte sich alles um Lisa.«

»Warum haben Sie uns nichts von ihr gesagt?«

»Das war doch schon lange vorbei.«

»Sie war also nicht seine Freundin?«

»Nein, sie ist mit einem anderen zusammen. Auch ein Fußballer. Bernd, nein, Bert oder so ähnlich. Berti, jetzt weiß ich's wieder. Einmal gab es eine Auseinandersetzung zwischen den beiden wegen Lisa. Dietrich hatte ein blaues Auge hinterher. Glauben Sie, dass dieser Berti …?«

»Weiß Lisa, dass Ihr Sohn in sie verliebt war?«

»Sie hat mich gebeten, mit ihm zu reden, damit er ihr nicht andauernd nachstellt. Ich habe mit Dietrich gesprochen. Er hat gesagt, dass sie sich das nur einbildet. Und dass er sie beschützen muss vor diesem Berti. Der wäre nicht gut für sie. Das war letztes Jahr. Er hat seitdem nicht mehr von ihr gesprochen. Soweit ich weiß. Er hat sich nur noch auf seine Karriere konzentriert. Er wollte unbedingt zum FC Bayern.«

»Wie war denn sein Verhältnis zu seinem Berater?«

»Sehr eng. Wie zu einem Vater. Von meinem Mann ist in dieser Hinsicht leider nicht viel zu erwarten. Er ist ja nie da.

Ich weiß, dass erzählt wird, dass es Raffael nur ums Geschäft geht, aber das stimmt nicht. Zumindest nicht bei Dietrich. Dietrich ist, er, er war …« Sie bricht in Tränen aus. Mader sieht sie hilflos an.

VOGELPERSPEKTIVE

Spätnachmittag, strahlende Sommersonne, frische Brise. Hummel genießt die Aussicht von der Plattform. Rote Dächer, graue Straßenadern, durch die Autos wie Quecksilber gepumpt werden, Baumreihen, die sich gegen verwaschene Fassaden stemmen, Parks wie grüne Samtkissen im Häusermeer, darüber der bayerische Himmel und ganz hinten am Horizont Alpenzickzack wie Fototapete. Als Soundtrack das Grundrauschen des Stadtverkehrs. Hummel betrachtet das Ballett der gelben Baukräne neben der Schwabinger Autobahnauffahrt. Wahrscheinlich steht hier oben ein Modellbaufreak mit seiner Fernbedienung und lenkt all die Kräne. Vielleicht noch viel mehr – die Geschicke der Stadt oder zumindest die einiger weniger Menschen. Hummel glaubt fest an die Kraft der Gedanken. Er denkt daran, wie er in der Grundschule einmal durch seine pure Willenskraft den Füller seiner Lehrerin vom Pult hat rollen lassen. Wenn er jetzt Beate all seine Gedanken und seine Liebe durch die Luft nach Schwabing schickt, dann ändert sie vielleicht ihre Meinung, schickt ihren Typen in die Wüste und kehrt zu ihm zurück. Hummels Laserblick geht in Richtung Kurfürstenstraße, wo Beate in der Nähe ihrer Kneipe *Blackbox* wohnt. Natürlich hat er gleich ein schlechtes Gewissen und denkt an Karla. Die wohnt in der Au. In der Ferne erkennt er den

Turm der Maria-Hilf-Kirche. Die Au ist viel näher an Haidhausen als Schwabing. Ist Karla nicht auch viel besser für ihn als Beate? Anders auf alle Fälle.

Von fern zu nah. Er inspiziert das Gitter. Wie würde er es machen? Das Gitter ist sehr hoch und oben stark nach innen gekröpft. Wenn man zu zweit ist, geht das vielleicht. Trotzdem schwierig. Eigentlich unmöglich. Hummel dreht eine Runde, betrachtet die Absperrung auf der anderen Seite der Plattform. *Betonsanierung Huber Aschheim* steht auf dem Baustellenschild. Aber das ist genau die andere Seite. Trotzdem ist Hummel neugierig und drückt sich durch die Ritze zwischen Bauzaun und Brüstung. Rostige Stahlstangen im aufgemeißelten Boden. Das Geländer oberhalb der Betonbrüstung ist auf der Länge von einem Meter durch eine Europalette ersetzt, gesichert mit Schraubzwingen. Eine Windbö lässt die Baupläne knattern. Hummel läuft ein Schauer über den Rücken. Er sieht zum Vierzylinder und zur BMW-Welt hinüber. Wäre die Baustelle auf der anderen Seite, wäre sie perfekt. Kein Gitter, kein Zaun, nur eine simple Holzpalette. Aber falsche Seite. Er reißt ein Stück Bauplane ab und lässt sie los. Ein Windstoß erfasst die Pläne und wirbelt sie weit weg. Nachdenklich verfolgt Hummel ihre Flugbahn.

FAULE SAU

»Jetzt komm schon, du faule Sau! Beweg deinen Arsch! Das schaffst du noch! Los komm, Brown Sugar! Jahhh!«

Brown Sugar überquert als Erster die Ziellinie der Riemer Galopprennbahn im Osten Münchens, und Dosi jubelt hinter der Werbebande. »Wie viel ist das jetzt?«, keucht sie.

»Zeig mal deinen Wettschein.« Fränki nimmt den Zettel und studiert ihn. »Na ja, das sind, Moment, zwölf-vierzig.«

»So wenig!?«

»Wenn du auf den Favoriten setzt, dann ist die Quote schlecht. Hättest du beim Zweiten *Crushed Ice* denselben Betrag auf Platz gesetzt, wären es hundertvierundzwanzig Euro.«

»Echt? Ich wollte schon auf *Crushed Ice* setzen, aber der Name ist so bescheuert. Also macht es keinen Sinn, auf den Favoriten zu setzen?«

»Lieber ein paar Euro auf einen Außenseiter und abwarten, was passiert.«

»Wird beim Pferderennen betrogen?«

»Wo gewettet wird, da gibt es Schiebung.«

»Fränki, wie sieht das beim Fußball aus? Wie verschiebt man ein Spiel?«

»Na ja, du kaufst den Schiedsrichter oder einen Spieler in einer Schlüsselposition: den Torwart oder einen Abwehrspieler, der sich ein bisschen dämlich anstellt.«

»Und das fällt nicht auf?«

»Wie denn? Fehler und Fehlentscheidungen gibt's doch andauernd.«

»Fränki, beim Toto, kriegst du da Tipps? Oder hast du das alles im Kopf?«

»Mal so, mal so. Manchmal quatsch ich mit den Jungs beim Bookie.«

»Was für Jungs?«

»Mit dem Charles, dem Hubert oder dem Zlatan.«

»Zlatan?«

»Was denn?«

»Mist, ich hab was vergessen. Hummel auch. Was ist das für ein Typ, dein Zlatan?«

»Handelt mit Sportklamotten, ist Jugendtrainer und auch im Wettgeschäft unterwegs.«

»Das klingt nach unserem Mann!«

»Euer Mann?«

»Wir haben vergessen, ihn zu überprüfen. Wie ist dieser Zlatan denn so?«

»Na ja, wie diese Typen so sind. Testosteron pur, immer gleich auf hundertneunzig. Aber manchmal hat der Zlatan echt gute Tipps.«

NORDOST

Hummel hat sich im Turmrestaurant einen Sack mit schmutzigen Tischdecken besorgt und das Gebiet um den Turm im Umkreis von fünfzig Metern absperren lassen. Bei böigem Südostwind wirft er den Sack von der Baustelle runter. Der Sack fällt alles andere als senkrecht nach unten. Mit lautem Knall landet er auf dem Blechdach des Cafés und platzt auf. Jetzt treibt der Wind die Tischdecken vor sich her durch den Park. Hummel sieht ihnen fasziniert hinterher. Weiße Tücher in der Dämmerung. Der Anblick hat etwas Disparates, Vergängliches. Und zugleich etwas Tröstliches. Kurz kommt Hummel der Gedanke, sich als Aktionskünstler einen Namen zu machen.

»Nicht schlecht«, meint Zankl. An der Baustelle hat die Kriminaltechnik bereits die Arbeit aufgenommen. Wegen Fingerabdrücken und anderen Spuren. Falls dort welche sind. »Ich hab beim Wetterdienst angerufen«, erklärt Hummel. »An dem betreffenden Abend war starker Wind aus Nordost. Also durchaus möglich, dass Didi von der Baustelle heruntergestoßen wurde. Vielleicht finden wir ja jetzt doch noch die Fingerabdrücke unserer zwei Bestatter.«

»Und was hätten die für ein Motiv?«

»Auftragsmord?«

Zankl lacht. »Die zwei? Ich lach mich tot!«

»Weißt du, welch dunkel Glanz in eines jeden Seele steckt?«

»Hä?«

»Wie sehen denn Auftragskiller aus?«

»Ah, geh, Hummel! Deine Krimifantasien. Die zwei Clowns tun keiner Fliege was. Das sind Aasgeier, keine Raubvögel.«

APART

Mader fühlt sich recht unbehaglich unter dem ausgreifenden Kronleuchter an der turnhallenhohen Stuckdecke in zarten Lachstönen. Schlimmer noch: Die dudelige Barockmusik aus den unsichtbaren Lautsprechern verursacht bei ihm pochende Kopfschmerzen. Katzenmusik. Bajazzo würde sich die Pfoten auf die Schlappohren pressen. Muss er nicht. Denn er leistet heute Abend seiner Nachbarin in Neuperlach Gesellschaft. Glückspilz. Sein Herrchen muss in diesem affigen Restaurant in Nymphenburg sitzen, in dem gerade die Vorspeise anrückt. Wie ein keckes Hundehäuflein liegt ein Portiönchen Gänseleberparfait verloren auf einem riesigen Teller, dessen Weiß mit einem Rautenmuster aus einer zähen grünen Flüssigkeit verziert ist. Minze? Mader denkt an ein Tornetz. Dazu gibt es Brotkonfekt.

»Probieren Sie, probieren Sie! Klein und fein!«, jubiliert Dr. Günther und bestreicht eine halbierte Bonsaisemmel mit Gänseleber.

Mader lächelt höflich und versucht, sein Semmelchen mit dem Messerchen durchzuschneiden. Dabei hopst ihm das Brotkonfekt aus der Hand und wird vom Lackschuh eines Kellners erfasst, der gerade zügig das Lokal durchmisst. Bananenflanke. Gegen eine Stuhllehne. Weiter in Richtung eines festlich gedeckten Tisches. Das Geschoss prallt gegen eine silberne Terrine, dann an das erhobene Glas des Jubilars, dessen Inhalt sich mit Schwung ins tiefbraune Dekolleté seiner Dame zur Rechten ergießt. Wer jetzt ein heiseres Zischen des Prickelwassers erwartet, wird enttäuscht. Aber großer Aufruhr. Hochfrequent. Jetzt gefällt Mader der Laden schon besser. Ganz schön was los hier.

AUFREGEND

Hummel ist ganz aufgekratzt. Endlich mal berufliche Erfolge. Da müssen halt mal private Dinge etwas zurückstehen.

Liebes Tagebuch,
ein aufregender Samstag liegt hinter mir. Nur meinem
scharfen kriminalistischen Spürsinn ist es zu verdanken,
dass wir jetzt mit großer Wahrscheinlichkeit wissen, von wo
Didi Schosser runtergestürzt wurde oder abgestürzt ist.
Amtlich ist leider nichts. Denn Fingerabrücke waren dort
leider keine zu finden. Auch nicht von den Bauarbeitern.
Was komisch ist. Da hat offenbar jemand gut aufgepasst

oder sehr sorgfältig sauber gemacht. Zumindest einen Stofffetzen haben die Kollegen gefunden. Vielleicht ist der nicht von Didi Schosser, sondern sogar von seinem Mörder. Und wir haben seinen genetischen Fingerabdruck in der Datenbank. Na ja, das ist auch eher unwahrscheinlich. Wir werden sehen. Ach, ich liebe meinen Beruf, jeder Fall ist wie ein komplexes Puzzle. Mal weniger, mal mehr Teile. Dieses Puzzle hat jedenfalls richtig viele Teile. Trotzdem bin ich mir sicher, dass wir es zusammensetzen werden. Das braucht nur Hartnäckigkeit, Geduld und Zeit. Apropos Zeit, ich habe vorhin tatsächlich vergessen, Karla anzurufen. Wirklich blöd. Wir waren zum Essen verabredet, weil Paul heute über Nacht bei seinem Vater ist. Wäre unser Abend gewesen. Karla ist nicht mal ans Telefon gegangen, als ich kurz nach neun bei ihr angerufen habe. Ich finde, sie übertreibt. 8 oder 9 Uhr, wo ist da schon der große Unterschied? Als ob um 8 Uhr schon alle Restaurants dichtmachen. Tun sie nicht! Aber ich werde jetzt nicht gramgebeugt in den Untiefen meines einsamen Restabends verschwinden. Diese Phase habe ich hinter mir. Nein, ich werde die Zeit nutzen und an meinem Krimi weiterschreiben. Und wenn er dann fertig ist, werde ich ihn Karla widmen. Oder doch lieber Beate? Damit sie weiß, dass ich nie aufgehört habe, sie zu lieben. Ist das wirklich so? Ja, das ist so. Verdammt! Ach, ich muss mich jetzt endlich aufs Schreiben konzentrieren. Jetzt geht's los! Ehrlich! Halt, vorher lese ich noch mal meinen letzten Entwurf. Den Frau von Kaltern so großartig fand. Mal sehen, ob der wirklich so gut ist.

Frühmorgens in den Tiefen des Bayerischen Walds. Wo die Ilz sich schwarz und kalt durchs Unterholz windet. Wo nur das leise Rauschen der Bäume zu hören ist, wenn nicht

88

gerade ein getunter Golf GTI über die B12 dröhnt. Auf dem Heimweg von der Großraumdisco. Die Sonne kämpft sich durch den Morgendunst, als Franz Grubinger, seines Zeichens Versicherungsmakler in Freyung, am Steuer seines Wagens erwacht. Aus der Anlage singt immer noch Elvis. Aktuell: Love Me Tender. Hammerlied, denkt Franz und atmet tief durch. Sein Blick geht durch die zerstörte Windschutzscheibe in die Baumwipfel des Nadelgehölzes. Alles ist voller Glassplitter. Der alte Amischlitten hat keine Airbags, aber zumindest Gurte. Der Gurt hat ihm auch zweifelsfrei das Leben gerettet. Das Auto hängt hoch über dem Waldboden im Geäst der Bäume. In Zeitlupe geht Franz' Blick nach rechts zu seinem Beifahrer. Dieters Schmalztolle sitzt noch immer perfekt. Wäre da nur nicht das schwarze Loch in der Stirn.

Ach Gott, das findet Frau von Kaltern toll? Das ist doch gequirlte Scheiße! Ein Amischlitten, der in den Baumwipfeln hängt mit einem Beifahrer, der an Kopfschuss gestorben ist? Was ist das? Die Bayerwald-Variante eines Tarantino-Drehbuchs? Gleich kommt noch John Travolta im Wald vorbeispaziert und philosophiert über Hamburger-Namen. Schmarrn! Vielleicht war Frau von Kaltern nicht mehr ganz nüchtern, als sie das gelesen hat? Nein, das muss anders werden, nicht so grob. Oder ist das vielleicht wirklich das Besondere?

Hummel geht zum Kühlschrank, holt sich ein neues Bier. Vielleicht kann man das als Ausgangsbasis nehmen und dann ein bisschen komplexer ausgestalten. Jetzt hat er einen genialen Gedanken: Das Ganze könnte eine einzige große Rückblende sein. Die Handlung geht gar nicht weiter, sondern man erfährt Stück für Stück, was vorher passiert ist. Hintergrund ist eine Gruppe von Leuten, die alle auf die Fifties und Sixties stehen und deswegen von den Dorfbewohnern als harmlose Sonderlinge angesehen werden. Auf der fröhlichen Rock-'n'-Roll-Gemeinschaft liegt aber ein dunkler Schatten aus Eifersucht und Gewalt. Also auch so ein bisschen David Lynch im Bayerwald. Hummel fischt eine LP von Johnny Ace aus dem Regal und lauscht dem Sound aus den Fifties. Blues, träge, lässig, aus einer anderen Zeit. Er zündet sich eine Zigarette an und setzt sich auf das Fensterbrett in der Küche, sieht in den Hof hinaus. Seine Unzufriedenheit von vorhin ist verflogen. Was so ein bisschen Kreativität ausmacht! Leider kommt er ja so selten dazu. Er sieht in die Baumkronen hoch, die sich leicht im nächtlichen Sommerwind bewegen. Verspürt eine tiefe Zufriedenheit. Nein, er braucht heute kein romantisches Abendessen. Und morgen wird er gar nichts machen, vielleicht ein bisschen schreiben, spazieren gehen. Sonst nichts. Nur gute Gesellschaft. Keine Karla, kein Paul, nur er selbst.

KÖRPERBETONT

»Das war eng mit den Cops«, meint Diego zu Andi, als er am Montagmittag am gemeinsamen Arbeitsplatz eintrifft. »Woher wussten die Bescheid?«

Andi zuckt die Achseln. »Keine Ahnung, woher die wussten, dass wir das Handy haben.«

»Die haben ihre Lauscher überall.«

»Offenbar. Wir können froh sein, dass sie uns nicht wegen Diebstahl eingelocht haben.«

»Allerdings. Meine Cousine wäre stinkbeleidigt gewesen, wenn ich gestern nicht zu ihrer Hochzeit angerückt wäre.«

»War's denn schön?«

»Lustig. Eine krasse Sauferei. Die am Land kennen da nix. Mir brummt jetzt noch der Schädel. Jedenfalls gut, dass die uns nicht eingebuchtet haben.«

»Ja, Glück gehabt. War denen halt zu popelig in der Mordkommission. Die wollen nur wissen, warum der Heini da runtergedüst ist. Ist doch nicht so schwer. Astreiner Selbstmord. Diese Kicker sind ja oft noch blutjung und nicht ganz ausgereift in der Birne. Da kann dir der ganze Starrummel schon mal zu Kopf steigen. Also von wegen Profi. Und wir waren allerdings auch nicht so die Profis. Das blöde Handy hätten wir jedenfalls nicht abgreifen sollen.«

»Egal, Hauptsache, die denken nicht wirklich, dass wir ihn da runtergeschubst haben. So, an die Arbeit! Ist der Djuvic schon da?«

»Nebenan. Frisch aus der Rechtsmedizin.«

»Und? Stimmt das jetzt mit dem Doping, Andi?«

»Weiß ich doch nicht. Spielt ja auch keine Rolle. Hauptsache, er ist tot.«

Andi lacht. »Weißt du, was das Beste an unserem Job ist?«

»Nein.«

»Dass uns die Arbeit nie ausgeht.«

»Du sagst es.«

Andi reicht Diego ein Paket. »Deine Bestellung. Schau, ob alles drin ist. Nicht, dass was fehlt. Um 16 Uhr müssen wir bei denen in Aichach auf der Matte stehen.«

»Alles da«, murmelt Diego, nachdem er die Bekleidungsstücke durchgezählt hat.

Der geile Andi rührt eine Tinktur an, nimmt einen Pinsel aus dem großen Schminkset. »Dann wollen wir mal.«

Sie gehen in den Nebenraum. Djuvic liegt auf dem Edelstahltisch. Sehr stattliche Erscheinung. Eindrucksvolles Tattoo mit der kroatischen Fahne auf der breiten Brust. In klein und schrumpelig auch auf seinem Penis. »Strammer Nationalist«, witzelt Diego.

»Nicht mehr«, meint Andi trocken. Er fädelt die Sporthose bei den Füßen ein. »Hilf mir mal!« Gemeinsam ziehen sie Lucky an. Andi schnalzt mit der Zunge. »Bisserl knapp des alles.«

»Ist die größte Kindergröße. Der Zlatan hatte grad nix anderes da.«

»Des schaut doch irgendwie scheiße aus. Wie eine Wurschthaut.«

»Das trägt man jetzt wieder so. Körperbetont. Wie der Robben früher.«

Diego grinst und fährt mit Stutzen und Schuhen fort.

Andi kümmert sich um das Make-up.

VERGESSEN

Als Hummel dezent verkatert im Büro eintrifft, wartet Dosi schon auf ihn. »Wie schaust du denn aus? Harten Sonntag gehabt?«

»Das weiß ich nicht mehr. Festplatte gelöscht. Liegt was an?«

»Ja, wir haben diesen Zlatan vergessen.«

»Wen?«

»Na, von dem uns der Vereinsboss in Aichach erzählt hat.«

»Oh Mann, stimmt.«

»Ich hab mich schon schlaugemacht. Zlatan Doblanovic. Handelt mit Sportklamotten, Jugendtrainer, Handlanger für diesen Stöger.«

»Echt, unser Stöger? So was. Ich bin gespannt, was Zlatan so zu erzählen hat.«

»Ich hab schon probiert, ihn zu erreichen. Geht aber nur die Box dran.«

»Dann machen wir einen spontanen Hausbesuch. Haben wir denn schon die Ergebnisse von der Spusi von der Baustelle auf der Plattform?«

»Leider nix. Der Stofffetzen ist im Labor. Aber noch kein Ergebnis.«

UNAUFGERÄUMT

Auch Mader hat gestern zu viel getrunken. Um am Sonntag den Samstagabend zu verarbeiten. Essen gehen mit Günther ist wie das Produkt einer kaputten Zeitmaschine, die immer wieder dieselbe Situation, dasselbe Setting kreiert: irgendwelche aufgemotzten Edellokale mit penetrant diskreten Kellnern und einer Plüschatmo wie in einem Edelpuff. Täglich grüßt das Entenleberparfait. Was für ein Dreck! Wenigstens bot der Tumult, den er versehentlich mit seinem Brotkonfekt ausgelöst hatte, eine sehenswerte Show. Sein kleines Missgeschick hatte eine Schlägerei zwischen der Tischgesellschaft einer goldenen Hochzeit und dem Personal zur Folge. Ganz großes Kino! Nach dem vorzeitigen Ende des Gourmet-Events hatten sie einen Lokalwechsel vorgenommen und waren in einem griechischen Lokal gelandet. Ambientemäßig nicht ganz der Knaller, geschmacklich aber durchaus. Wie selbst Günther zugeben musste. Günther wirkte in diesem normalen Lokal beinahe menschlich, wie Mader erstaunt feststellen musste. Tja, manchmal sind die

Menschen wie die Kulissen, vor denen sie agieren, denkt Mader.

Genug philosophiert. Jetzt mal im Ernst. Günther versucht immer noch mit allen Mitteln, ihn nach Regensburg wegzuloben. Mader hat gehofft, dass dieser Kelch endgültig an ihm vorübergegangen wäre, als der dortige Dezernatsleiter doch noch um ein Jahr verlängerte. Das eine Jahr ist allerdings schon fast wieder vorbei. Countdown läuft erneut. Und er ist weiterhin der Wunschkandidat. Günther hat ihn eindringlich gebeten, sich doch noch einmal mit den Regensburger Kollegen zu treffen. Die wären sehr interessiert. Wegen seiner hohen Aufklärungsquote würde er hohes Ansehen weit über die Münchner Stadtgrenzen hinaus genießen. »Als ob das allein mein Verdienst ist«, war seine Antwort gewesen. Günther hatte abgewunken und gelacht: »Der Fisch stinkt immer vom Kopf.« Um dann staatstragend hinzuzufügen: »Es geht um Führungskompetenz!«

Regensburg also. Mader denkt an seine unaufgeräumte Jugend dort nach dem frühen Tod seines Vaters. Aber wäre das aktuelle Angebot von Günther nicht eine gute Gelegenheit, diese Baustelle endlich mal aufzuräumen? Will er das? Wäre das dann seine letzte berufliche Station? Über diese Dinge hat Mader am Sonntag gegrübelt. Und den Abend früh mit einem dunklen Bier eingeläutet. Als der *Tatort* anfing, war er schon beim vierten Bier.

Jetzt am Montag fühlt er sich gar nicht gut an seinem Arbeitsplatz. So generell. Er sieht auf die Uhr und seufzt. »Komm, Bajazzo, wir müssen zum Bahnhof.«

LÖWEN

Diego tackert schwarz-weiße Lackfolie in den Sarg. »Hey, das schaut doch total geil aus! Wenn ich mal nicht mehr bin, dann will ich in einem Sechzger-Sarg liegen. Versprichst du mir das?«

»Was? Hä?« Andi sieht von seiner Arbeit auf. Er reinigt gerade die Pinsel des Schminksets.

»Hörst du mir zu?«, fragt Diego.

»Klar. Was versprech ich dir?«

»Dass du mir einen richtig schicken Löwen-Sarg verpasst, also mit Sechzger-Fahne als Futter und so.«

»Ja, klar. Wenn du stirbst, dann mach ich das.«

»Du weißt aber schon, dass Sechzig heute gegen Pauli spielt?«

»Hab ich was am Kopf?«

»Hamburg wär doch mal cool.«

»Warum in die Ferne schweifen? Aichach heißt heute das Ziel.«

Sie heben Djuvic in seinem sehr körperbetonten Trikot in den Sarg. Von ›Ruhe sanft‹ kann optisch keine Rede sein. Die Fußballflickenpolsterung des Sargs und das karierte Trikot von Aichach bekämpfen sich aufs Heftigste. »Toll!«, urteilen Diego und der geile Andi einhellig. Sie sehen befriedigt auf ihr Kunstwerk und rauchen in stiller Eintracht an den Sarg gelehnt.

Kreativpause.

»A Bier wär jetzt schön«, sagt Diego.

»Tja.« Andi schnalzt sehnsuchtsvoll mit der Zunge.

Schwungvoll landet die flache Hand von Josef Miller im

Nacken von Diego, dem vor Schreck die Kippe aus dem Mundwinkel fällt.

»Na, Jungs, alles im grünen Bereich?«

Hektisch sieht sich Diego am Boden nach seiner Zigarette um. Keine Spur. Der Chef mustert den Toten und den Sarg. »Interessant sieht es auf jeden Fall aus, das Arrangement. Wenn das klappt mit den Event-Beerdigungen, dann machen wir da ein richtig großes Ding draus. Fußball, Motorrad, Surfen, Klettern. *Entdecke das Diesseits im Jenseits.* So in der Art. Was meint ihr, Jungs?«

Andi und Diego nicken artig.

»Gut, dann macht's jetzt den Deckel zu und ab durch die Mitte. Um halb vier ist der Heini in Aichach.« Er wirft noch mal einen prüfenden Blick in den Sarg. »Sagt's mal, warum is'n des Trikot so eng?«

»Slimfit«, sagt Andi. »Des ham jetzt alle so.«

»Na ja, wer's mag. Auf geht's, Burschen. Und gell, Andi, graucht wird da herin ned. Und Kränze ned vergessen!«

»Graucht wird da herin ned«, äfft Andi den Chef nach, als dieser zur Tür raus ist. Er lässt seine Kippe auf den Boden fallen, tritt sie aus und kickt sie unter den Heizkörper unter dem Fenster. »Los, Diego, mach ma den Deckel drauf!«

WAHRHEITSGETREU

Dosi und Hummel stehen vor Zlatans Haus in Untergiesing. Ein großer gesichtsloser Wohnkomplex. Immer wieder donnert ein Zug über die Eisenbahnbrücke. Alles zittert.

»Keiner da«, stellt Dosi enttäuscht fest.

»Hat der ein Büro?«, fragt Hummel.

»Nein, aber seine Frau hat einen Laden. Eine Boutique in der Corneliusstraße. Macht aber erst um 15 Uhr auf.«

»Das sind mal angenehme Arbeitszeiten. Ist ja gleich so weit. Vielleicht treffen wir Zlatan ja dort. Was wollen wir eigentlich genau von ihm wissen?«

»Zum Beispiel, ob er mit Doping-Substanzen handelt.«

GSTINGATS

Diego und Andi machen einen Zwischenstopp auf einem Autobahnrastplatz beim Ammersee. Irgendwas riecht streng. Verbrannt.

»Wenn wir zu spät kommen, gibt's Stress«, sagt Andi.

Diego hebt die Hände zum Hummel. »Bin ich Gott? Kann ich diesen Motor mit einem scharfen Blick reparieren? Nein, ich kann es nicht.« Diego starrt ratlos auf den Motorblock. »Also hier schaut alles okay aus.«

»Aber was is des für ein Gstingats?«, fragt Andi. »Da schmort doch was!«

»Oder das sind Abgase.«

»Solang es nicht deine sind.«

»Haha, sehr lustig.« Diego geht nach hinten und öffnet die Heckklappe. Beißender Qualm quillt aus dem Laderaum.

»Scheiße, was ist das!?«, flucht Andi.

»Kann nur der Auspuff sein.«

»Gut, dass des ein Leichenwagen is. Weißt du, was passiert, wenn du in dem Dampf sitzt?«

»Nein, was, Andi?«

»Da bist du im Handumdrehen tot.«

»Aha. Na ja, des is ja bei unserm Fahrgast kein Thema

mehr. Sag mal, weißt du, dass man früher Thunfisch mit Abgasen bedampft hat?«

»Nein, wieso?«

»Mit Kohlenmonoxid. Da bleibt der Thunfisch schön rosa.«

»Schmarrn.«

»Doch, echt. Ist heute in Deutschland verboten, wird aber manchmal immer noch gemacht. Hab ich gelesen.«

»In der BILD.«

»Nein, echt, im *Schöner Essen*.«

»Im *Schöner Essen*, soso. Der Herr Diego ist jetzt ein Gourmet. Oder was?«

»Tu mal nicht so blöd. Ich hab's beim Urologen im Wartezimmer gelesen. Ich war da wegen meiner Warze am …«

»Stopp, Diego! Aus!«

STECHEND

Als Hummel und Dosi in die Corneliusstraße einbiegen, sehen sie, wie ein großer muskulöser Mann mit raspelkurzen Haaren und stechendem Blick Kartons aus einem Minivan lädt. »Das könnte unser Zlatan sein«, meint Hummel.

Dosi nickt. »Park du ein, ich geh schon mal vor.« Sie steigt aus, öffnet das Holster für ihre Waffe, denn den Typ findet sie ziemlich zwielichtig. Jetzt wird ihr allerdings die Sicht versperrt durch einen rangierenden 7,5-Tonner.

Als dieser in der Einfahrt neben der Boutique verschwunden ist, ist auch der Minivan weg. Inklusive Zlatan. An der Glastür der Boutique liest Dosi einen Zettel: *Wegen Wasserschaden heute geschlossen.*

HALBMAST

Dreiviertel vier. Vereinsheim Aichach 05. Das Trauerkomitee ist einen Tick indisponiert. Der Tubaspieler hält inmitten vorgeglühter Alt- und Jungkicker die Stellung. Dank Obstler aus einem Flachmann strahlen seine Bäckchen in leuchtendem Ziegelrot. Der Rest der Band ist im Moment nicht auf Posten. Posaune auf Klo, Klarinetten und Trompeten rauchen mit dem Pfarrer vor den Toren des Vereinsheims. Dort Trauerbeflaggung. Vereinsfahne auf Halbmast, ebenso die vom DFB. Der Vereinspräsident diskutiert angeregt mit dem DFB-Funktionär über die Bedeutung der Jugendarbeit und die Finanzmittel, die für eine Sanierung des Hauptplatzes und der Tribünen erforderlich sind. Der DFB-Mann ist in generöser Stimmung angesichts der bedauernswerten Verhältnisse. Zumal ein lokaler Fernsehsender gerade ein Interview mit ihm geführt hat. Der DFB in den Niederungen der Regionalliga. Volksnah. Super PR. Für beide Seiten. Der Funktionär empfiehlt dem Vereinspräsidenten die Platzsperrung noch ein bisschen aufrechtzuerhalten, bis das Nachholspiel im Pokal gegen 1860 gelaufen ist. »Unverantwortlich, wenn dann doch eine Granate im Platz steckt!« Natürlich will er schlichtweg vermeiden, dass die Fernsehzuschauer diesen Maulwurfsrasen in Nahaufnahme sehen. Das würde kein gutes Licht auf den DFB werfen. »Ja, wir werden gemeinsam einen Sanierungsplan ausarbeiten. Auch die kleinen Vereine brauchen Unterstützung. Was allein schon unsere Präsenz heute zum Ausdruck bringt. Leider haben die Kollegen von 1860 heute keine Zeit. Ist ja ein wichtiges Auswärtsspiel gegen Pauli.«

Jetzt alle Aufmerksamkeit auf den Leichenwagen, der mit deutlich überhöhter Geschwindigkeit auf der Stichstraße dem Vereinsgebäude entgegenbrettert. Der geile Andi legt eine scharfe Bremsung auf dem Schotterplatz hin. Der Präsident stürmt durch die aufgewirbelte Staubwolke. »Ja, wo bleiben Sie denn?«

»Seien Sie froh, dass wir überhaupt kommen«, entgegnet Andi. »Massenunfall auf der A8 bei Dasing, mehrere Tote. Hätten wir ein Riesengeschäft machen können. Aber nein, wir haben nur ein Ziel: Aichach. Hier sind wir!«

Der Präsident grinst. »Wir haben den DFB und das Fernsehen hier! Bitte fahren Sie um das Gebäude, hinten ist offen.«

Andi lenkt den Wagen um das Gebäude und parkt. Diego öffnet die Hecktür. Beißender Qualm. »Zefix, der Scheiß-Auspuff!«

Andi wartet, bis sich die Schwaden verzogen haben, und besieht sich die Ladung. »Wenn's mal nur der Auspuff ist.«

»Wie meinst du das?«

Andi klettert nach hinten und greift unter den Sargdeckel. »Komm, hilf mal!«

Diego weiß zwar nicht, was Andi will, aber auch er hebt an, und sie legen den Deckel zur Seite. »Was zur Hölle ist da los?!«, flucht Diego hustend. »Wie kommen die Abgase da rein?«

»Oder da raus. Was weiß denn ich. Wir lassen den Lucky kurz auslüften, und dann bringen wir ihn rein.«

»Wo bleiben Sie denn schon wieder?!«, ruft der Vereinspräsident, als er die beiden tatenlos am Wagen lehnen sieht.

»Wir müssen uns noch sammeln«, sagt Andi. »Ist ja kein Grillfest hier.«

»Doch, doch, wir grillen nachher noch auf der Terrasse. Tschiwaptschitschi. Luckys Leibgericht.«

»Sehr schön«, sagt Andi. »Aber jetzt lassen Sie uns bitte arbeiten.«

Sie ziehen den Sarg mit dem Rollwagen heraus. Der Präsident schnüffelt kurz misstrauisch, dann sieht er sich Djuvic an. Ist sichtlich zufrieden. »Toll haben Sie den Lucky hingekriegt. So lebendig.«

»Wir haben da ein ganz neues Verfahren. Kommt aus der Lebensmittelindustrie.«

»Aha. Aber des Trikot is scho a bisserl eng?«

»Slimfit. Trägt man jetzt so. Manchmal quellen die Toten auch noch ein bisschen nach.«

»Aha, sehr schön. Na, dann bringen Sie ihn mal rein in die gute Stube.« Der Präsident verschwindet wieder zu den Gästen.

»Was du für einen Scheiß erzählst«, sagt Diego zu Andi und grinst.

Sie machen den Deckel wieder drauf, rücken die Krawatten zurecht und setzen ihre grauen Schirmmützen auf. Auf dem schwarzen Hutband steht in goldenen Lettern: RUHE SANFT.

Sie rollen den Wagen samt Sarg in den Saal des Vereinsheims und werden von einer heftigen Blechblassalve empfangen. Andachtsjodler. Speziell die Tuba hat zu viel Druck. Die Scheiben klirren. *Jericho!* Aber schon erhebend.

Als das Inferno verstummt, erhebt sich der Pfarrer, macht eine Geste, nun bitte den Sargdeckel zu entfernen. Andi und Diego tun wie ihnen geheißen. Jetzt qualmt nix mehr. Man kann Djuvics markantes Gesicht und seinen mächtigen Brustkasten gut sehen.

Der Pfarrer beginnt seine Rede: »Verehrte Trauergäste! Dort liegt er, unser Kamerad Lucijan Djuvic, den viele nur als Lucky kennen, der im Dienste seines Vereins unter vollem Einsatz von uns gegangen ist. Es hätte übermenschliche Kräfte erfordert, die Sechzger in diesem Pokalkrimi zu besiegen, und fast schien es so, als hätte der Herrgott ausgerechnet Lucky diese Kräfte verliehen. Ich selbst saß im Stadion und betete, dass es ihm vergönnt sei, diesen fulminanten Alleingang mit einem Tor zu krönen. Aber es hat nicht sollen sein. Lucky ist über seine Grenzen hinausgegangen und hat für seinen Einsatz mit dem Leben bezahlt. Ja, ein wahrer Held ist von uns gegangen. Erweist ihm nun die letzte Ehre, ihm, der mir einmal sagte, dass er im Trikot seines Vereins vor den Allmächtigen treten möchte. Dieser Wunsch sei ihm erfüllt.« Er besprengt den Leichnam mit Weihwasser und macht ein Kreuz.

Nacheinander defilieren die Fußballer am Sarg vorbei. Blicke zwischen scheuer Neugier und promillebefeuerter Heiterkeit. Der Präsident legt ein Stück Heimatrasen in den Sarg. Danach folgen ergreifende Reden von ihm daselbst und von dem DFB-Vertreter. Nichts weniger als die glorreiche Vergangenheit und blühende Zukunft des Fußballs in diesem großartigen Verein, in Bayern, in Deutschland und der Welt werden skizziert. Schließlich spricht der Pfarrer noch ein ermunterndes Gebet, und das letzte Wort hat die Blaskapelle mit einem wahrhaft deprimierenden Trauermarsch, der selbst den hartgesottensten Fußballern die Augen flutet. Eine Funeral Band in New Orleans ist ein Dreck dagegen. Die Anwesenden heulen wie die Schlosshunde.

Plötzlich steigt aus dem Sarg eine elegante Linie Rauch auf.

Riesenaugen. Offene Münder. Noch mehr Tränen. Auch der Pfarrer. Dankbare Blicke gen Himmel. Die Musik verstummt. »Möge der Heilige Geist mit ihm sein!«, ruft der Pfarrer.

Ein Flämmchen züngelt hoch. Der Pfarrer löscht es mit einem Spritzer Weihwasser und deutet Andi und Diego an, den Sarg nun bitte wieder zu schließen.

SCHOKOSCHLUMPF

Mader sitzt vor einem Café am Bismarckplatz in Regensburg. Er sieht Leute in Abendgarderobe auf dem Weg ins Theater, Studenten, die lachend zum Wirtshaus *Kneitinger* gehen, zwei Nonnen, die Eis schlecken. Schoko und Schlumpf. Mader blickt nachdenklich in den noch hellblauen Regensburger Abendhimmel, in dem sich zwei orange Kondensstreifen kreuzen. Er hat den offiziellen Teil hinter sich, ein ausführliches Gespräch mit Gruber, dem Chef der Regensburger Kripo. Guter Typ. Mader fragt sich: Regensburg – geht das? Er denkt an seine Kindheit in Prüfening, sein Einzimmerappartement in Königswiesen, seine Eltern, die er vorhin seit sehr langer Zeit mal wieder besucht hat. Auf dem Friedhof. Die Inschrift seiner Mutter auf dem gemeinsamen Grabstein ist inzwischen fast so verwittert wie die seines Vaters, der dreißig Jahre vor ihr gestorben war. Im Dienst. Als Polizist. Er selbst war damals gerade mal zehn Jahre alt. Sein Vater siebenunddreißig. Die Sparkasse am Neupfarrplatz. Banküberfall mit Geiselnahme. Sein Vater hat sich gegen die Geiseln austauschen lassen. Ein Held. Nein, ein Idiot. Die Geiselnehmer verschwanden mit ihm und der Beute von 1,4 Millionen D-Mark. Ohne jede Spur. Wie war das möglich? Klar, es gab damals noch keine Mobiltelefone, keine Satellitenbilder, aber es gab schon SEKs, Zielfahnder. Wie konnte das Fluchtauto, ein weißer Audi 100, einfach so verschwinden? Das Ganze war ein einziger Albtraum. Denn die Bankräuber hatten sich mit dem Geld aus der Bank nicht zufriedengegeben, sondern eine weitere Million für die Geisel verlangt. Übergabe aus dem Fenster eines Regionalzugs. Ein Lichtsignal, und der Geldsack landete kurz vor Ergolfing im nächtlichen Gebüsch. Obwohl die Zugstrecke bestens überwacht war, gab es keine Spur von den Tätern und dem Geld. Und sein Vater wurde nicht freigelassen. Er wurde Wochen später im Rechen eines Stauwehrs in der Donau gefunden. Tot. Wunde am Hinterkopf, Lungen voller Wasser, der Körper aufgequollen.

Mader hat in Regensburg seine Polizeiausbildung absolviert. Mit dem festen Ziel, diesen Fall einmal aufzuklären. Aber irgendwie hat er dieses Ziel aus den Augen verloren, es nicht mehr mit voller Energie verfolgt. So viele andere Sachen waren wichtig geworden. Und seine Mutter wollte irgendwann sowieso nichts mehr von der Sache hören, ihre Trauer abschließen. Sie war ja noch jung. Aber sie heiratete nicht mehr. Soll er den Fall noch mal aufrollen? Soll er einen Neustart wagen, hier in Regensburg? Er hat dem Dezernatsleiter gesagt, dass er noch Zeit braucht, erst die einzelnen Abteilungen im Präsidium kennenlernen will. Natürlich war das nur ein Vorwand, um etwas Zeit zu schinden. Den Fall seines Vaters aufzuklären, reizt ihn. Aber zu welchem Preis?

»Hey, Karl!«, ruft jemand.

Mader schaut auf. »Na, servus!« Er steht auf und begrüßt seinen alten Freund Peter Nerlinger. Die beiden drücken sich kräftig die Hände. Peter ist im selben Alter wie Mader, aber einen guten Kopf größer. Und gut in Form, wie Mader nicht ohne Neid feststellen muss.

Peter winkt dem Kellner und hat sogleich einen Espresso vor sich. »Hab's leider nicht ganz pünktlich geschafft.«

»Kein Thema, ich bin nicht in Eile. Gut schaust du aus. Machst du Sport?«

»Dreimal darfst du raten.«

»Sag bloß?«

»Doch. Seniorenmannschaft.«

»Beim Jahn?«

»Wo sonst.«

»Wie lang ist das her?«

»Ein halbes Leben.«

Mader schüttelt ungläubig den Kopf. Sie waren damals beide bei Jahn Regensburg. Bis zur B-Jugend. Mader Verteidiger, Peter Mittelfeld. Der Jahn. Damals nur einen Katzensprung von ihrer Schule entfernt, dem Goethe-Gymnasium.

Peter rührt Zucker in seinen Espresso. »Du bist immer noch bei der Polizei?«

»Wo sonst. Was macht deine Kanzlei?«

»Alles gut. Hab mir Partner reingeholt und mach jetzt ein bisschen weniger. Nur das, was mir wirklich Spaß macht. Vor allem die Sportsachen.« Peter stürzt den Espresso herunter.

Mader nickt. »Hab ich auf deiner Homepage gelesen. Rechtsberatung für Sportagenturen. Betreust du auch Spieler?«

»Nein. Wir machen die juristische Seite für die Agenturen und Berater, zum Teil auch Vermögensverwaltung.«

»Da geht's um viel Geld, oder?«

»In manchen Fällen, ja. Aber weißt du, ich mach auch ehrenamtliche Rechtsberatung für Vereine. Schlecht für die Kasse, gut fürs Gewissen.«

»Und fürs Image.«

Peter lächelt. »So ist es. Tue Gutes und rede darüber.«

»Sag mal, kennst du Raffael Stöger?«

»Wen?«

»Raffael Stöger. Spielerberater.«

»Ach ja, den. Klar, in der Branche kennt man sich.«

»Arbeitest du mit dem zusammen?«

»Karl, ich spreche prinzipiell nicht über meine Klienten. Liegt denn etwas vor gegen ihn?«

»Nein, ich hab ihn nur neulich kennengelernt. Beim Fußball.«

»Aha. Aber jetzt sag endlich: Was machst du hier in Regensburg?«

»Ich bin dienstlich hier.«

»Du ermittelst?«

»Das trifft es nicht ganz. Ich schau, ob mir das hier gefallen könnte. Ich hab ein Jobangebot.«

Peter grinst. »Der Gruber geht. Ja, Mensch, da suchen die natürlich einen alten Hasen. Du wieder in Regensburg! Das wär ja ein Ding! Aber mal ehrlich: Regensburg ist nicht München.«

»Wem sagst du das? Aber ich dachte, ich schau es mir mal an.«

Peter lächelt und sieht auf seine teure Armbanduhr. »Karl, ich hab noch einen Termin, wir treffen uns dann 21 Uhr 30 im *Kneitinger*.« Er legt ein Zweieurostück auf den Tisch, hebt die Hand zum Gruß und geht.

EXTRA

»Jungs, hundert extra für jeden!« Miller steckt Andi und Diego jeweils zwei Fünfziger in die Brusttaschen ihrer grauen Anzüge. Die beiden sehen Miller erstaunt an. Großzügigkeit ist nicht das Markenzeichen ihres Chefs. Miller strahlt. »Irgendein Heini vom DFB hat angerufen. Sagte, dass die Show mit dem Djuvic großartig war. Das mit dem Trikot und der Sargauskleidung. Aber alles nichts gegen die Rauchfahne! Wie immer ihr das gemacht habt – er war völlig von den Socken. Djuvics Seele fährt gen Himmel. Ganz großes Kino! Ja, ein neuer Stern am Beerdigungshimmel geht auf. *Trauerhilfe Miller – ist ein echter Knüller.* Also, ich kenn da eine Werbeagentur in Haar. Die sollen uns mal ein fettes Marketingkonzept stricken. Die Inhalte kommen natürlich von uns. Ich sehe es schon genau vor mir. Mit tollen Kooperationspartnern: klassisches Bürobegräbnis *sponsored by Leitz*, Autoverkäuferbegräbnis mit vergoldeten Felgen am Sarg – *powerd by Pitstop*, Bikerbeerdigung mit Ledersarg, also innen, außen viel Chrom und was mit Airbrush, Ärzte ganz in Weiß, Sarg mit EKG, so mit Monitor und Pipsoletti, Polizisten in schusssicheren Särgen, Soldaten mit Tarnnetzen und Nationalhymne, wenn man den Sarg öffnet. Oder wir machen Hardrockbegräbnisse mit Sargboxen von JBL, aus denen dann *Rinnstein* dröhnt. Klotzen, nicht kleckern! Pathos! Ja, das braucht eine ordentliche Bestattung. Und Leidenschaft. Und Fantasie! *Trauerhilfe ist gestern, Trauer-Event ist heute.* Ich hab auch schon eine super Idee für unser neues Firmenlogo. Wie dieses Ed-Hardy-Zeugs, Totenkopf mit Hawaiiblümchen, so tattoomäßig. *Trauerhilfe Miller ist ein echter Killer!* Ja, das rockt! Das ist die Marschrichtung! So, jetzt aber huschhusch, ihr zwei Süßen, damit die Kunden nicht warten.«

»Der Chef spinnt«, sagt Diego, als Miller weg ist.

»Kannst du laut sagen. Ed Hardy ist megaout. Der Miller hat wohl am Grabbeltisch noch ein Shirt für einen Fünfer abgegriffen. Und eine Agentur in Haar ist auch scheiße!«

»Wieso?«

»In Haar ist die Klapse.«

»Wahnsinnig gute Begräbnisse – wär doch ein cooler Spruch.«

»Nicht schlecht, Diego. Der Miller spinnt jedenfalls.«

»Aber hundert Euro sind hundert Euro. Du, der Zlatan hat 'nen Super-Tipp. Osnabrück gegen Rostock.«

»Ich zock nur erste Liga.«

»Oh, der Herr Andi zockt nur erste Liga.«

»Da kenn ich mich aus.«

»Die bessere Quote kriegst du woanders. Rostock verliert. Ist amtlich.«

»Wie, amtlich?«

»Na, amtlich. Der Schiedsrichter kriegt 'nen Bonus. Ich setz meine hundert.«

Andi gibt ihm seine zwei Fünfziger. »Wehe, ich seh die nicht wieder! Ich bin zurzeit ein bisschen klamm.«

KLETTE

Zlatan atmet tief durch. Zuerst hat er einen Schweißausbruch gekriegt, als plötzlich die Polizei am Handy war, dann hat er sich beruhigt und ist ins Präsidium gefahren. Pressing! Nicht abwarten, nach vorne gehen. Angreifen. Ganz cool Rede und Antwort stehen. Ist auch gut gelaufen, Kinderspiel eigentlich. Eine kleine Rothaarige und ein Softy. Er hat ein bisschen aus dem Fußballnähkästchen geplaudert, ein paar Worte über den armen Lucky verloren. Ja, klar kennt er den. Wie man sich eben vom Fußball kennt. Nein, Lucky hat bei ihm keine Vitamintabletten gekauft. Ja, der hat sich angeblich alle möglichen illegalen Sachen reingezogen. Aber mit so was hat er nichts am Hut. Definitiv. Er ist ja Jugendtrainer.

Da muss man Vorbild sein. Nicht nur am Ball. Er hat von seinem Job als Trainer bei den *Sportfreunden Obergiesing* erzählt. Was den Softy sehr interessiert hat. Und natürlich kennt er den Paul. Guter Junge, großes Talent. Offensives Mittelfeld. Bestimmt nächstes Jahr bei ihm in der C-Jugend. Und er nimmt nicht jeden.

Die Cops haben jedenfalls keine Ahnung. Totale Blindgänger. Und er ist der Superchecker. Aber er muss vorsichtig sein. Den Rest seiner Ware hat er mit Berti sicher versteckt. Kurze Pause im Business, bis sich die Wogen geglättet haben. Da hat Berti schon recht. Aber der Typ ist eine echte Klette. Hoffentlich hält der sein Maul. Der labert zu viel. Er muss Berti bei Laune halten, schauen, dass er ein bisschen Taschengeld zum Zocken hat. Am besten, er versorgt ihn mit ein paar kleinen Dödeljobs.

PLASTIKATOME

»Scheißweiber!«, zischt Zankl, als er die Wohnungstür hinter sich zugeknallt hat. Von außen. Er braucht ein paar Schritte an der frischen Luft, um runterzukommen. Ja, verdammt, er hat die falschen Windeln für Clarissa gekauft. Schnöde *Pampers*, wo es doch *Happy Ökokack* hätte sein müssen. Oder wie die Dinger heißen. Und er hat Salz an das Karottenkartoffelmus getan, das er eigenhändig zubereitet hat. Schnippeln, kochen, stampfen. Alles umsonst. »Salz? Bist zu wahnsinnig?!«, hat Jasmin gezetert. »Ja, logisch, sonst schmeckt der Scheiß nach nix!« Hat er nicht gesagt. Aber sehr laut gedacht. Jetzt kann er nur hoffen, dass Jasmin den Plastikbeutel der Karotten nicht im Mülleimer findet. Denn es sind hundsgewöhnliche Karotten aus dem *Edeka*. Wohnt ja nicht jeder wie Hummel in Haidhausen, wo es an jeder Ecke kleine inhabergeführte Bioläden gibt. Wenn Jasmin den Beutel findet, wird sie ihm bestimmt einen Vortrag über Phthalat-Migration halten, ihm erklären, wie die bösen Plastikatome und Weichmacher aus der Tüte in die guten Karotten wandern. Aber es sind ja eh keine guten Karotten, nur böse, minderwertige Supermarktwurzeln. Also halb so schlimm. Oder doppelt so schlimm. Zankl ist wütend und hungrig. Ohne es zu merken, ist er auf seinem Gewaltmarsch schon in der Goethestraße angekommen. Im anatolischen Grill-Lokal *Antepsofrasi* bestellt er sich einen extragroßen Dönerteller mit viel Scharf und stopft sich grimmig garantiertes Nicht-Biofleisch in den Mund. Wunderbar salzig! Und jetzt noch irgendwo auf ein Bier! Oder zwei!

KAPRIOLEN

Dosi liebt Fränkis ausgefallene Ideen. Fränki hat heute beim Einkaufen im *Rossmann* einen Lenkdrachen mitgenommen. Der jetzt mit seinem bunten Flatterschwanz lustig über den Isarauen am abendlichen Himmel tanzt. Dosi kann sich nicht erinnern, wann sie das letzte Mal beim Drachensteigen war. Was für ein Spaß! Fränki hält eine Spule, sie die andere. Der Drachen macht wilde Kapriolen.

SCHNURSTRACKS

Hummel ist schnurstracks heimgegangen. Obwohl das Wetter verlockend ist für einen Biergartenbesuch. Aber er will arbeiten. Für sich. Schreiben. Er muss an diesen Zlatan denken. Sehr sonderbarer Typ. Aber große Fußballbegeisterung. Dass er mit ihm geredet hatte, als wäre er Pauls Vater, hat sich gut angefühlt. Irgendwie erwachsen. Am liebsten hätte er Karla angerufen und es ihr erzählt. Aber das kommt vielleicht komisch. Und würde ihn nur vom Arbeiten abhalten. Hummel macht sich Spaghetti. Die Bierflasche auf der Fensterbank ist beschlagen.

Nach dem Essen holt er seine Schreibkladde raus, liest die letzten Zeilen und fährt mit seinem Krimi fort.

Franz' Wagen hängt immer noch irgendwo im Wald mit einem toten Beifahrer. Zur Polizei kann Franz nicht gehen. Sonst fragt die, was denn der Grund für so einen Anschlag sein könnte. Er hätte auch ihn treffen können. Ja, es gibt diesen blöden Spruch: Gelegenheit macht Diebe. Das kann ein großer Fehler sein, ein ganz großer. Sie hätte die Tasche mit den Drogen nicht an sich nehmen dürfen und schon gar nicht das Zeug weiterverkaufen. Und er weiß jetzt nicht einmal, wo Franz die Kohle versteckt hat. Alles scheiße. Er wird dem Eigentümer des Tascheninhalts seine Aufwartung machen müssen. Er reibt sich ein bisschen von dem Koks, das er als Eigenbedarf abgezweigt hat, ins Zahnfleisch und überquert die Straße. Er klingelt an der Pforte der monströsen Villa und starrt in das Videobullauge. Geräuschlos öffnet sich das stählerne Tor.

Hummel hält inne. Ja, das klingt doch ganz cool, denkt er. Was mag sich hinter diesem Tor, in dieser Villa verbergen? Das pure Grauen natürlich! Gut gelaunt macht sich Hummel ein neues Bier auf und Musik an.

SCHLANGE

»Geht da vielleicht mal was vorwärts?!«, motzt Dosi, als sich die Schlange am Kiosk an der Reichenbachbrücke so gar nicht bewegt. Der Mann ganz vorne dreht sich verärgert um – und staunt: »Hey, Dosi!«

»Zankl, was machst du denn hier?«

»Ich versuch, dem Mann beizubringen, dass ich leider nicht genug Geld eingesteckt habe, die zwei Bier aber trotzdem mitnehmen möchte.«

»Lass mich das machen.« Dosi kommt nach vorne und fährt den Kioskmann an. »Hey, haben Sie noch nie Ihren Geldbeutel zu Hause vergessen?«

»Nein«, lautet die Antwort.

Dosi zieht ihren Ausweis. »Wollen Sie, dass ich mir Ihren Laden mal genauer anseh? Alkoholverkauf an Jugendliche, wie sieht's denn damit aus?« Sie dreht sich um und nimmt zwei Jungs in der Warteschlange ins Visier. »Nur Cola!«, sagt der eine. Der andere nickt nervös und nuschelt: »Spezi. Ohne Zucker.« Der Kioskmann sieht Dosi dumm an. Dosi knallt einen Zwanziger auf den Tresen: »Sechs Bier und zwei Tüten Chips, Wasabi!«

112

Der Angesprochene will sie schon darauf hinweisen, dass der Geldschein dafür nicht ganz reicht, verzichtet aber lieber darauf und händigt die Ware aus.

»Danke«, sagt Zankl, als sie über die Brücke ans andere Flussufer gehen.

»Was machst du hier?«, fragt Dosi.

»Ärger vermeiden. Daheim.«

»Was Ernstes?«

»Nein. Das Übliche. Und du?«

Dosi deutet von der Brücke auf den quietschbunten Lenkdrachen, der am inzwischen tiefroten Abendhimmel seine Kreise zieht.

Kurz darauf sitzen sie zu dritt auf der Wiese. Vor ihnen flackert ein Grablicht, das Fränki ebenfalls in der Drogerie gekauft hat.

»Ich will aber euren Romantikabend nicht stören«, sagt Zankl und prostet ihnen zu.

»Na ja, wer Einsamkeit sucht, ist hier verkehrt«, meint Dosi.

»Sag mal, Fränki, spielst du eigentlich Toto?«, fragt Zankl.

»Geh ich noch in den Kindergarten? Natürlich tipp ich. Was willst du wissen?«

ZEHN MILLE

»Und wer ist dieser Igor?«, fragt Diego, als er mit Andi im *Sixty Lion* am Tresen steht.

»Das muss dich nicht interessieren. Er zahlt gut. Zehn Mille.«

»Zehn Mille? Für jeden?«

»Nein, zusammen. Zehn Mille sind ein Haufen Geld.«

»Woher kennst du diesen Igor?«

»Ist doch egal. Der hat gerade einen Personalengpass, und da haben sie mich gefragt.«

»Wer sind ›sie‹?«

»Frag nicht so viel, Diego. Denk an die zehn Mille.«

»Okay, ich frag nicht. Aber ich bring keinen um!«

»Nein, wir sollen nur einen hopsnehmen.«

»Wen?«

»Einen Typen, einen Geschäftsfreund.«

»Wie, einen Freund? Wenn die befreundet sind, braucht dieser Igor ihn doch nicht hopsnehmen lassen?«

»Mann, Diego, wir schnappen uns den Typen, bringen ihn zu Igor und kriegen einen Haufen Schotter, klar?«

»Ja, klar. Man wird ja noch fragen dürfen. Und was macht Igor dann mit ihm?«

»Reden.«

»Wirklich nur reden? Dafür gibt es Handys.«

»Manche Sachen kann man nicht am Handy besprechen. Wenn der Typ überhaupt auftaucht. Es ist nicht ganz sicher, ob er auch wirklich nach München kommt. Aber wenn, dann nehmen wir ihn hops und kassieren zehn Mille. Ganz easy, null Risiko.« Er zeigt dem Barmann zwei Finger. Als die Biergläser vor ihnen stehen, prosten sie sich zu.

»Wenn wir den Job gut machen, schwimmen wir im Geld.«

Diego nickt. »Wär ja mal was Neues.«

OLDSCHOOL

Mader ist auf dem Rückweg zum Hotel. Er war im Biergarten *Kneitinger*, und ihm schwirrt der Kopf. Das Bier, die vielen Worte. Sie haben sich großartig unterhalten. Nicht nur über die alten Zeiten. Auch über heute, die Arbeit, das Leben allgemein. Peter hat eine beeindruckende Bilanz: verheiratet, drei erwachsene Söhne, ein großes Haus in Prüfening und eine gut gehende Anwaltspraxis. Tja, da besteht kleines Ungleichgewicht zwischen den beiden alten Freunden – finanziell, statusmäßig, familiär. Mader ist Kriminalbeamter in mittlerer Führungsposition, alleinstehend und bewohnt eine kleine Dreizimmerwohnung in einem Wohnblock in Neuperlach. Kein Vergleich.

Bajazzo bellt. Er spürt, dass Mader ihn in seiner Bilanz vergessen hat. »Ja, Bajazzo, du hast ja recht«, sagt Mader und sieht zu seinem Gefährten hinunter. Bajazzo markiert gerade den Eckstein eines mittelalterlichen Gemäuers.

Sie erreichen das Hotel. Vor dem *Orphé* stehen drei Bistrotische. Einer ist besetzt von einem verschwitzten Geschäftsmann, der sich bei einem Weißbier durch die Mails in seinem Handy scrollt, an dem anderen sitzt ein ineinander verschlungenes junges Paar, er in Jeans und T-Shirt, sie in einem bezaubernden Fiftyskleid – weiß mit großen roten Tulpenblüten. Reizend. Findet Mader. Bei Damenmode ist er ganz oldschool. Der dritte Tisch ist frei. Eigentlich will Mader ins Bett, aber die in Laternengold getauchte Gasse vor dem Hotel reizt ihn zum Verweilen. Er lässt sich nieder und bestellt einen Whiskey. Bier hat er heute genug gehabt.

Bajazzo streckt sich wohlig auf dem immer noch sonnenwarmen Kopfsteinpflaster aus.

Ein schöner Abend. Mit einer Ausnahme. Als er Peter gesagt hat, dass er mit dem Gedanken spielt, das Verbrechen an seinem Vater aufzuklären, hat Peter sehr emotional reagiert. Ablehnend. Wie er denn auf diese Idee kommt? Nach so vielen Jahren. Ob er nicht die Vergangenheit ruhen lassen kann? »Das habe ich schon viel zu lange gemacht«, hat er trotzig geantwortet. »Ich kann nicht an einem Ort arbeiten, wo ich mit so vielen offenen Fragen konfrontiert bin.« Peters Meinung: »Vorbei ist vorbei, das ist jetzt 50 Jahre her«, hat Mader nicht gefallen. Gefällt ihm auch jetzt nicht. Nun gut, jeder hat seine eigene Sicht auf die Welt, ein Anwalt tickt anders als ein Polizist. Er nippt nachdenklich an seinem Whiskey.

SCHATTEN

»Mader, schön, dass Sie noch mal zu uns kommen«, begrüßt ihn Dezernatsleiter Gruber am nächsten Morgen im Regensburger Polizeipräsidium, »haben Sie es sich überlegt?«

»Überlegt habe ich viel, aber es gibt Dinge, die mich hindern.«

»Sehen Sie sich in Ruhe die Abteilungen an. Das ist nicht München, aber auch nicht Furth im Wald.«

»Das ist es nicht. Und ich bin mir sicher, dass Sie hier sehr gute Leute und Arbeitsbedingungen haben.«

»Aber? Was hindert Sie?«

»Die Geschichte mit meinem Vater.«

Gruber nickt nachdenklich. »Verstehe. Ich kenne den Fall.

116

Ich war damals ein ganz junger Polizeianwärter in Nürnberg. Siebzehn Jahre alt. Große Sache.«

»Na ja, in der Aufregung um das Olympia-Attentat ging das ziemlich unter.«

»Sagen Sie das nicht. Der Überfall auf die Bank, die Geiselnahme. Ihr Vater ist ein Held. Mader, was haben Sie vor?«

»Ich glaube, dass damals Fehler gemacht wurden.«

»Die Polizei hat ihr Möglichstes getan. Die Fahndung blieb leider erfolglos. Einer der großen ungeklärten Fälle hier in Regensburg.«

Mader denkt nach. 1972. Alles im Olympiafieber. München. Die Geiselnahme. Das Fiasko in Fürstenfeldbruck. Welche Priorität hat da eine Entführung in Regensburg? Nein, das ist ungerecht. »Darf ich die Akten zu dem Fall einsehen? Nach so vielen Jahren dürfte das doch kein Problem sein, oder?«

»Meinen Segen haben Sie. Kommen Sie heute Nachmittag wieder. Ich lass Ihnen die Unterlagen in ein freies Büro bringen.«

DURCHTRAINIERT

Die Cessna rollt auf der Betonpiste vor den kleineren Flugzeughallen am Flughafen Salzburg aus. Ein weißer Mercedes gleitet lautlos auf die Cessna zu. Die Bordtreppe klappt herunter. Spiegelbrille im grellen Mittagslicht. Stahlgrauer Anzug, weißes Hemd, keine Krawatte. Unter feinem Stoff durchtrainierte Oberarme und Oberschenkel. Kein Bürohengst oder Börsenparketttheini. Auch die blondierten Bürstenhaare sprechen dagegen. Markante Nase, harter Zug ums Kinn, über der Schulter eine Sporttasche.

Die rechte hintere Tür des Mercedes schwingt geräuschlos auf. Mit der Eleganz einer Raubkatze steigt der Mann ein.

»Servus, Mirko«, sagt der Fahrer, ein sehr kleiner bulliger Mann, der den Sitz auf die höchste Stufe gestellt hatte, um in der großen Limousine den Überblick zu behalten. Seine kurzen Arme bedingen einen eher uncoolen Abstand von Oberkörper und Lenkrad. Aber er hat den Wagen eins a im Griff. Der Mercedes braust über die Betonpiste auf die Ausfahrt zu, fädelt mühelos in den dichten Verkehr ein, überholt mehrmals, dann Autobahnauffahrt. Linke Spur. Lichthupe.

»Pogo, warum weiß?«, fragt Mirko.

»Was?«

»Der Wagen. Warum weiß?«

»Schwarz hatten sie nicht da.«

»Weiß ist scheiß!«

»Ich weiß. Warum Salzburg?«

»Ich trau Deutsche nicht.«

»Tja. Wie geht's in Kärnten?«

»Gut. Schloss fast fertig. Kriegt Preis für Fassade.«

»Schön.«

»Was genau ist passiert mit Lucijan?«

»Pokalspiel. Ist plötzlich umgefallen. Das Herz.«

»Unfall?«

»Angeblich Doping, Überdosis.«

»Zlatan hat geschworen, dass er passt auf. Dreck, Dreck, Dreck! Lucijan bekommt großes Begräbnis. Alle Verwandten werden kommen aus Zagreb, ganze Familie.«

»Äh, ja, also …«

»Ja?«

»Hm …«

»Sagst du!«

»Ähm, gleich, also …« Pogo konzentriert sich auf den dichten Verkehr.

Mirko beugt sich nach vorne und legt seinen rechten Unterarm um Pogos Kehle. Vermindert seine Luftzufuhr. Erheblich. Pogo windet sich, hält das Lenkrad aber streng auf Kurs. Der Griff lockert sich.

»Was ist mit Lucijan?!«, raunt Mirko.

»Er ist schon unter der Erde.«

»Was?!«

»Du warst in Brasilien, wir dachten …«

»Ihr nicht denkt. Ihr Scheiße!«

»Mirko! Es wäre nicht gut gewesen, wenn du auf der Beerdigung aufgekreuzt wärst. Da warten deine Feinde nur drauf. Die Russen sind nicht begeistert, dass du mit ihnen keine Geschäfte mehr machen willst.«

Mirko atmet tief durch. »Ihr hättet mir sagen müssen! Das ist meine Job. Meine Bruder. Lucijan!« Mirko verstummt, versinkt in Gedanken. Dunklen Gedanken.

Plötzlich schreit Mirko wie am Spieß. Pogo zuckt zusammen.

»Fahr raus!«, brüllt Mirko und greift von hinten ins Lenkrad.

Der Mercedes schleudert in die Parkplatzeinmündung. Mit einer Vollbremsung bringt Pogo den Wagen in einer Parkbucht zum Stehen. Mirko stürmt raus. Zum Erstaunen der zahlreichen Pinkel- und Brotzeitgäste klettert er über den Maschendrahtzaun und verschwindet im angrenzenden Waldstück.

Kurz darauf erklingt von dort ein gespenstisches Heulen. Pogo kratzt sich am Kopf und denkt an Transsilvanien. Seine Heimat. Nein, die Wölfe dort heulen schöner. Er raucht nervös.

Einige Zigaretten später ist Mirko zurück. Sein Sakko ist an Revers und Taschen eingerissen, die Knie seiner Hose sind verdreckt.

»Wo ist Lucijan?«, zischt er.

»In Aichach. Auf dem Friedhof.«

»Fährst du hin!«

Zurück auf der Autobahn. Hinter der Grenze ist die Geschwindigkeitsbegrenzung auf hundertzwanzig aufgehoben. Pogo tritt das Gaspedal durch. Die Beschleunigung drückt die beiden Insassen in die Lederpolster.

»Wie genau ist gestorben?«, fragt Mirko.

»Beim Fußball. Ich war im Stadion. Grünwalder Straße. Lucijan war großartig im Sturm. Hat drei Sechzger ausgedribbelt. Die konnten ihn nicht stoppen. Lucijan stürmte mit dem Ball aufs Tor und plötzlich – zack! – umgefallen.«

»Er hat immer noch genommen diese Mittel?«

»Heißt es.«

»Zlatan muss bezahlen.«

»Mirko, mach jetzt bitte keinen Scheiß. Was wir echt nicht brauchen können, ist noch mehr Unruhe. Zwei Tote sind genug.«

»Zwei?«

»Noch ein Fußballer.«

»Was ist passiert?«

»Ist vom Olympiaturm gefallen.«

»Na und? Was hat das mit Lucijan zu tun?«

»Nichts. Außer, dass die Polizei auf hundertachtzig ist und die Fußballszene gerade unter die Lupe nimmt. Wenn die jetzt anfangen, in Luckys Sachen zu wühlen, ist das nicht gut für uns. Gar nicht gut. Vor allem, wenn die rauskriegen, dass du noch lebst.«

»Habt ihr seine Handy und Computer?«

»Ja, ist alles weg. Aber du weißt ja nie.«

»Wer ist Toter von Olympiaturm?«

»Didi Schosser, Neuzugang bei den Bayern. Mehr weiß ich nicht.«

Mirko sinkt nachdenklich in die Lederpolster.

GOETHE

Mader hat Zeit, will die Stätten seiner Jugend in Augenschein nehmen. Er nimmt die Buslinie 1. Wie früher. Steigt an seiner alten Haltestelle aus. Er geht die Straße runter, biegt rechts ab und steht kurz darauf vor dem Goethe-Gymnasium. Der große alte Kasten. Immer noch da. Was hat er in dieser Schule gelitten! Diese schrecklichen Lehrer! Er hat die Schule gehasst und mit Ach und Krach das Abitur geschafft. Peter hingegen ist alles leichtgefallen. Einser-Abitur, Jura-Studium. Er hingegen ging damals direkt auf die Polizeischule. Um die jäh unterbrochene Karriere seines Vaters fortzusetzen? Vielleicht. Keine leichte Zeit. Die Einsätze in Wackersdorf. Wo die jungen Polizisten hingekarrt wurden. Der ganze politische Unsinn. Franz Josef Strauß, dieser Dinosaurier. Nein, nostalgisch ist er nicht. Wirklich nicht. Obwohl, wenn er jetzt nachdenkt, so gibt es doch einiges, was ihm hier in seiner Jugend gefallen hat. Die mittelalterliche Altstadt, die Steinerne Brücke, die Auenlandschaft der Donau, die Badeseen, die urigen Kneipen, das Kino im Leeren Beutel mit den französischen Filmen, die Kung-Fu-Streifen in den Kammerlichtspielen, das Kicken beim SSV Jahn, sein erster Besuch bei *McDonald's* in der Bahnhofstraße. Jetzt ist er doch nostalgisch.

Er sieht eine junge blonde Frau mit einem Kinderwagen auf der anderen Straßenseite. Monika!, fährt es ihm durch den Kopf. Die hatte auch so schöne blonde Haare. Warum fällt ihm jetzt Monika ein? Klar, er hat mit Peter im Biergarten über alte Zeiten gesprochen. Wahrscheinlich hat er nach ein paar Bier von ihr geschwärmt. *Monika!* Ob sie jemals geahnt hatte, wie sehr er in sie verknallt gewesen war? Absolut unerreichbar für ihn. Alle Jungs standen auf sie. Er kann sich genau erinnern, wie er sie einmal am Baggersee mit ihren Freundinnen getroffen hat und sie ihn gefragt hatte, ob er sich nicht zu ihnen legen will. Nichts wollte er lieber als das, und trotzdem wäre er am liebsten aus Scham davongelaufen. Aber als ihre Freundinnen im Wasser waren, haben sie sich richtig gut unterhalten. Über Filme. Er liebte vor allem französische Filme, sie amerikanische. Aber Catherine Deneuve fand sie ebenfalls toll. Sein größter Wunsch war es damals, mit Monika einmal ins Kino zu gehen, im Dunkeln ihre Hand zu halten, sie schüchtern zu küssen, ihren Kopf an seiner Schulter zu spüren. Egal bei welchem Film. Was aber nie passierte. Monika wurde in der 13. Klasse schwanger. Von einem verheirateten Mann, der sich dann wegen ihr scheiden ließ. Natürlich! Für diese Frau!

Bajazzo zerrt an der Leine. Mader klipst sie los und lässt Bajazzo auf den Grünstreifen vor dem Schulgebäude kacken. Er denkt gar nicht daran, die Hinterlassenschaft in ein Plastiktütchen zu packen. Dann geht er zum Jahn-Stadion rüber, das es längst nicht mehr gibt. Zumindest der Turm mit Uhr und Anzeigetafel ist erhalten geblieben und ziert jetzt den Hof der Grundschule, die dort errichtet wurde. Damals waren er und Peter in einer Mannschaft. Schuldbewusst fasst er sich an den Bauch. Er hätte heute keine realistische Chance bei den Senioren.

GOLD

Zwei fette Saatkrähen sitzen auf dem hölzernen Kreuz des blumenüberhäuften Grabhügels auf dem Friedhof in Aichach. »Der goldene Fußball schaut schon super aus, oder?«, sagt die eine Krähe. »Bloß Blumen ist ja auch fad.«

Die andere Krähe kichert. »Ein bisschen Lack, und fertig ist die Goldkugel.«

»Ich geb mir die Kugel.«

Beide lachen krächzend.

»Die lassen sich echt was einfallen heute. So Themenbegräbnisse.«

»Die bunten Wimpel find ich nicht schlecht. Das Sechzger-Fahnderl nehm ich meinem Sohn mit.«

»Dann krieg ich das vom DFB.«

»Wenn du magst.«

»War das denn ein wichtiger Fußballer?«

»Sicher nicht. Der war von hier. Aichach 05.«

»Und warum der ganze Klimbim?«

»Na, vermutlich, weil die im Pokal gegen Sechzig standen.«

»Die Gurkentruppe?«

»Sag nix gegen Sechzig!«

»Ich mein Aichach.«

»Weil bei Sechzig versteh ich keinen Spaß.«

»Du schon wieder. Hey, wir können doch mal nach München fliegen. Was meinst du? So ein richtiges Spiel, Bayern, in der Arena.«

»Wie kommen wir denn da rein?«

»Na, wie schon?«

»Ist die Arena nicht oben zu?«

»Wie kommst du denn auf die Idee?«

»Die Bayernspieler sind doch empfindlich. Die brauchen ja ein Dach überm Kopf. Damit es den Stars nicht aufs Hirn regnet.«

»Jetzt sei halt nicht immer so negativ. Nein, das Stadion ist oben offen. Außerdem sind das kluge Kerlchen, die Profis. Das ist Big Business. Da musst du nicht nur laufen, sondern auch rechnen und lesen können. Von wegen: Hirn.«

»Ich habe gesagt *aufs Hirn regnen* und nicht, dass es *Hirn regnen* soll.«

»Apropos Hirn. Schau dir den Typen mal an. Der hat definitiv nicht zu viel davon.«

Auftritt Mirko. Negativ geladen bis unter die Haarspitzen. Mit einer wütenden Fußbewegung kickt Mirko Kies über den Gehweg.

Flatterflatter.

Mirko geht vor dem Grab auf die Knie und faltet die Hände.

Er kniet dort geraume Zeit und murmelt vor sich hin, ist vertieft ins Zwiegespräch mit dem toten Bruder.

Plötzlich steht Berti neben ihm. »Ich hab gewusst, dass du kommst.«

Mirko sieht auf, mustert ihn. »Nichts weißt du, Berti.«

»Es gab immer Gerüchte, dass du lebst.«

»Ich scheiß auf Gerüchte. Warum Lucijan tot?«

»Vermutlich weil er sich wieder das Scheißzeug reingepfiffen hat. Weil er schneller und besser sein wollte als alle anderen.«

»In Scheißverein.«

»Ja, komisch, oder? Macht keinen Sinn. Weißt du, was ich denke? Dass das alles kein Zufall ist. Da will dich jemand aus deiner Höhle locken. Hat ja geklappt. Ich dachte, ich

124

wart hier auf dich und warn dich. Vielleicht kommen wir beide ja ins Geschäft.«

Mirko tritt auf Berti zu. Ganz nah. Zwischen Nase und Nase passt gerade mal eine Erdnuss. Hochkant. Plötzlich hat Mirko ein Messer in der Hand und drückt es Berti in den bejeansten Schritt. Er mustert die Schweißperlen auf Bertis Stirn. »Weißt du, Berti, wer meine Bruder anfasst, fasst mich an. Wer meine Bruder tot macht, macht ich tot. Und du bist toter Mann, wenn du hast damit zu tun. Capito, Berti?«

Bertis glühendes Gesicht nickt minimalistisch. Berti ist panisch vor Angst, sich einen Hauch zu viel zu bewegen.

»Von wem Lucijan hat Doping-Dreck?«

»Ich weiß es nicht.« Der Druck auf die Klinge im Schritt nimmt zu. »Ja, okay, Zlatan hat das Zeug organisiert.« Der Druck lässt nach.

Mirko atmet tief durch, dreht sich auf dem Absatz um und schleudert das Messer auf den Goldball im Blumenmeer.

Peng!

Berti sieht Mirko ängstlich hinterher.

Mirko holt sein Messer. Im Abgang trifft ihn eine Ladung Vogelkacke.

Berti lacht nicht.

VATICANA

Professor Schimmel betritt das *Centrale*, die Edel-Osteria in der Schellingstraße. Er nimmt im Halbdunkel des Lokals die Sonnenbrille ab, orientiert sich. Alle Tische besetzt.

»Scusi, Sie haben reserviert?«, fragt der Patron Paolo.

»Ich bin mit Dr. Günther verabredet.«

»Ah, il dottore! Kommen Sie!«

Paolo führt den Gast an einen der kleinen Tische im hinteren Bereich des Lokals. Dort sitzt Günther, vertieft in die Speisekarte. Schimmel räuspert sich, Günther springt auf. »Herrmann, das ist toll, dass es doch noch klappt. Schön, dich zu sehen!«

»Ganz meinerseits.«

»Komm, setz dich doch! Wie lange haben wir uns nicht mehr gesehen?«

»Ein paar Jahre werden es wohl sein.«

»Geht's dir gut?«

»Viel Arbeit. Immer viel Arbeit. Aber sehr befriedigend.«

»Wann wirst du endlich Minister?«

»Bald.«

»Wirklich?«

»Es sieht gut aus. Nach den Wahlen. Darf ja auch mal einer vom Fach werden. Und meine Eintrittskarte für den Club ist die Leitung der Konferenz in deiner schönen Stadt.«

»Ja, ich hab's gelesen. Ein großer Schritt für die Sicherheitspolitik, vor allem für Osteuropa.«

»Auch für uns ein Schritt in die richtige Richtung. Die Zeichen der Zeit stehen auf Kooperation und nicht länger Konfrontation. Der Stellenwert von innerer Sicherheit in den südosteuropäischen Ländern kann gar nicht hoch genug eingeschätzt werden. Ich bin mir sicher, dass Berlin endlich die Zeichen der Zeit erkennt.«

»Ja, gewiss. Ein Innenminister, der weiß, wie es bei der Polizei aussieht. Einer von uns. Das wäre es! Du bist der Beste!«

»Danke! Und was macht deine Karriere?«

Der Kellner Riccardo unterbricht sie. »Die Herren haben schon gewählt?«

126

»Mach du!«, flötet Schimmel. »Ich nehme dasselbe.«

Günther strahlt. »Allora, als Primi nehmen wir die Ravioli ai porcini, dann die Bistecca alla Puglia con verdure fritte. Ach ja, vorweg bitte noch eine Insalata mistica mare. Herrmann, da sind Sardellen drin, ich sage dir, die gibt es in dieser Qualität nur vor der sardinischen Küste, ein Gedicht. Ganz zart, nicht diese scharfen Salzheringe, wirklich fein.« Er dreht sich wieder zu Riccardo: »Und als Dessert dann bitte die Crema Vaticana.« Und wieder zu Schimmel: »Die wird mit Eischaum vom Wachtelei gemacht, aufgeschlagen zu Versen aus dem Alten Testament, ein Gedicht! Und was meinst du, dazu einen Vatterati?«

»Watt?«

»Ein spritziger Weißer aus dem Piemont.«

»Ah, nein, ich hab nachher noch eine Sitzung mit dem bayerischen Innenminister.«

»Oh, wirklich?«

»Die bayerischen Kollegen wollen hören, was wir uns in Berlin zur Verbesserung der bundesländerüberschreitenden Kommunikation der Polizei ausgedacht haben. Ich bin ja der Meinung, dass die zentral gesteuert werden sollte. Oder wie siehst du das?«

»Ich bin ganz deiner Ansicht. Einer muss den Überblick haben.«

»Gisbert, du hast doch ein Faible für Öffentlichkeitsarbeit?«

»Durchaus.«

»Ähem«, macht Riccardo wieder auf sich aufmerksam.

»Äh ja, dann bringen Sie uns bitte eine große Flasche Pacini. Senza Gas!«

Riccardo sammelt die Karten ein und entschwindet in Richtung Küche.

»Das Wässerchen kommt aus einer kleinen Bergquelle am Grand Sasso. Ganz in der Nähe des Campo Imperatore. Wo damals der Duce ausgeflogen wurde. Ganz exquisit.«

Professor Schimmel lächelt. »Gisbert, du verstehst es zu leben, Respekt! Sag mal, wie macht sich Marlon denn bei euch? Bereitet er dir Kummer?«

»Keineswegs. Nun ja, sein Auftreten ist etwas unkonventionell, aber er ist ein hervorragender Polizist. Die Kollegen schätzen ihn sehr.«

»Er zieht sich schrecklich an, nicht wahr?«

»Ach, nicht jeder mag Anzüge. Deiner ist von Brioni?«

»Aber nein! Made in Germany. Bittner – ein kleiner Herrenausstatter in Berlin. Schneider in vierter Generation. Alles Handwerk. Hier, schau mal.« Er schlägt das Revers zurück und präsentiert einen dezent glänzenden Futterstoff.

»Sehr schön«, urteilt Günther.

Schimmel fährt mit der Rechten in eine unsichtbare Stofffalte und fördert ein iPad mini zutage. »Trägt überhaupt nicht auf. Wahrscheinlich könnte ich da auch eine Walther einstecken und man würde sie nicht sehen. So was kriegst du nicht von der Stange.« Er legt das iPad auf den Tisch und erweckt es mit einem Fingerstrich über den Zahlenblock zum Leben. »Das ist mein ganzes Büro.«

»Das nenn ich mal einen Businessanzug«, sagt Günther begeistert.

»Ich geb dir die Adresse. So ein Anzug kostet keine zweitausend Euro, ein Schnäppchen.«

Riccardo bringt das Wasser.

Schimmel wischt lange auf seinem iPad herum, bis er schließlich die richtige Grafik findet. »Schau, das ist das Organigramm von meinem Laden.«

Günther betrachtet interessiert den Strukturbaum. »Was bedeuten die farbigen Balken?«

»Schwarz ist unten: Arbeit, Arbeit, Arbeit. Darüber grün: ausführen, mit gewissen Befugnissen. Rot: Strategie, Anweisungen, Leitlinien. Ganz oben Gold: repräsentieren. Der Minister. Ich selbst befinde mich im oberen roten Bereich. Die Gestaltungsmöglichkeiten sind fantastisch, da bewegst du echt was. Aber ich werde auch nicht jünger. Ich will Gold. Nur noch die große Linie, kein Tagesgeschäft mehr.«

»Na, das wird sich ja bald erfüllen.«

»So ist es. Und dann kommst du ins Spiel.«

»Ich?«

»Ich brauche im roten Bereich verlässliche Leute. Die ich nicht kontrollieren muss, denen ich blind vertrauen kann. Was denkst du?«

»Politik? Ich? Berlin?«

»Aber natürlich! Wie lange willst du noch ein mickriges Dezernat leiten?«

»Mickrig? Das hier ist München, eine der größten Städte Deutschlands!«

»Du weißt, was ich meine. Der ganze Schmutz, die kleinen Ganoven, die persönlichen Motive: Mord, Habgier, Ehebruch. Geht dir das nicht auf die Nerven?«

»Ja, manchmal schon.«

»Du bist einer von denen, die in der ersten Reihe stehen sollten, Leitlinien ausgeben, Mitarbeiter motivieren. Ich brauche jemanden, der meine Linie nach außen vertritt. Du bist doch ein Meister der Kommunikation. Ich brauche jemanden mit Fingerspitzengefühl und einem Händchen für die richtige Wortwahl. Ich brauche jemanden wie dich.«

Günther ist knallrot angelaufen ob dieses Tsunamis an Lob und bringt kein Wort heraus. Was Schimmel herzlich wenig stört. Er fährt fort mit den Beschreibungen des abenteuerlichen Lebens voller komplexer Verantwortlichkeiten und grandioser Gestaltungsmöglichkeiten im Berliner Innenministerium. »Perfekt für Leute, die es in der DNA haben zu führen, zu entscheiden …«

Erst die Ankunft der Steinpilzravioli kann seinen Redeschwall stoppen.

Sie essen schweigend.

»Hervorragend«, sagt Schimmel, als er die kleinen Kostbarkeiten beseitigt hat und sich die Lippen mit der Stoffserviette abtupft. »Und, was denkst du?«

»Köstlich.«

»Ich meine mein Angebot.«

»Wer übernimmt dann meinen Posten?«

»Dieser Mader?«

»Äh, ich weiß nicht. Ihm fehlt ein bisschen das Vermittelnde, Kommunikative. Ich versuche, ihn schon andauernd nach Regensburg wegzuloben. Da wird eine Dezernatsleitung frei. Aber er zieht nicht so richtig. Ich hab ihn jetzt noch mal hingeschickt.«

»Gut, dann jemand anders. Da findet sich schon eine Lösung. Ein guter Polizist mit viel Praxiserfahrung.«

Jetzt geht Günther ein Licht auf. »Tut mir leid, aber dafür ist Marlon noch zu jung, das kriegen wir beim Personalrat nie durch.«

Schimmel lacht. »Glaubst du, ich will meinem Sohn eine Chefstelle schnitzen? Nein, Dezernatsleiter kann Marlon nicht. Aber Maders Stelle wäre durchaus reizvoll. Wenn er geht. Aber lassen wir die Spekulationen. Wichtig ist, dass die richtigen Leute an den richtigen Stellen sitzen. Du wirst jedenfalls kaum zu ersetzen sein. Ist denn dieser Mader zumindest inhaltlich gut?«

»Ausgezeichneter Ermittler. Erstaunliche Aufklärungsquote. Aber oft zu eigenständig. Der zieht sein Ding durch. Dem ist es egal, was die Presse schreibt. Mir nicht. Er glaubt mir nicht, dass Öffentlichkeitsarbeit so eminent wichtig ist. Wir haben immer wieder Probleme miteinander. Aber gegen seine Bilanz kann man nichts sagen. Auch seine Leute: lauter Individualisten, aber irgendwie funktioniert das Team. Sehr gut sogar.«

»Woran arbeiten die im Moment?«

»Zwei tote Fußballer. Marlon ist da eine große Hilfe. Auch wegen seiner Fußballerfahrung. Er war echt mal beim FC Augsburg?«

»Ja. Er wollte immer Profifußballer werden. Ist dann aber doch in meine Fußstapfen getreten.«

»Was sicher kein Fehler war«, sagt Günther und hebt sein Glas Acqua Minerale.

Sie trinken und lachen.

»Diese Sicherheitskonferenz ist ein absolutes Novum«, erklärt Schimmel. »Wir haben endlich den vielstimmigen Balkan an einem Tisch und geben gebündelt unser Knowhow zum Thema Innere Sicherheit weiter. Damit werden diese Länder stabilisiert und für uns kontrollierbar, also verlässliche Partner. Auch in Handelsfragen. Diese Beziehungen eröffnen uns ganz neue Wirtschaftsräume. Verstehst du?«

Günther nickt.

»Du kommst doch zu meinem Eröffnungsvortrag?«, fragt Schimmel.

»Naturalemente, Herrmann.«

»Weißt du was, ich habe eine großartige Idee – du und deine Leute, ihr beteiligt euch an der Sicherung der Tagung.«

»Die Kripo?«

»Ja, klar, du, Marlons Team, ausgewählte Mitarbeiter anderer Abteilungen.«

»Ich weiß nicht – die Kripo?«

»Groß denken, Gisbert, groß denken! Wir haben Leute vom BKA vor Ort, die GSG 9, Spezialisten für Videoüberwachung, da lässt sich eine Menge lernen! Es wäre toll, wenn ihr Münchner auch dabei seid.«

»Herrmann, die Münchner Polizei ist da durchaus involviert.«

»Natürlich. Als Local Forces. Aber ihr von der Kripo, das wär doch das i-Tüpfelchen! Für euch ist das doch total interessant. Dann siehst du mal, wie meine Leute arbeiten. Das ist echt spannend. Und wer weiß, wohin dich deine Karriere noch führt. Ich sag's dir ganz ehrlich: Ich kenne bei der Münchner Polizei niemanden so gut wie dich. Dein Know-how vor Ort kann entscheidend sein für die Qualität des Einsatzes.«

»Und wer macht das Tagesgeschäft?«

»Das schafft dieser Mader doch sicher alleine für ein paar Tage. Vermutlich interessiert er sich ja nicht mehr groß für neue Impulse im Berufsbild der Polizei.«

Günther lächelt verunsichert.

»Du hingegen«, fährt Schimmel fort, »kannst mir ein bisschen auf die Finger schauen. Und mir Feedback geben. Ist auch für mich Neuland in so einer Doppelfunktion. Ich leite die Konferenz und bin gleichzeitig für das Sicherheitskonzept verantwortlich. Ich agiere vor und hinter den Kulissen, ich bin überall. Verstehst du? Personalunion!«

Günther nickt. Ein bisschen überfordert. Schimmel wischt wieder über sein iPad. »Guck mal, Gisbert, ich hab hier auch meine ganzen Fotos und Videos drauf. Schau, das ist Marlon bei der Firmung. Da ist er noch so ein kleiner Stöpsel. Und heute ... Ach, wie die Zeit vergeht!«

Sie prosten sich zu.

SUPERHELDEN

Günther hat eine erlesene Gruppe von Kriminalbeamten in den kleinen Sitzungssaal gebeten. Insgesamt gut dreißig Leute. Dosi, Hummel und Zankl sitzen ganz hinten.

»Sind wir jetzt beim Personenschutz?«, murrt Hummel.

»Na komm, ist doch mal ganz spannend«, meint Zankl, »bisschen gucken, wie das die Superhelden machen.«

Dosi sieht ihn verwundert an. »Das meinst du ernst, oder?«

»Ja, logisch. Sondereinheiten, GSG 9, das ist richtig Action, wenn die loslegen.«

»Alles klar, Bruce Willis. Dann stirb mal langsam.«

»Warum sitzt Marlon denn nicht bei uns?«, fragt Hummel und deutet nach vorne, wo Marlon in der ersten Reihe Platz genommen hat.

»Na, dreimal darfst du raten. Beziehungen nach ganz oben.«

»Zankl, dann solltest du auch mal an deiner Beziehung zu Marlon arbeiten«, sagt Dosi. »Ein bisschen netter wäre schon schön.«

»Psst, es geht los!«, ermahnt sie Hummel.

Der Mann, der das Einsatzkonzept erklärt, trägt entgegen Zankls Vorstellungen keinen einteiligen Kampfanzug in Camouflage, sondern eine schnöde Jeans und ein kariertes Freizeithemd. Eher Kreisverwaltungsreferat als polizeiliche Einsatzleitung. Seine Waffen bestehen auch nicht aus MP und Elektroschocker, sondern aus einem silbernen HP-Notebook, mit dem er via Beamer eine PowerPoint-Präsentation an die Wand wirft. Dort ist der Stadtplan des Münchner Zentrums zu sehen. Mit unterschiedlichen Farbmarkierungen. Im Fokus: der Tagungsort der Konferenz. Ein äußerlich eher unscheinbares Hotel an der Prinzregentenstraße auf Höhe der Villa Stuck. Die rote Zone – Sicherheitsstufe 1 – erstreckt sich von der Villa Stuck bis zum Eingang vom Krankenhaus Rechts der Isar an der Ismaninger Straße. Die blaue Zone – Sicherheitsstufe 2 – geht vom Effnerplatz über die Maria-Theresia-Straße bis zum Max-Weber-Platz. Auf der anderen Seite bis zum Prinzregentenplatz. Einsatzzentrum soll die Polizeistation an der Kreuzung Prinzregenten- und Grillparzerstraße sein.

Der Mann im karierten Hemd hat keine Maschinenpistole, redet aber wie eine. Als sie sich nach der Einsatzbesprechung in Maders Büro treffen, brummen ihnen die Köpfe wegen der zahllosen Details. Aber das Wesentliche haben sie mitbekommen. Es geht vor allem ums Überwachen, und da ist gar nicht so sehr ihre sichtbare Präsenz wichtig, sondern vor allem der massive Einsatz von Videokameras. Der Job der einheimischen Polizisten ist es in erster Linie, die Sicherheitsspezialisten mit Ortskenntnissen zu unterstützen. Der Einsatzleiter hat von »inbedded local forces« gesprochen.

»Na bitte, das klingt ja doch ein bisschen nach Bruce Willis«, findet Zankl.

Jetzt schneit Günther herein. »So, liebe Kollegen, da wäre ich. Ich muss nicht erwähnen, dass ich mich außerordentlich glücklich schätze, Sie alle bei dieser Weiterbildungsmaßnahme dabeizuhaben. Ich sage ausdrücklich ›Weiterbildung‹, weil es nur selten Gelegenheit gibt, hinter die Kulissen eines groß angelegten Sicherheitseinsatzes zu blicken und daran mitzuwirken. Lernen Sie von den Profis! Stehen Sie den Kolleginnen und Kollegen bitte mit Rat und Tat zur Seite, wenn es um lokale Informationen geht. Ansonsten: Machen Sie es wie ich – *Learning by doing*!«

»Und unsere normale Arbeit?«, fragt Hummel.

»Wenn ich richtig informiert bin, stocken die Ermittlungen zu den beiden toten Fußballern im Moment etwas?«

»Das trifft es durchaus«, gibt Dosi zu.

»Legen Sie eine Atempause ein und werfen Sie nach dieser Konferenz einen frischen Blick auf die Fälle!«

»Und wenn es inzwischen einen neuen Fall gibt?«

»Das will ich nicht hoffen. Und selbst wenn, dann haben wir zumindest keinen Mangel an Polizisten in der Stadt.«

»Aber die haben doch ganz anderes zu tun!«

»Frau Roßmeier, denken Sie an die großflächige Videoüberwachung. Da klärt sich ein Verbrechen manchmal ruckizucki.«

»Klar, im Hasenbergl.«

»Frau Roßmeier, noch eine Frage?«

»Nein, danke, alles super.«

»Sehr schön. Dann helfen Sie jetzt den Kollegen bei den Vorbereitungen.«

»Und Mader?«, fragt Hummel.

»Der ist ab morgen wieder in Amt und Würden und wird die Stellung in Ihrem Stammbereich halten. Und natürlich kann er Sie sofort abziehen, wenn es die Lage erfordert. Zankl und Hummel, Sie sind der Einsatzleitung Blau zugeordnet, Schimmel und Roßmeier Rot.«

Zankl will schon protestieren, aber er ist ganz froh, nicht bei Marlon zu sein. Klar, dass der im roten Bereich ist. Im Zentrum der Macht, beim Herrn Papa.

VERKETTUNG

Mader ist von seinem Trip an die Stätten seiner Jugend zurückgekehrt und sitzt wieder in dem kleinen Büro im Regensburger Polizeipräsidium, das man ihm zugewiesen hat. Vor ihm auf dem Tisch steht alles, was die Polizei über seinen Vater gesammelt hat: ein Meter Akten. Er zwingt sich, all die Unterlagen und Fotos von damals anzusehen, blättert durch Abschlussberichte erfolgloser Befragungen, Durchsuchungen, Ermittlungen. Im ersten Ordner ist ein Foto seines Vaters in Uniform. Mitte dreißig, ein kerniger, furchtloser Mann. Mader grübelt. Warum hat sich sein Vater zu der wahnwitzigen Aktion hinreißen lassen? Als Geisel im Austausch gegen die Bankangestellten? Weil er Menschenleben retten wollte? Weil er glaubte, das Risiko im Griff zu haben? Warum haben sie ihn umgebracht, obwohl sie das Lösegeld bekommen haben? Mader blättert im Schnelldurchlauf durch die Unterlagen.

Eins Stunde später schließt Mader den letzten Leitz-Ordner. Er ist unzufrieden. Aber was hat er auch erwartet? Dass er in den alten Akten die Lösung des Falls entdeckt? So ganz spontan, auf die Schnelle? Ja, irgendwie hat er sich das insgeheim erhofft. Dass man damals irgendwas übersehen hat. Wunschdenken. Nichts erledigt sich von selbst. Er trennt das Foto seines Vaters aus den Unterlagen und steckt es ein. Dann verlässt er das Büro, um Bajazzo beim Pförtner abzuholen. Dort steht auch seine Reisetasche. Abends will er wieder in München sein. Ob er in Regensburg leben und arbeiten könnte, hat er nicht entschieden.

GRUNDSTEIN

»Sehr geehrte Damen und Herren, liebe Kolleginnen und Kollegen,

ich bin außerordentlich stolz darauf, diese internationale Konferenz zur Zusammenarbeit bei der Inneren Sicherheit zu eröffnen. Vor ein paar Jahren wäre ein solches Treffen noch völlig undenkbar gewesen. Maßnahmen zur Aufrechterhaltung der inneren Sicherheit galten als große Staatsgeheimnisse eines jeden Landes. Aber heute ist innere Sicherheit ein Exportschlager erfahrener Demokratien, ein Wachstumsmarkt. Hiervon können und sollen auch Sie profitieren. Ich spreche nicht von Nord-, Süd-, West- oder Osteuropa, sondern von dem einen Europa, einem großen, vielfältigen Staatenverbund mit gemeinsamen Zielen und Wertvorstellungen. Wahrscheinlich habe ich nur eine leise Ahnung davon, was staatliche Autonomie nach Jahrzehnten politischer Diktatur zentralistischer Systeme für manche dieser Länder bedeutet, aber ich gehe davon aus, dass der historische Stellenwert ähnlich hoch ist wie damals bei uns die Wiedervereinigung von West- und Ostdeutschland. Ich erinnere mich sehr gut an die massiven Umwälzungen, an die komplette Neuorganisation des bürgerlichen Lebens in unseren östlichen Landesteilen. Wissen Sie, was wir in den neuen Bundesländern getan haben? Wir haben nicht lange überlegt, was wir von den maroden DDR-Strukturen noch gebrauchen können, wie wir sie modifizieren können, nein, wir haben sie von Grund auf abgeschafft und unsere westdeutschen Systeme und Erfahrungen implementiert. Nicht anders war es nach dem Krieg, als uns die Amerikaner, Briten und Franzosen ihre demokratischen Wertvorstellungen vermittelt haben. Und wir sind gut gefahren damit.

Ein Staat, der im Inneren sicher ist und seine demokratische Grundordnung verteidigt und staatsfeindliche Elemente in Schach hält, bietet wirtschaftliche Sicherheit – die Grundlage für Investitionen, für Konsum und Wohlstand. Und somit für politische Stabilität. Diese Grundpfeiler müssen verteidigt werden, und diese Verteidigungsbereitschaft muss sichtbar und spürbar sein. Gefahren gehen heute nicht mehr zwingend von anderen Staaten aus, sondern von kleinen bestens ausgerüsteten Gruppierungen, die durch gezielte Aktionen einen Staat in Windeseile destabilisieren können. Waffen bedeuten Macht. Ebenso die Kontrolle darüber. Hierbei können wir Sie unterstützen. Es ist ein freier Markt, es gilt Angebot und Nachfrage, Qualität und Preis sind die maßgeblichen Koordinaten – wie in allen wirtschaftlichen Beziehungen. Und hier können wir sehr viel bieten. Inklusive eines detaillierten Wissenstransfers.

Ja, neue Zeiten sind angebrochen. Profitieren Sie von unserem geballten Fachwissen, von der Erfahrung unserer Exekutive bei Bedrohungen von innen, bei Großveranstaltungen, seien dies nun Sportereignisse oder Demonstrationen. Profitieren Sie von der hohen Qualität unserer Sicherheitsgüter und Sicherheitsdienstleistungen und von einem freien Markt in Europa. Als überzeugter Europäer spreche ich Sie als Europäer an: Lassen Sie uns gemeinsam einen wichtigen Beitrag leisten für ein starkes geeintes Europa. Wehrhaft gegen Bedrohungen von innen und außen, wehrhaft gegen Wirtschaftskriminalität, Drogenhandel und Prostitution, wehrhaft gegen terroristische Umtriebe von Extremisten, die unseren Wohlstand und Frieden bedrohen. Lassen Sie uns enger zusammenrücken, lassen Sie uns verlässliche Wirtschaftspartner sein.«

Tosender Applaus, Standing Ovations. Günther ist auch aufgestanden. Allerdings eher aus Reflex, wie in der Kirche. Was hat er da gerade gehört? Ein lupenreines Verkaufsgespräch für deutsche Waffen und Überwachungstechnik! Ist sein Freund und Doktorvater, der Staatssekretär Professor Dr. Herrmann Schimmel ein schnöder Waffenlobbyist? Darf man das überhaupt als hoher Staatsbeamter? So offensiv für Waffengeschäfte und den Verkauf sensibler Informationstechnologie werben? Na ja, wo hört Politik auf, wo fängt Wirtschaft an? Oder umgekehrt.

»Na, mein Lieber, wie schaust du denn aus der Wäsche?«, fragt ihn ein strahlender Schimmel. »Wie hat dir mein kleiner Vortrag gefallen?«

»Gut, sehr gut, äh, aber ich, ich weiß nicht. Was ist denn mit dem Waffenkontrollgesetz? Das regelt doch den Handel mit Rüstungsgütern streng, also sehr streng?«

»Mein Lieber, von Rüstungsgütern spricht heute keiner mehr. Es geht um ›Sicherheitsprodukte‹. Mit dieser Sprachregelung kommt deren defensiver Charakter zum Ausdruck. Und noch in dieser Legislaturperiode wird es eine Gesetzesvorlage geben, die speziell für die ehemaligen Ostblockstaaten den Handel mit sicherheitsrelevanten Produkten grundlegend reformiert und liberalisiert. Es geht ja um ein gemeinschaftliches europäisches Interesse. Und das ist erst der Anfang. Irgendwann wird auch die Türkei dazukommen.

Wo demokratische Strukturen entstehen, muss der Staat die Kontrolle behalten, die politischen Prozesse begleiten und in die richtigen Bahnen lenken. Sonst herrscht Chaos. Ja, die Türkei ist ebenfalls Europa. Auch wenn das manchen Politikern nicht schmeckt. Die Türkei ist unser Brückenkopf zum Orient. Denk nur an diesen riesigen Markt! Das radikal Neue meines Konzepts ist die Zusammenführung von Innen- und Außenpolitik. Das Innere ist das neue Außen! Und umgekehrt.«

»Aber es geht doch vor allem um Wirtschaftspolitik?«

»Aber natürlich, Gisbert! Und um Entwicklungshilfe. Ich verfolge einen ganzheitlichen Politikansatz. Wenn die Gesetzesvorlage für die Novellierung des Handels mit sicherheitsrelevanten Gütern durch ist, beginnen völlig neue politische Zeiten!«

»Lass mich raten: Die Gesetzesvorlage ist von dir?«

»Aber natürlich, Gisbert! Das ist der Grundstein für meinen Ministerposten! Und hoffentlich auch die Basis für unsere Zusammenarbeit. Denn ich brauche in Berlin tüchtige Menschen und kluge Köpfe. Leute wie dich. Komm, darauf trinken wir!«

PRIMA ITALIA

Mader hat Schimmel interessiert zugehört. Von seinem Platz auf der Galerie. Das wollte er sich nicht entgehen lassen und ist gleich vom Bahnhof hierhergekommen. Waffengeschäfte – ganz neuer Gedanke. War nicht Djuvics Bruder eine Größe im internationalen Waffenhandel? Vielleicht hatte Lucky Djuvic seine Finger ebenfalls in dem Geschäft und ist unter die Räder gekommen? Er muss die anderen fragen, was sie darüber denken. Aber nicht mehr heute. Bajazzo wartet draußen im Hof.

WAFFENBRÜDER

Mirko schlüpft in die Schuhe und in die schwarze Lederjacke, die er sich gerade in einem Laden beim Hauptbahnhof gekauft hat. Ziemlich prollig. Sie riecht scharf nach Leder und Gerbmittel – wie Katzenpisse. Eine Warnung: *Ein Tick zu nah, und ich hau dir in die Fresse!* Mirko schraubt den Schalldämpfer auf den Lauf seiner Pistole und steckt sie in die Innentasche der Lederjacke.

Als er aus seinem Hotel auf die Schillerstraße hinaustritt, fallen ihm die beiden Typen in dem schwarzen Golf sofort auf. Hamburger Nummer. Mietauto. Die Männer steigen aus. Ein schlaksiges Handtuch und ein kleiner Dicker. Gefährlich sehen die nicht aus. Trotzdem. Er beschleunigt seine Schritte zum Taxistand, nimmt den ersten Wagen. Sieht noch, wie die Typen umkehren und in ihr Auto steigen.

»Münchner Freiheit«, sagt Mirko zum Fahrer: »Tempo!«

Der Taxifahrer lässt sich Zeit und kräuselt die Nase wegen des strengen Geruchs der Lederjacke. Mirko grinst. Nicht freundlich.

Sie fahren los. Mirko sieht im Rückspiegel den Golf. »Fährst du schneller!«

Der Fahrer sagt nur: »Wir sind hier in Deutschland.«

Mirko sieht ihn erstaunt an, dann lacht er. »Ja, Deutschland!« Sie rollen auf eine rote Ampel zu. Mirko zeigt dem Fahrer einen Fünfziger. »Fährst du drüber!«

Der Fahrer schüttelt den Kopf. »Sie steigen jetzt besser aus.« Mirko nickt. Dann schlägt er dem Fahrer ohne jede Vorwarnung mit der Faust ins Gesicht, öffnet die Fahrertür, löst den Gurt und schubst ihn raus. Er rutscht rüber und gibt Gas. Der nachfolgende Golf überrollt fast den Taxifahrer, der sich benommen aufrappelt.

Mirko gibt Gas. Und lacht. Gefällt ihm. Wie in einem Gangsterfilm. Bloß, dass nicht die Bullen hinter ihm her sind, sondern vermutlich Freunde aus dem wilden Osten, Ex-Freunde. Klar, dass die Russen sauer sind, wenn er jetzt neue Geschäftskontakte knüpft. Da die Deutschen jetzt endlich marktfähige Preise hinkriegen, gibt es keinen Grund, auf ewig mit denselben Geschäftspartnern zusammenzuarbeiten. Passt ja auch ins generelle politische Klima. Aus Angst vor den Russen orientieren sich die Menschen in Osteuropa aktuell eher nach Westen, warum sollten sie das bei Waffengeschäften nicht auch machen?

Mirko donnert in den Altstadttunnel. Tempolimit sechzig interessiert ihn einen Scheißdreck. Was ihn mit Blick auf seine Verfolger aber wundert: Woher wissen die, dass er hier ist? Sein Kommen war nicht geplant. Hat Berti am Ende recht? Haben sie ihn aus seiner Höhle gelockt? Okay, das wäre ihnen gelungen! Aber dass sie so weit gehen, um an ihn heranzukommen! Lucky! Hass steigt in ihm hoch. Er tritt das Gas durch. Ist voller Wut. Sieht in den Rückspiegel. Sie sind immer noch an ihm dran. Jetzt schießt er aus dem Tunnel. Auf Höhe der Staatskanzlei legt er eine Vollbremsung hin, lässt den Wagen herumschleudern, hält genau auf den nachfolgenden Golf zu, weicht keinen Zentimeter vom Kurs ab. Andi und Diego auch nicht. Diego hat die Augen zu, und Andi ist schockstarr. Hundert Meter, neunzig, sechzig, dreißig Meter, jetzt, nein, im letzten Moment wacht Andi auf

142

und reißt das Lenkrad herum. Der Wagen donnert auf den Bordstein, schießt hoch wie eine Rakete und knallt in das bodentiefe Schaufenster eines Designermöbelladens. Glasregen. Die italienische Sofalandschaft ist nur noch ein Schatten ihrer selbst. Golf reichlich zerknittert. Na, da werden die bei der Autovermietung aber Augen machen, ist einer von Andis ersten Gedanken.

Als Mirko einen neuen Powerslide macht, um nicht länger als Geisterfahrer unterwegs zu sein, touchiert das Taxi ein Verkehrsschild, das den hinteren Kotflügel aufreißt, der wiederum den Reifen perforiert. Der Wagen schleudert gegen eine Litfaßsäule. Taxi Schrott. Mirko sticht den Airbag auf und verlässt das Taxi.

Andi und Diego, die sich gerade aus ihrem Wrack geschält haben, sehen Mirko in Richtung Marstall verschwinden.

»Diego, komm!«

»Hey, Andi, lass das, das bringt doch nix.«

»Denk an die zehn Mille!«

»Hey, das Auto ist Schrott. Das gibt 'nen Haufen Ärger!«

»Scheiß drauf, das ist Vollkasko.«

»Mit Selbstbeteiligung.«

»Umso nötiger brauchen wir die Kohle.«

Mirko überquert die Maximilianstraße. Dreht sich um. Sieht sie. Läuft los. Neuturmstraße. Vor ihm die Polizeistation. Da würden sie nichts tun. Aber da hat auch er nix verloren. Er biegt nach rechts ab, sieht den Hintereingang vom Hofbräuhaus, wo gerade zwei Kellner rauchen. Er huscht hinein, achtet nicht auf ihre Rufe, vorbei an Küche und Klos, späht in die Schwemme. Dort Hölle: *International-Drinking-Humpta-Explosion*. Er stellt sich hinter eine Säule, wartet. Dauert nicht lange, bis die zwei Verfolger im Gewühl auftauchen. Einer betritt den Saal ebenfalls von hinten, der andere kommt durch den Haupteingang. Sie scannen den überfüllten Raum. Brüllende Blasmusik. Mirko muss grinsen. München beginnt ihm zu gefallen. Extreme Stadt. Er schleicht sich von hinten an den Dicken heran und schiebt ihm seine Waffe in den Hosenbund: »Ganz ruhig, Arsch, sonst unten noch mehr Loch. Schickst du deinen Kumpel nach draußen, dann sprechen wir.«

Diego macht Andi ein Handzeichen. Zum Ausgang. Dort ist es unübersichtlich. Viele Leute – Touristen, Raucher, Türsteher. Andi versucht sein Glück, will Mirko die Waffe entwinden, die immer noch in Diegos Hosenbund steckt. Schlechte Idee: Ein Schuss löst sich. Hört man wegen des Schalldämpfers nicht, aber Diego geht weinend in die Knie. Andi sieht die beiden groß an. Mirko stürzt mit der entsicherten Pistole davon.

»Geht's?!«, fragt Andi.

»Nein, geht nicht!«, röchelt Diego. »Lass es! Er hat eine Waffe!«

Andi hört ihn nicht, ist schon losgerannt. Diego humpelt hinterher. Die Touristen verfolgen das alles fasziniert. Filmaufnahmen? *Derricks Rückkehr? Tatort?* Was man hier alles erleben kann! Tolle Stadt!

Mirko verschwindet in einer Seitengasse zum Marienhof. Diego schafft es nicht weit, lehnt sich an eine Hausmauer. Sein Hintern brennt wie Hölle. Für ihn ist das Rennen gelaufen. Aber Andi bleibt dran. Als Andi aus der Gasse auf den Marienhof läuft, schlägt eine Kugel hinter ihm ein. Das Schaufenster vom Dallmayr zerbröselt, und die Alarmanlage heult los. Andi sieht Mirko in die U-Bahn verschwinden. Sein Blick fällt auf die Videoanlage beim U-Bahn-Eingang. Er zieht eine schwarze Kopfsocke aus der Tasche und tief über den Kopf. Plus Sonnenbrille. Dann stürmt er die Rolltreppe runter. Er sieht sich im Zwischengeschoss um. Niemand. Unten fährt die U-Bahn ein. Vorne am Bahnsteig ist fast niemand, hinten hingegen viele Menschen. Andi läuft auf sie zu. Sein Blick flackert. Jetzt sieht er Mirko. Ganz hinten. Einsteigen? Andi zögert. Einsteigen? Er sieht ihn nicht mehr. Er zögert immer noch. Widerstreitende Gedanken. Der Typ hat eine Waffe! Aber zehn Mille!

»Zurücktreten bitte!« Das Kommando gilt ihm.

Mirko hat Andi gesehen und ist nicht eingestiegen, sondern ist weitergelaufen zu den Rolltreppen, die zur S-Bahn hochführen. Gerade fährt die S1 Richtung Freising ein. Er besteigt den Zug. Die Türen schließen sich. Er sieht auf den Bahnsteig. Jetzt taucht sein Verfolger wieder auf, ist auf den letzten Metern Rolltreppe. Warum fährt der verdammte Zug nicht los? Mirko duckt sich hinter den Türstock. Sieht Andis Gesicht, die Wut, als dieser wie besessen auf den Türknopf drückt. Nichts geschieht. Der Zug ist schon abgefertigt. Aber er steht immer noch. Andi versucht es einen Wagen weiter vorn. Jetzt gibt es einen Ruck, und die Türen werden doch noch einmal entriegelt. Mirko rennt nach hinten, duckt sich in eine Vierergruppe. Andi steigt ein. Er überlegt, wieder auszusteigen, aber zu spät, Türen zu, Zug fährt an. Mirko beobachtet, wie Andi den Zug durchschreitet. In die andere Richtung. Es ist nicht viel los in der S-Bahn. Gleich wird er umkehren und ihn entdecken. Nicht, dass er Skrupel hätte, von der Waffe Gebrauch zu machen, aber das ist ungut in der S-Bahn. Der Zug fährt bereits in die Station Stachus ein. Ein Pulk mit jungem Partyvolk steigt aus. Mirko drückt sich dazwischen. Er checkt die Türen der S-Bahn, kann nicht sehen, ob sein Verfolger ebenfalls ausgestiegen ist. Er bleibt in dem Pulk und fährt mit der Rolltreppe nach oben. Jetzt drängelt sich unten jemand an den Leuten vorbei. Mirko schert aus und stapft mit schnellen Schritten nach oben ins Stachus-Untergeschoss. Huscht neben der *Hofpfisterei* in eine Wandnische. Andi läuft an ihm vorbei. Mirko atmet auf und wartet eine lange Minute. Dann tritt er aus der Nische. Der Schlag tritt ihn voll auf die Zwölf.

GÜTEZEICHEN

Günther fühlt sich pudelwohl unter den in- und ausländischen Würdenträgern. Es gibt italienische Köstlichkeiten, und die gereichten Alkoholika führen zu einem hohen Geräuschpegel. Die militärischen Würdenträger geben der Veranstaltung den Charakter eines Staatsakts. Brustabzeichen blitzen mit Champagnergläsern um die Wette in dem altehrwürdigen Saal der Münchner Residenz.

»Sehr festlich, tolle Atmosphäre!«, schwärmt Schimmel.

»Ja, in München gibt's Dinge, die nicht mal Berlin bieten kann.«

»Sag das nicht, mein Lieber, du wirst es bald selbst sehen.«

Günther lächelt verlegen. Er sieht sich schon auf der großen Politikbühne stehen, umringt von Fernsehkameras und Reportern, die ihm die Mikrofone entgegenstrecken: *Sehr geehrte Damen und Herren von der Presse, zum gegenwärtigen Zeitpunkt können wir Ihnen leider aus sicherheitsrelevanten Gründen noch nichts zum Stand der Ermittlungen in dem Entführungsfall sagen, aber seien Sie gewiss, dass wir alles Notwendige in die Wege leiten, um das Leben von Kanzler Schimmel nicht zu gefährden.* Jetzt brummt sein Handy. Unauffällig zieht er es heraus. Dienstlich. Er nimmt das Gespräch an und lauscht. Macht ein besorgtes Gesicht. Er legt auf, geht die zwei Schritte zu Schimmel. »Herrmann, die Kollegen haben angerufen – eine Schießerei in der Innenstadt.«

Schimmel zieht sein Handy aus der Tasche. »Oh. Lautlos.« Er checkt seine Nachrichten. Dann nimmt er Günther am Arm. »Komm, Gisbert, wir fahren ins Einsatzzentrum.«

»Glaubst du, es hat mit der Konferenz zu tun?«

»Egal. Wenn die Fahndung erfolgreich verläuft, verkaufen wir das als Beweis für die Durchschlagskraft unseres Sicherheitskonzepts. Eine Spitzengelegenheit!«

Schimmel führt im Fond seiner Limousine einige Telefonate, und als sie am Einsatzzentrum eintreffen, verfolgt Günther die Aktionen Schimmels nur noch als Zaungast. Schimmel lässt sich vom Einsatzleiter informieren und betrachtet mit großem Interesse die Überwachungsvideos aus U- und S-Bahn. Günther hat erwartet, dass sein Freund jetzt den großen Max machen würde, aber das Gegenteil ist der Fall. Er ist beeindruckt, wie sehr sich Herrmann zurücknehmen kann. Er arbeitet leise und effektiv.

Nach einer Stunde hat Schimmel genug gesehen. »Ha, Gisbert, das ist aufregend«, sagt Schimmel, als sie vor die Polizeistation treten.

»Nun ja, ich weiß nicht, ob ›aufregend‹ der richtige Begriff ist, ich würde eher sagen: Das ist beunruhigend.«

»Ach komm, Gisbert. Darum geht's doch in unserem Job. Dass die bösen Jungs böse Dinge tun und dass die guten Jungs sie jagen. Und dass die Guten natürlich gewinnen.«

»Meinst du?«

»Aber natürlich! Über kurz oder lang. Du hast es doch gesehen: Gegen die gut geschmierte Maschinerie des Rechtsstaats und unsere lückenlose Videoüberwachung haben die Desperados keine Chance.«

»Na ja, noch haben wir die Typen nicht.«

»Alles nur eine Frage der Zeit, bis wir die zur Strecke bringen.«

»Der eine der beiden Typen sah osteuropäisch aus.«

»Keine Vorurteile!«

»Ja, ich weiß, die Konferenz.«

»Ja, die Konferenz. Die Osteuropäer sind unsere Handelspartner. Politik und Wirtschaft dulden keine Vorurteile. Gisbert, jetzt schau halt nicht so betroffen!«

»Tu ich das?«

Schimmel klopft ihm auf die Schulter. »Nur Spaß. Gefällt mir alles sehr gut, was ich bei euch sehe. Haltet bitte pressemäßig den Ball flach wegen der Schießerei. Das macht keinen guten Eindruck auf unsere Gäste, also auf ihr subjektives Sicherheitsempfinden. Außer wir erwischen die Typen schnell, dann sehr gerne. Hach, ich hab jetzt richtig Lust auf ein Bier!«

STRUKTURFÖRDERUNG

Spot an. Mirko kneift die Augen zusammen. Er hat unbändigen Durst. Schmeckt Kotze. Sein Kopf schmerzt heftig. Die haben ihn k. o. gehauen. Wer? Der Spargeltarzan?

»Siehst kaputt aus, Mirko«, sagt eine Stimme aus dem Dunkel.

»Ja, klar«, stöhnt Mirko. »Der kleine Igor.«

»Schnucki, kannst immer noch Andrei zu mir sagen. Wir kennen uns doch. Haben gute Geschäft gemacht die letzten Jahre.« Der kleine Igor beugt sich vor und reckt sein unbehaartes Haupt in den Lichtkegel. Sein dickes Gesicht glänzt speckig, er grinst. »Hast du Durst?« Er schiebt ihm ein Glas

Wasser hin. Mirko fasst es nicht an. Igor knipst sein Grinsen aus. »Warum willst du Geschäftspartner wechseln?«

»Weil bei euch immer Krieg.«

»Das hat dich doch bisher nicht gestört.«

»Langsam schon.«

»Erzähl kein Scheiß. Dafür sind Waffen da. Also, was ist der Grund?«

»Bei euch stimmt Qualität nicht.«

»Aber Preise.«

»Nicht mehr.«

»So?«

»Made in Germany kostet inzwischen gleich.«

»Aber illegal. Waffenkontrollgesetz.«

»Heißt bald Strukturförderung.«

»Entwicklungshilfe, ha! Verarsch ich mich selber!«

»Wirst du sehen.«

»Ja, ich sehe. Scheiß-Konferenz. Ich hab schon mit den anderen gesprochen. Ist alles Verhandlungssache. Sind nicht gut zu sprechen auf dich. Haben gesagt: Erst dreht Lucky durch und dann Mirko eigenes Ding. Warum sprichst du nicht mit mir?«

»Was hat Lucijan damit zu tun?«, fragt Mirko.

Igor lacht. »Lucky? Du machst Spaß! Lucky ist ein Arsch, immer große Klappe. Reißt sein Maul auf, dass er geht zu Polizei und erzählt alles über unsere Waffengeschäfte. Ausgerechnet dein Bruder. Fanden die anderen nicht lustig, gar nicht lustig.«

»Du erzählst Scheiße. Ihr habt ihn umgebracht, um mich herzulocken.«

»Quatsch, dann sitzen wir nicht hier, sondern du liegst. Am Boden. Mit Kugel in Kopf. Ich bin Geschäftsmann, du bist Geschäftsmann, du hast Kontakte, ich hab Ware. Ich bin nicht dein Gegner, ich pass auf dich auf. Dass du nicht kriegst Kugel in Kopf.«

»Wer hat Lucijan umgebracht?«, fragt Mirko.

»Vielleicht war das einfach Unfall. Doping-Dreck ist gefährlich. Für Herz. Passt du nicht auf, macht es plopp!« Der kleine Igor schnalzt mit der Zunge.

Mirko will vom Stuhl aufspringen, ist aber festgeschnallt.

Igor steht auf, streckt sich, gähnt. »Überlegst du noch ein bisschen. Dann wir reden. Andi, Diego!« Andi schiebt Mirko samt Stuhl über den Estrich, Diego humpelt voran, öffnet die Kellertür zu Mirkos Verlies.

Als die Stahltür zufällt, ist es stockfinster. Mirkos Gedanken rasen. Wer hat Lucijan umgebracht? Und warum? Hat Lucky wirklich versucht, diese Typen zu erpressen? Nein, er weiß doch nicht mal ansatzweise, wer in dem Geschäft drinhängt, wer genau was macht. Na ja, ein paar Namen kennt er schon. Lucijan war immer ein Risikofaktor. Große Klappe, Geldsorgen. Auch deswegen sollte Zlatan auf ihn aufpassen. Scheiße, die haben ihn tatsächlich aus seinem Versteck gelockt. Er überlegt – Igor ist keine Bedrohung, Igor will ihn nicht umbringen, er braucht ihn, seine Kontakte, seine Kunden, seine Erfahrung.

ZEUG

Dosi und Marlon sitzen vor einer Bar in der Wörthstraße in Haidhausen. Auf dem Tisch vor sich haben sie keine Cocktails, sondern naturtrübes Kellerbier in Steinkrügen. Es ist halb elf. Die Leute flanieren durch die Sommernacht. Alle paar Minuten ziehen die erleuchteten Fenster der Trambahn

150

vorbei. Marlon hat ein bisschen von sich erzählt, über seinen beruflichen Werdegang und dass sein Vater ihn immer wieder in besondere Positionen bugsieren will, BKA und so, dass er aber mit einem ganz normalen Ermittlerjob zufrieden ist.

»Und du?«, fragt er Dosi.

»Ach, ich könnt mir schon noch ein bisschen mehr vorstellen«, sagt Dosi.

Marlon sieht sie an und lächelt. »Das Zeug dazu hättest du.«

SPIONAGETHRILLER

Hummel treiben die Ereignisse des Tages auch spät in der Nacht noch um. Er tigert in der Wohnung auf und ab und setzt sich immer mal wieder an den Küchentisch und versucht, das Erlebte zu verarbeiten.

Liebes Tagebuch,
ich habe nur ganz kurz Zeit. Bin sehr müde. Ein aufregender Tag geht zu Ende. Erst dachte ich, die Sache mit der Konferenz wird scheißlangweilig. Aber dann gab es diese Schießerei in der Innenstadt. Und da setzte sich die ganze Maschinerie in Bewegung: tausend Videoaufnahmen, Telefonate, Anweisungen. Schimmel war auch da. Sehr beeindruckend. Alles ein bisschen unheimlich. Diese Überwachungskameras. Wirklich überall. Sogar vor den Klos in der U-Bahn-Station Max-Weber-Platz sind welche. Willst du nicht wirklich wissen, Tagebuch, wer da alles unterwegs ist. Solange zumindest drinnen nicht aufgezeichnet wird, ist alles gut. Aber wer weiß. Und die schauen mit

riesigen Teleobjektiven in die Wohnungen von den Leuten. Schon der Wahnsinn! Wenn die Typen wollen, dann sehen die mich hier in der Küche sitzen und wissen genau, was ich in dich, liebes Tagebuch, schreibe. Vielleicht sollte ich Geheimtinte verwenden? Oder mache ich mich dadurch erst richtig verdächtig? Hui, ich komm mir vor wie in einem Spionagethriller. Sehr abgefahren das alles!

SCHLAU

»Ich hab gewusst, du nicht dumm«, sagt Igor, als er am nächsten Morgen einem kooperativen Mirko gegenübersitzt. »Du schlau. Pass auf, ist ganz einfach: Du fährst zurück nach Kärnten, ich rede mit Geschäftsfreunden. Mirko, sagst du deine deutsche Kontakte, dass du nicht arbeitest für sie. Und wir machen neues Angebot. Alles bleibt, Konditionen natürlich besser.«

»Besser?«

»Und sicherer. Nix Parlament, das sagt in letzte Moment: Njet.«

Mirko nickt. Obwohl er von höchster Stelle weiß, dass der Deal klappen wird. Aber das interessiert ihn im Moment nicht wirklich. Er hat letzte Nacht ein Gefühl wiederentdeckt, dessen Schärfe er in dieser reinen Form bisher nur im Krieg erfahren hat: HASS. Klar und beißend wie selbst gebrannter Schnaps. Der macht nicht blind, sondern schärft den Blick, zeigt klare Grenzen, schwarz und weiß, keine Zwischenstufen, kein Grau. Das Geschäft ist ihm im Moment scheißegal. Er hat genug Kohle. Er wird neue Geschäfte machen. Waffen werden immer und überall auf der

Welt gebraucht. Er lächelt und sagt zu Igor: »Gut. Geschäft bleibt wie immer. Du lässt mich gehen.«

Igor sieht ihn ernst an. »Du verschwindest. Nach Hause. Sofort. Polizei ist nervös wegen Schießerei. Meine Leute bringen dich.«

EXOTISCH

Der Einsatz von Maders Team für die Konferenz ist vorbei. Die Nachbesprechung der ›Weiterbildung‹ findet in Günthers Büro statt. Günther ist ausgesprochen guter Laune und bedankt sich bei den Kolleginnen und Kollegen überschwänglich für die hervorragende Kooperation: »Ich habe nur Gutes über Sie gehört. Das erfüllt mich mit großem Stolz. Herzlichen Dank! Machen Sie heute etwas eher Schluss, genießen Sie das schöne Wetter.« Er jubiliert noch ein paar Minuten, und über seine Lippen kamen sogar exotische Worte wie ›Freibad‹ und ›Biergarten‹.

»Was ist denn mit dem los?«, fragt Hummel hinterher.

»Fühlt sich vielleicht zu Höherem berufen«, meint Zankl und gähnt. »Polizeiarbeit ist die neue Politik. Oder so. Na ja, dann widmen wir uns mal der Freizeit.«

»Okay, Leute, ab Montag dann wieder volle Kraft in dieser Fußball-Ermittlung«, sagt Mader und zieht sich in sein Büro zurück.

»Ist er schlecht drauf?«, fragt Marlon.

»Ich glaube, diese Regensburg-Geschichte geht ihm an die Nieren«, mutmaßt Dosi. »Er hat ein Jobangebot und weiß nicht so recht, was er machen soll.«

»Dann wird ja seine Stelle frei.«

Dosi sieht Marlon erschrocken an. Zankl und Hummel tauschen Blicke. Marlon bekommt das nicht mit, er studiert seine Mails.

GEFÖHNT

Andi tigert in dem engen Hotelzimmer auf und ab. »Was macht der Typ so lange auf dem Scheißhaus?«

»Im Bad«, korrigiert Diego und kratzt sich am Hintern.

»Tut's noch weh?«

»Ja, nicht nur körperlich.«

»Oh, du Sensibelchen.«

»Ich hänge an meinem Arsch.«

»Recht hast du. Ich auch.«

Andi schließt das Fenster des Hotelzimmers. Der Verkehr von der Schillerstraße verstummt. Jetzt ist das Rauschen der Dusche deutlich zu hören. Andi setzt sich neben Diego aufs Bett. Diego popelt in der Nase, zieht ein langes Krusterl heraus und betrachtet es nachdenklich. Dann lässt er es im Mund verschwinden.

»Boh, du bist voll eklig«, sagt Andi und steht auf. »Jetzt hat der Heini lang genug geduscht.« Er drückt die Klinke der Badtür. Betritt den Raum. Das kleine Oberlicht steht offen. Andi flucht, macht die Dusche aus, steigt auf den Badewannenrand und steckt den Kopf aus dem kleinen Fenster. Zehn Meter senkrecht nach unten. Kein Sims, kein Halt. Diego steht in der Badezimmertür. Nur kurz, dann saust der Föhn auf seinen Hinterkopf, und Mirko stürmt zur Tür raus. Andi verliert den Halt und stürzt in die Wanne. Reißt dabei den Wasserhahn auf, die Dusche geht an.

AHOI

Gerade legt die Fähre ab, Hummel sieht von seinem Notizbuch auf.

»Das war die letzte«, sagt Karla.

»Und wie kommen wir jetzt wieder weg?«

»Schwimmen.«

»Na servus.«

»Willst du noch mal weg?«

Na ja, ich bin Polizist, da weiß man nie, will Hummel schon sagen. Aber das verkneift er sich. Man muss den Teufel ja nicht an die Wand malen. Er wird nachher sein Handy einfach ausschalten. Irgendwann ist es ja auch mal gut. Ungewöhnlich für ihn, an einem Freitagnachmittag schon das Wochenende einzuläuten. Aber er ist Günthers Ratschlag gefolgt und um 15 Uhr nach Hause gegangen, um zu Karla und Paul rauszufahren, zu ihrem ›Zweitwohnsitz‹, einem Festcampingplatz auf der Buchau. Die kleine Insel im Staffelsee bei Murnau ist nur mit einer kleinen Motorfähre zu erreichen. Nur ein paar Minuten mit dem Boot, aber meilenweit weg vom Münchner Polizeialltag. Das erste Bad im See hat die ganze hektische Woche aus seinem Kopf gespült. Dann hat er es sich auf der Campingliege im Schatten bequem gemacht und durchs Gebüsch das Glitzern des Wassers betrachtet. Ein bisschen gedöst, nachgedacht. Und ein bisschen geschrieben.

Er starrt auf seine Notizen. Gerade hatte er einen tollen Gedanken. Nur welchen? Das passiert ihm andauernd. Dass seine Gedanken abschweifen und wertvolle Gedanken unwiderruflich verloren gehen. Er blättert in seinem Notizbuch eine Seite zurück. *Peng!* Das Notizbuch fliegt samt Ball ins Gebüsch.

»Hey, Paul, spinnst du?«

»Kommst du jetzt endlich!?«, ruft Paul.

»Was schreibst du da eigentlich?«, fragt Karla, die sich bereits am Grill zu schaffen macht.

»Ich muss endlich mal mit meinem Krimi weiterkommen. Meine Agentin hat sich bei mir gemeldet. Warum das alles so lange dauert.«

»Ja, warum?«

»Weil ich nie Zeit habe. Und die nötige Ruhe.«

»Dann bist du hier goldrichtig. Hier lenkt dich keiner ab.«

»Außer Paul.«

Karla sieht ihn ernst an.

»Hey, nur Spaß. Ich spiel gleich Fußball mit ihm. Weißt du, das mit dem Schreiben, das mein ich ernst. Ich bräuchte nur ein bisschen mehr Zeit. Aber wenn es klappt, also wenn es richtig gut läuft, dann könnt ich mir sogar vorstellen, nur das zu machen.«

»Wieso denn? Du bist doch Beamter!«

Jetzt sieht Hummel sie irritiert an.

»Ich mein ja bloß«, sagt Karla und schüttet Holzkohle auf den Grill.

»Stell dir vor, wie viel Zeit ich dann hätte«, versucht es Hummel.

Sie lächelt. »Ja, das wäre schön.«

»Dann wär ich den ganzen Tag daheim und könnte für Paul Mittagessen kochen, wenn er von der Schule kommt.« Hummel stockt. Was redet er denn da?

Sie gibt ihm einen Kuss.

»Kommst du jetzt endlich?!«, ruft Paul wieder.

156

Hummel legt das Notizbuch beiseite und erhebt sich von der Liege. Er sieht das goldene Glitzern des Wassers in der Abendsonne, er sieht zwei Kinder in grellen Schutzwesten in einem Kanadier vorbeipaddeln, riecht die scharfen Grillanzünder. *Camping!* Er! Ein Hauszelt auf einer hölzernen Plattform. Camping ist das eigentlich nicht. Eher Schrebergarten oder Reihenhaus. Nachbarn, die rechts und links das Gleiche tun. Den Grill vorbereiten, den Tisch fürs Abendessen decken. Alles ganz nah. Außen und innen trennen nur dünne Stoffwände. Man hört jedes Wort. So ganz geheuer ist ihm das nicht. Nun ja.

Er geht durch die dichte Schutzhecke hinaus auf die Wiese. Zwei, drei Kuppelzelte, ein paar Mädchen, die Gummitwist spielen, und Paul, der ein Champions-League-Finale mit sich selbst austrägt. Hummel blickt zum Ende der Insel, zur Anlegestelle der Fähre. Er sieht über das Schilf und die Bäume in die Berge. Die Kette der Ammergauer Alpen glüht vor tiefrotem Horizont. Wahnsinn, ist das schön!, denkt er. Dann trifft ihn der Ball in die Eier. Ihm wird schwarz vor Augen.

WEITERMACHEN

Mader hat beschlossen, weiterzumachen, nicht aufzugeben bei der Geschichte seines Vaters. Er ist wieder nach Regensburg gefahren. Hat eine fixe Idee. Dass damals Polizisten beteiligt waren. Dass irgendjemand bestens informiert war über die Ermittlungen. Eigentlich ist jetzt Wochenende. Aber er ist ein Mann ohne Verpflichtungen. Wochenende spielt für ihn keine große Rolle. Irgendwie traurig. Denkt er jetzt, als er im Hotel beim Abendessen sitzt. Wunderbarer Seewolf auf Lauchgemüse. Es schmeckt ihm nicht. Vielleicht auch, weil ihm das Telefonat mit Peter so im Magen liegt. Er hat Peter vorhin gefragt, ob er mit seinem Vater sprechen kann. Über damals. Wie er das erlebt hat, als Kollege seines Vaters. Was Peter abgelehnt hat. Vehement. Prinzipiell. Sie haben sich am Telefon gestritten. Peter ist der festen Meinung, dass man irgendwann mal die Vergangenheit ruhen lassen muss. Das Gespräch hatte etwas Grundsätzliches, fast Juristisches. Ja, Peter ist Anwalt. Und? Mader ärgert das zutiefst. Er hasst Prinzipienreiterei. Wobei auch er seine Prinzipien hat. Nicht nur als Polizist. Und dazu gehört der Satz: *Mord verjährt nicht.*

IMMER RISIKO

Zlatan ist zufrieden. Das Sondertraining mit den Jungs war trotz der schwülen Abendhitze super. Morgen gegen *Concordia* werden sie drei Punkte holen und auf den zweiten Tabellenplatz vorrücken. Ganz sicher. Er hat heute zum Abschluss im Tor mitgespielt, und die Jungs haben gut draufgehalten. Das sind keine Kinder mehr, die zeigen vollen Körpereinsatz. Er ist richtig ins Schwitzen gekommen und hat nach dem Training für alle Eis und Spezi ausgegeben. Gefällt ihm – Chef sein. Der Coach, das Vorbild. Jetzt wird er noch auf ein schnelles Bier ins *Sixty Lions* gehen.

Hoffentlich treff ich da nicht die beiden Bestatterheinis, denkt er. Denn sein todsicherer Tipp mit Rostock war ein Schlag ins Wasser gewesen. Konnte er ja nicht wissen, dass der Schiedsrichter kurz vor Spielbeginn ausgewechselt wird.

So was passiert fast nie. Angeblich Durchfall. Zlatan überlegt, ob der Einsatz von Abführmitteln ebenfalls eine neue Methode ist, um das Spielergebnis zu beeinflussen. Er kommt zum Schluss, dass das sehr wohl so sein kann. »Auf nichts mehr ist Verlass!«, murmelt er. »Aber so ist Fußball.«

Als er im *Sixty Lions* eintrifft, sind dort nur ein paar Stammgäste beim Kartenspielen. Erleichtert stellt er sich an den Tresen und ordert ein Bier. Jetzt sieht er das halb volle Bierglas. Ohne Besitzer. Im nächsten Moment kommt Diego vom Klo. »Eam schaug o!«, entfährt es Diego, und er nickt in Richtung Tür. Zlatan folgt seinem Blick. In der Tür steht bereits der geile Andi: »Ja, eam schaug o!«

SPIESSIG

Hummel liegt auf der Matratze und horcht. Draußen auf der Campingwiese kauern noch ein paar Städter ums Lagerfeuer und fachsimpeln über Boote, Zelte, Goretex-Klamotten. Was man so in der rauen Wildnis braucht. Die Nachbarn links sitzen noch vor ihrem Zelt und picheln, die rechts schnarchen bereits lautstark. Hier hört man wirklich alles. Aber auch die Grillen, die immer noch zirpen, und das Wasser, das sanft ans Ufer schwappt. Gerade war er bei den Toiletten und hat in den glitzernden Sternenhimmel gestaunt. Unglaublich! Wie im Traum. Nadelstiche in schwarzem Samt. Na ja, das Neonlicht, die Spinnweben und Mücken auf dem Klo waren weniger romantisch. Beim Rückweg hat er daran gedacht, dass er bestimmt um 4 Uhr morgens mit Wasserlatte aufwacht und dringend aufs Klo muss. Durch die arschkalte Nacht. Freut er sich schon drauf. Er hätte nicht so viel Rotwein trinken sollen. Aber jetzt dreht sich seine Welt wenigstens ein bisschen.

Plötzlich ist da Karlas warme Hand an seinem Bauch. Sogleich auch eine Etage tiefer.

»Was wird das, Karla?!«, flüstert er.

»Was denn?«

»Na, deine Hand.«

»Was wohl?«

»Paul schläft nebenan. Hier hört man jeden Ton.«

»Dann sei gefälligst leise!«

UNGERECHT

»Scheiße, Hummel, warum gehst du nicht an dein Handy«, blafft Zankl, als Hummel ihn am nächsten Tag um halb zehn endlich zurückruft.

»Weil ich frei hab.«

»Wo bist du?«

»Am Staffelsee.«

»Wo?«

»Am Staffelsee, bei Murnau.«

»Oh, beim Baden, der Herr.«

»Nur kein Neid. Ich war schon im Wasser. Es ist Samstagmorgen. Und ich hab frei!«

»Du hattest frei. Wir haben eine Leiche. Ein Mann. Erschossen.«

»Wer?«

»Keine Ahnung. Keine Papiere, keine Schlüssel, kein Handy.«

»Wo?«

160

»Beim Platz der *Sportfreunde Obergiesing.*«

»Das ist der Verein, in dem Paul spielt!«

»Paul?«

»Der Sohn von Karla, meiner Freundin.«

»Ach so. Ja. Du, wir brauchen jeden Mann. Mader ist in Regensburg. Wann kannst du hier sein?«

»Zwei Stunden, schätz ich.«

»Beeil dich.«

Karla kommt gerade mit Paul vom Abwasch zurück. Sie sieht es ihm an. »Sag's nicht. Du musst arbeiten?«

Hummel nickt. »Ein neuer Fall. Tut mir leid.«

»Es gibt immer einen neuen Fall, nicht wahr?«

»Ich fürchte: ja.«

Als Hummel auf der 10-Uhr-Fähre sitzt, fühlt er sich mies. Ja, es gibt immer einen neuen Fall. Wenn er Erfolg hätte mit dem Schreiben, dann gäbe es neue Fälle nur auf dem Papier. Und deren Timing würde er bestimmen. Er könnte zu Hause schreiben, wäre immer da. Oder hier auf der Insel. Auch unter der Woche. Ohne die ganzen Leute. Ein Schriftsteller-tagtraum. Der schon sein Ende findet, wenn er daran denkt, wie viele Seiten er von seinem ersten Krimi geschrieben hat. Keine zehn Seiten. Fast nichts. Karla und Paul lassen ihm keine freie Minute. Nein, das ist ungerecht. Er genießt es sehr, dass man sich so um ihn kümmert. Und dass er sich kümmern kann.

Die Fähre legt in Seehausen an. Im Biergarten vor dem Wirtshaus sitzen jetzt schon die ersten Ausflügler und Tracht-ler vor ihren Bierkrügen. Am liebsten hätte er sich einfach dazugesetzt. Ein Weißbier, ein Paar Weißwürste, eine Breze und ins Ammergebirge schauen. Das wäre jetzt die richtige Wahl. Tja. Er sieht auf die Kirchturmuhr. Wenn er sich beeilt, erwischt er den Zug um halb elf nach München.

SPORTFREUNDE

Die Leiche liegt zwischen Altglascontainern ein paar Meter entfernt vom Fußballplatz der *Sportfreunde Obergiesing*. Der Trainingsanzug des Mannes ist komplett durchweicht. In der Nacht gab es ein heftiges Gewitter. Gesine untersucht die Leiche. Auf dem Sportplatz findet gerade ein gut besuchtes Turnier der B-Jugend statt. Für die Polizei interessieren sich im Moment nur ein paar wenige Passanten. Dank der parkenden Autos vor den Containern ist nicht wirklich viel zu sehen.

»Die spielen da einfach«, sagt Dosi kopfschüttelnd, als sie dazukommt. »Kann ich mal sehen?«

Gesine dreht den Mann vorsichtig von Bauchlage in Seitenlage.

»Scheiße, das ist der Zlatan.«

»Wer?«

»Auch so ein Fußballtyp. Hatte was mit diesem Lucky zu tun. Der tote Kicker vom Pokalspiel. Zankl, wo bleibt Hummel denn?«

»Kommt später. Ist mit seiner Liebsten auf einer Insel.«

»Hawaii?«

»Staffelsee.«

»Und Mader?«

»Noch oder wieder in Regensburg. Hast du Marlon Bescheid gegeben?«

»Ja. Wer hat denn Zlatan gefunden?«

»Ein Flaschensammler. Wollte Pfandflaschen aus dem Container fischen. Hat Zlatan Familie?«

»Frau, zwei Kinder. Ich informier sie.«

»Gut.« Zankl wendet sich an Gesine. »Kannst du schon was sagen?«

»Einschuss in der Stirn. Aus nächster Nähe. Glatter Durchschuss. Eher wenig Schmauchspuren. Vermutlich Schalldämpfer.«

»Eine Hinrichtung. Schalldämpfer benutzt man nicht im Affekt. Was ist mit dem blauen Auge, den Schrammen?«

»Keine Ahnung.«

Ein Motorrad bremst scharf. Feuerrote *Ducati* 900. Marlon nimmt den Helm ab. »Sorry, Leute, geht nicht schneller.«

»Schöne Maschine«, sagt Dosi.

»Man gönnt sich ja sonst nichts. Leasing – bevor du weiterfragst.«

Marlon besieht sich die Leiche und lässt sich von den anderen auf den aktuellen Stand bringen. »Unser Zlatan«, murmelt er. »Böses Ende für den Haudegen.«

»Ein Bekannter von dir?«, fragt Zankl erstaunt.

»Die Fußballwelt ist bunt, aber klein.«

»Kennt er unsere beiden anderen Toten?«

Dosi nickt. »Djuvic zumindest. Zlatan ist der Nährstoffexperte von ein paar Fußballern, so auch von Djuvic.«

»Interessant«, sagt Zankl. »Warum erfahr ich das erst jetzt?«

»Wenn du die Protokolle lesen würdest, dann wüsstest du Bescheid. Wir haben ihn schon befragt zu Lucky. Ohne Ergebnis. Sollen wir jetzt zum Verein rüber? Vielleicht haben der Wirt oder der Platzwart oder sonst wer was gesehen oder gehört.«

Zankl sieht zum Platz, wo es hoch hergeht. Am Spielfeldrand haben sich ein paar Eltern in der Wolle. »Das soll Hummel später machen. Wenn weniger los ist. Paul, der Sohn seiner Freundin, spielt hier. Vielleicht kennt er ein paar Leute.«

»Na, das gibt seiner neuen Beziehung sicher Auftrieb«, meint Dosi. »Schon wieder ein Toter.«

»Wieso schon wieder?«

»Na ja, bei Djuvics Abgang war Hummel mit Paul im Stadion.«

HIMMELSTÜR

Mader wollte eigentlich wegen des neuen Mordfalls sofort nach München zurückfahren, aber Zankl hat ihm das ausgeredet. Mader überlegt. Klar, Zankl ist ehrgeizig, aber kann er ihm die Leitung des Falls überlassen? Warum eigentlich nicht? Soll er sich mal in der ersten Reihe beweisen. Er selbst ist mit seinem Kopf ganz woanders. Im tiefen Keller seiner Vergangenheit. Wo er nach der Wahrheit sucht. Er hat gestern Abend im Hotel noch lange nachgedacht. Ob es sich wirklich lohnt, in den alten Unterlagen zu wühlen, die damaligen Umstände und Ermittlungsergebnisse zu hinterfragen. Die Antwort fiel ihm nach einigem Überlegen dann doch leicht: ja. Denn der Fall stinkt zum Himmel. Man hätte seinen Vater damals doch früher finden müssen. Regensburg ist kein Großstadtmoloch, wo man einfach abtauchen kann, das ist eine mittelgroße und recht überschaubare Stadt. Wieso klappte die Geldübergabe so reibungslos? Warum kam man den Entführern nicht auf die Spur? Bei so vielen Beamten im Einsatz? Was, wenn unter den Entführern ein Polizist war, der über jeden Schritt der Fahndung genauestens informiert war? Musste sein Vater sterben, weil er die Bankräuber erkannt hatte?

Mader wundert es nicht wirklich, dass Peter gegen seine Nachforschungen war. Peters Vater war damals ebenfalls in der erfolglosen Ermittlungsgruppe. Plötzlich hat Mader eine ziemlich genaue Vorstellung davon, was damals passiert ist. Nicht unbedingt, dass Peters Vater an dem Überfall beteiligt gewesen war, aber doch zumindest ein Kollege aus dem nahen Umfeld. Ein Verbrechen in den Reihen der Polizei. Ob die Ermittlungen jemals in diese Richtung gingen? Nein, dann hätte er doch Hinweise dazu in den Akten finden müssen. Er wird mit den Dienstplänen anfangen. Wenn Gruber das gestattet.

EHRENAMTLICH

Als Dosi und Marlon *Sabrina's Boutique* betreten, dekoriert Sabrina gerade Bikinis mit Stecknadeln an eine Fototapete mit Tropenstrand. Hinter dem Verkaufstresen streiten zwei Mädchen um neonbunten Modeschmuck. Dosi schnürt es die Kehle zu.

»Kann ich Ihnen helfen?«, fragt Miss Boutique.

»Ja, ich, äh …« Dosi kramt ihren Ausweis hervor. »Wir sind von der Polizei.«

»Oh, was hat Zlatan wieder gemacht? Mit hundert durch die Stadt? Ich hab ihm schon tausendmal gesagt, er soll nicht so rasen.«

Dosi schüttelt den Kopf. »Kein Verkehrsdelikt. Sind Sie Sabrina Doblanovic?«

»Ja? Was ist passiert?«

»Können wir irgendwo ungestört sprechen?«

Dosi hasst es, schlechte Nachrichten zu überbringen. Die Reaktionen der Angehörigen nehmen sie immer mit. Auch im Fall der jungen Ehefrau. Sie sinkt im Hinterzimmer auf dem Stuhl zusammen, als Marlon ihr erzählt, was vorgefallen ist. Die Kinder bekommen von der Hiobsbotschaft zum Glück noch nichts mit und streiten vorne im Laden munter weiter. Dosi fühlt sich mehr als unbehaglich. Marlon geht sehr professionell mit der Situation um, spendet ein bisschen Trost, stellt ein paar Fragen zu Zlatans Arbeit und Lebensstil, zu Freunden und Feinden, verspricht den äußersten Einsatz der Polizei, um das »perfide« Verbrechen aufzuklären. Letzteres findet Dosi dann doch ein bisschen dick aufgetragen. Trotzdem bedankt sie sich hinterher bei ihm, dass er diesen Job übernommen hat.

»Ich mag das auch nicht so«, gesteht Marlon. »Aber Schweigen ist noch schlimmer.«

»Glaubst du, sie weiß wirklich nicht, mit wem ihr Mann Stress hatte?«

»Ich hab keine Ahnung.«

»Eine Ehefrau weiß so was doch. Sie hat gesagt, dass er in letzter Zeit komisch war. Also wird sie ihn doch gefragt haben, was los ist. Er muss ihr was erzählt haben.«

Marlon zuckt mit den Achseln.

»Wir müssen rauskriegen, wie Zlatan wirklich sein Geld verdient hat«, sagt Dosi. »Die Boutique wirft sicher nicht viel ab. Kann man mit Sportartikeln gut verdienen?«

»Kommt drauf an. Wenn er genug Kunden im Vereinsgeschäft hatte. Aber nein, das reicht sicher nicht.«

»So ein Trainergehalt ist nicht sehr hoch, oder?«

»Jugendtrainer arbeiten ehrenamtlich. Da gibt's gar nix.«

Am Gärtnerplatz kramt Marlon den Motorradschlüssel heraus. Dabei fällt ihm der Schlüsselbund runter. Dosi hebt ihn auf, stutzt, sieht Marlon scharf an. »Das erklärst du mir jetzt schon, oder?«

»Was?«

166

»Das ist der Schlüsselbund von der Doblanovic. Mit dem Muschelanhänger. Der lag auf dem Tisch, an dem wir gesessen sind.«

Marlon grinst. »Wir schauen uns mal schnell bei denen daheim um.«

»Du hast sie doch nicht alle!«

»Bleib mal locker. Wir gehen davon aus, dass Zlatan krumme Dinger gedreht hat, also checken wir schnell seine Wohnung, bevor seine Frau von dort was verschwinden lässt.«

»Never!«

»Hey, komm, Dosi. Nur gucken.«

»Ohne Durchsuchungsbeschluss machen wir gar nichts.«

»Mit welcher Begründung willst du einen Durchsuchungsbeschluss bekommen? Zlatan ist das Opfer. Wenn wir was über ihn rauskriegen wollen, müssen wir uns seine Wohnung anschauen.«

»Nein. Und überhaupt: Was hättest du gemacht, wenn ich das mit dem Schlüssel nicht mitgekriegt hätte?«

»Dosi, ich hab gewusst, dass du das scheiße findest. Ich wollte dich da nicht mit reinziehen.«

»Dass ich nicht lache.«

»Im Ernst. Mann, ihr seid hier immer so korrekt.«

»Hast du eine Ahnung.«

»Also, was ist?«

»Alleine gehst du da jedenfalls nicht rein. Und wenn wir Zlatans Frau einfach gefragt hätten, ob wir uns mal bei ihnen zu Hause umschauen dürfen? Nur als Idee?«

»Dosi, hier geht es um Mord. Ein zwielichtiger Typ stirbt, und seine Frau wird uns gerade erzählen, was er so alles getrieben hat. Wir riskieren nur einen schnellen Blick in Zlatans Wohnung, und schon sind wir wieder weg.«

»Und wie kriegt sie den Schlüssel zurück?«

»Sie wird ihn ganz zufällig auf dem Treppenabsatz vor ihrem Laden wiederfinden. Wo er ihr aus der Tasche gefallen ist.«

Dosi nickt müde.

Marlon deutet auf die *Ducati*. »Leider nur ein Sitz.«

»Ich nehm den Bus. Du wartest vor der Haustür. Ohne mich machst du nix!«

Dosi geht zum Bus. Nachdenklich. Ganz geheuer ist ihr Marlon nicht. Der ist tatsächlich so ein Schimanski-Typ und hält sich nicht an Spielregeln. Ja, auch sie hat den Eindruck, dass Zlatan keine weiße Weste hat. Trotzdem – das ist ziemlich illegal, was sie da vorhaben. Sie seufzt. Wenn es der Wahrheitsfindung dient. Vielleicht hat sie gerade eben auch nur aus einem Beschützerinstinkt heraus zugestimmt. Damit Marlon nichts Falsches macht. Sie muss lachen. Alles gut, Mutti!

ZIEMLICH ERNST

Hummel geht am Platz der *Sportfreunde Obergiesing* vorbei. Dort herrscht reger Betrieb. Turnier. Ein Motorrad heult auf und schießt die Straße runter. Als Hummel die Absperrung erreicht, sieht er den schwarzen Fleck im Rinnstein. Blut? Öl? »Erschossen«, hat Zankl ihm gesagt. Wahnsinn, denkt Hummel, einen Steinwurf entfernt vom Fußballplatz, wo Paul trainiert. Außer dem Fleck, der genauso gut Öl sein könnte, deutet nichts mehr auf ein Verbrechen hin. Die Leiche ist schon abtransportiert. Zankl ist noch da. Er wartet auf einer Parkbank beim benachbarten Spielplatz.

»Es handelt sich um diesen Zlatan«, erklärt Zankl. »Er hatte keine Papiere dabei, aber Dosi hat ihn gleich erkannt, Marlon auch.«

»Na super«, murmelt Hummel.

»Du, ich muss los. Schaust du dich bitte noch mal um? Wir treffen uns nachher im Präsidium.«

Hummel denkt nach. Er ist hier öfters mit Paul vorbeigekommen auf dem Weg zur Trambahn. Wenn der Täter Zlatan hier aufgelauert hat, dann vermutlich hinter den Altglascontainern oder im Gebüsch. Vorsichtig biegt Hummel die Zweige beiseite. Nichts, außer reichlich Hundekacke. Müll, Kaugummipapiere und Zigarettenfilter haben die Kollegen von der Spurensicherung vermutlich mitgenommen. Hummel überlegt. Als sie Zlatan vor der Boutique gesehen haben, hat er Kisten in einen dunkelblauen VW-Sharan geladen. Vielleicht steht der hier in der Nähe. Hummel geht die am Straßenrand geparkten Autos ab. Er erinnert sich an den Aufkleber in der Heckscheibe. HR für Hrvatska – Kroatien. Bald hat er Zlatans Van gefunden. Abgesperrt. Natürlich. Hummel späht in den Wagen. Sieht die Navi-Halterung mit Saugnapf an der Frontscheibe. Schade, das Navi wäre sicher aufschlussreich gewesen. Er geht zurück zum Tatort, kickt unterwegs eine Scherbe in einen Gulli. Stutzt. Was ist das? Ein Kabel? Er bricht einen Ast von einem Busch ab und fischt das Kabel aus dem Gulli – ein schwarzes Kabel mit einem Adapter für den Zigarettenanzünder im Auto. Interessant. Er zieht aus dem Spender von *Doggi-Loo* an dem Stoppschild einen schwarzen Hundekackbeutel und schlüpft mit der Hand hinein, um das Kabel zu greifen. Vielleicht gehört das tatsächlich zu Zlatans Navi. Er wendet den Beutel und steckt ihn samt Kabel in die Jackentasche. Er ruft die Kollegen an, damit sie das Auto für die kriminaltechnische Untersuchung abholen.

Hummel geht zur Trambahn. Grübelt. Muss er das jetzt Karla erzählen? Dass hier neben dem Fußballplatz von Pauls Verein ein Mann erschossen wurde? Der auch noch Trainer in Pauls Verein ist, also war. Ja klar, muss er das. Heute Abend sind Karla und Paul vom Staffelsee zurück. Denn Paul hat morgen ein Heimspiel. Ob das wirklich stattfindet? Noch ist laut Zankl beim Verein niemand informiert, um wen es sich bei dem Toten handelt. Sonst hätten die sicher das Turnier gleich abgebrochen. Hätten sie das wirklich? Hummel ist sich nicht sicher. Nein, die würden nicht so einfach ein Turnier oder ein Punktspiel canc45n. Am Spielfeldrand hat er schon gelernt, dass Fußball nicht einfach ein Sport ist, sondern eine Lebenseinstellung, eine todernste Sache. Beim ersten Punktspiel war er noch geschockt, wie sich Eltern, Trainer, Schiedsrichter und auch Spieler gegenseitig an die Gurgel gehen. Inzwischen hat er sich daran gewöhnt.

EHRLICHE ARBEIT

Marlon steht an seiner *Ducati* vor Zlatans Wohnhaus in Untergiesing und raucht.

»Wartest du schon lang?«, fragt Dosi, die gerade vom Bus kommt.

»Nur ein bisschen.«

Sie betreten das enge Treppenhaus. Es riecht streng nach Bohnerwachs. Sie steigen in den ersten Stock. Marlon horcht, dann sperrt er lautlos auf. Wie ein Einbrecher, denkt Dosi nicht ohne Bewunderung. Sie betreten eine teuer und geschmacklich zweifelhaft eingerichtete Wohnung. Größer als gedacht. Viel größer. Offenbar ist zur zweiten Wohnung auf diesem Stockwerk durchgebrochen worden. Kitschige Landschaftsbilder an der Wand, klobige Polstermöbel auf lila Auslegware, Dutzende von Fußballpokalen und eine große kroatische Fahne.

Dosi fühlt sich unwohl. Marlon zieht seelenruhig Schubladen auf und blättert durch Papiere. Dosi nimmt ein Fotoalbum aus dem Regal. Familienbilder, Fußballbilder. Sie stockt. Auf einem der Bilder ist Zlatan mit einem jungen Spieler zu sehen – Lucijan Djuvic. Arm in Arm. Das ist weit mehr als »flüchtig«, wie Zlatan seine Bekanntschaft mit Djuvic bei ihrem Gespräch auf dem Revier bezeichnet hatte. Dosi zeigt Marlon das Bild. Der nimmt es aus dem Album, nickt nachdenklich. Dann legt er den Zeigefinger auf die Lippen. Jetzt hört sie es: Ein Schlüssel dreht sich im Türschloss. Marlon zieht Dosi an sich und deutet ins angrenzende Zimmer. Sie huschen hinein. Dosi bricht der Schweiß aus. Wie sollen sie das erklären? Verdammt noch mal! Marlon schiebt sie weiter ins Esszimmer und in den Hauswirtschaftsraum. Deutet zur Tür. Dosi versteht nicht. Doch, jetzt sieht sie es. Das ist keine gewöhnliche Zimmertür. Marlon dreht die zwei Riegelschlösser auf und schiebt Dosi ins Treppenhaus. Zwei Wohnungen, zwei Eingänge beziehungsweise Ausgänge. Leise schließt Marlon die Tür hinter sich, und sie schleichen durchs Treppenhaus nach unten.

»Das war knapp«, stöhnt Dosi, als sie vor der Haustür stehen.

Marlon nickt und bietet ihr eine Zigarette an.

Sie rauchen.

»Wer war das?«, fragt Dosi.

»Keine Ahnung. Vielleicht die Putzfrau. Die Kinder hätten wir gehört, wenn es Zlatans Frau gewesen wäre.«

»Jedenfalls steckt in dieser Wohnung zu viel Geld für ehrliche Arbeit. Und das Foto! Djuvic und er waren enge Kumpels!«

»Ich kann Zlatans Frau gleich fragen, wenn ich den Schlüssel zurückbringe.«

»Nichts wirst du, Marlon. Erst, wenn wir mehr wissen. Du schaust, dass sie den Schlüssel unauffällig zurückbekommt, dann sehen wir uns im Präsidium.«

VENEZIA

Mader hat noch mal die Akten studiert. Er ist sich jetzt sicher – zumindest sagt ihm das sein Ermittlerinstinkt –, dass bei dem Verbrechen damals Regensburger Polizisten involviert waren. Aber wie soll man das nach so vielen Jahren noch nachweisen? Einsicht in die alten Dienstpläne hat er noch nicht nehmen können. Aber Gruber will sich darum kümmern. Guter Mann, denkt Mader. Montagnachmittag sollen die Unterlagen kommen. Spätestens Dienstag. Mader macht sich Vorwürfe. Er hat zu lange gewartet. Er hätte sich viel eher mit dem Fall befassen müssen. Er holt Bajazzo ab. Der ist bester Dinge, denn er hat beim Pförtner des Präsidiums zwei Wiener und ein Stück kalten Schweinsbraten bekommen. Nette Leute hier. Ja, Regensburg ist eine Reise wert. Reise – wohlgemerkt. Mehr nicht. Heimat ist München! Da ist sich Bajazzo mit seinem Chef einig.

Mader geht gedankenverloren in Richtung Hotel.

»Karl-Maria?«

»Äh, ja?« Er dreht sich um und sieht einer großen blonden Frau ins fein geschnittene Gesicht.

172

»Kennst du mich nicht mehr?«, fragt sie.

»Äh.« Nein, das kann nicht sein. Oder doch? »Monika? Monika Kirchgässler?«

»Monika stimmt. Aber sonst Meier. Kirchgässler, das war einmal. In einer anderen Zeit. Was machst du hier? Das ist ja eine Ewigkeit her.«

Das kann sie laut sagen. Eine Ewigkeit. Sie wartet immer noch auf eine Antwort.

»Äh, ich bin beruflich hier«, sagt er schließlich. »Und du?«

»Ich lebe hier, also nicht in der Stadt, aber in Beratzhausen. Sag, wie geht es dir?«

»Gut, danke. Und dir?«

»Auch gut. Wollen wir einen Kaffee trinken gehen? Ich hab gerade ein bisschen Zeit.«

»Ich, äh, eigentlich wollte ich zum Hotel, meine Tasche holen und zurück nach München.«

»Ach komm, nimm einen Zug später und lass uns ins *Venezia* gehen.«

»Wohin?«

»Sag bloß, das hast du vergessen?«

Natürlich weiß er, was und wo das *Venezia* war. Die Eisdiele, in der sie die Schule geschwänzt haben, in der sie sich stundenlang an einem Cappuccino oder Eiskaffee festhielten, um den Vormittag zu verratschen. Die Eisdiele am Haidplatz. Gibt es die wirklich noch? Jetzt fallen ihm die Nonnen mit den Eistüten ein. Ja, klar. Manche Dinge ändern sich nie. Er muss lächeln.

SPUREN

»Die Spurensicherung hat alles gecheckt?«, fragt Hummel im Präsidium. »Auch den Flaschencontainer?«

»Natürlich«, sagt Zankl.

»Ich hab noch was gefunden.« Hummel holt den schwarzen Plastikbeutel mit dem Kabel aus der Tasche und lässt es auf den Konferenztisch rutschen. »Das Kabel könnte von einem Navi sein. War in einem Gulli ganz nah bei Zlatans Wagen. Im Auto war nur die Navi-Halterung an der Windschutzscheibe.«

Marlon nimmt das Kabel und betrachtet es interessiert.

»Hey!«, sagt Zankl, »nicht anfassen!«

»Oh, sorry.«

Zankl zieht Gummihandschuhe an und steckt das Kabel zurück in den Beutel. »Marlon, deine Fingerabdrücke sind im System?«

»Klar.«

»Gut, dann sehen wir mal, wer außer dir und Hummel noch seine Pratzen an dem Kabel hatte. Ob es überhaupt von Zlatan ist. Ihr drei geht jetzt bitte zum Verein und sprecht mit den Leuten dort. Platzwart, Trainer, Vereinsheimwirt. Was sie über Zlatan wissen, ob er mit irgendwem Stress hatte, diese Sachen.«

»Sag mal, was wird denn das? Bist du jetzt der Chef hier?«, fragt Dosi.

»Nur solange Mader nicht da ist.«

»Das will ich hoffen. Und was machst du, während wir arbeiten?«

»Ich schreib den Bericht.«

Dosi grinst. »Mein kleiner Bürohengst.«

»Yihaa!«

FÜNFTES RAD

Mader sitzt mit Monika, *seiner Moni*, im Eiscafé *Venezia* am Haidplatz. Zeitsprung. Alles schaut aus wie damals, einen Tick moderner freilich, mit freundlicheren Farben, die Passanten in besserer Kleidung und mit besseren Frisuren, auf der Straße keine Käfer oder Kadetts, sondern Smart, Corsa oder Prius. Aber sonst: der Platz, die Häuser, das Café – wie damals vor vierzig Jahren. Monika hat beim Ober etwas bestellt, was nicht auf der Karte steht Zweimal ›Goldei‹ – eine große Kugel Vanille, die in einem Glas mit Eierlikör und kaltem Kaffee schwimmt, mit Sahne obendrauf. Das war damals der Renner. Und tatsächlich bekommen sie das Gewünschte. Maders Wangen glühen. Bajazzo ist sich nicht sicher, was er von der Aktion hier halten soll. Er fühlt sich wie das fünfte Rad am Wagen. Dezent wendet er sich ab und studiert den Verkehr und die Leute auf dem Platz.

Mader und Monika reden und reden. Dämme brechen. So viel zu erzählen. Was in den Jahrzehnten alles passiert ist, wie es damals war, in der Schule, im Sommer, am Baggersee, im Freibad. So viele Worte, die damals nicht ausgesprochen wurden, rauschen jetzt wie die Niagarafälle über ihre Lippen. Bajazzo sind es eindeutig zu viele Worte. So kennt er seinen Chef gar nicht. Wenn er so verliebt tut. Nun gut, da wäre Maders Schwärmerei für diese französische Schauspielerin. Aber das ist ja nur eine Fantasie, ein cineastischer

175

Tagtraum. Das hingegen ist echt! Ein Geflöte und Gesäusel, Gekicher und Geschmunzel, dazu das Herumzwirbeln blonder Haare in grazilen Fingern mit rot lackierten Nägeln. *Puh!*

ALLES DRIN

Gerade hat sich Hummel von Marlon und Dosi getrennt. Zu dritt haben sie die Leute vom Verein informiert und befragt. Dosi in der Vereinsgaststätte, Marlon und er jeweils in einem Trainerraum. Die Befragten waren kooperativ. Alle hatten etwas über Zlatan zu sagen. Auf der nach oben und unten offenen Beliebtheits-Skala waren vor allem die Extreme vertreten – zwischen Supertyp und Superarschloch. Zlatan spaltete und hatte ein paar Freunde und definitiv eine Menge Feinde. Im Verein und vermutlich auch sonst im Leben. Dosi und Marlon sind jetzt noch einmal unterwegs zu Zlatans Witwe, um sie eingehender zu befragen.

Hummel hat noch eine heikle Aufgabe. Allerdings privater Natur. Er muss Karla mitteilen, was passiert ist. Hummel sieht auf die Uhr. Halb sieben. Jetzt müssten Karla und Paul bald vom Staffelsee zurück sein. Denn morgen ist das Punktspiel gegen den TSV Ost, da soll er Paul begleiten. Falls Karla Paul nach diesen Neuigkeiten dorthin gehen lässt. Das Spiel würde jedenfalls stattfinden. Der Vereinspräsident hat ihm gerade mitgeteilt, dass es für eine Absage zu spät sei. Das Spiel sei ja bereits von Samstag auf Sonntag verschoben worden wegen des heutigen Heimturniers der B-Jugend. Eine Verschiebung des Spiels kann man den Kids so kurzfristig nicht antun. Zlatan hätte das bestimmt genauso gesehen.

LOCKER

»Wir hätten Hummel das mit dem Foto sagen müssen, dass Zlatan und Djuvic sich offenbar gut kannten!«, sagt Dosi zu Marlon.

Marlon schüttelt den Kopf. »Und, was hättest du gesagt, wo wir es herhaben? Ich weiß, du findest die Aktion nicht so super. Aber sieh mal, jetzt wissen wir was, was wir sonst nicht so schnell rausgekriegt hätten. Die beiden waren sehr eng miteinander. Jetzt bin ich mal gespannt, was seine Frau dazu meint. Wenn wir Details wissen, sagen wir es den anderen.«

»Willst du ihr das Bild unter die Nase halten?«

»Klar.«

Dosi schüttelt den Kopf.

»Hey, jetzt mach dich mal locker, Dosi.«

»Mach dich selber locker.«

Er lacht. »Du, sag mal, was ganz anderes: Hast du heute Abend schon was vor?«

»Wie meinst du das?«

»Na, hinterher. Nach unserem Hausbesuch. Gehen wir noch auf ein Bier?«

Sie sieht ihn erstaunt an.

»Oder hätte dein Verlobter was dagegen?«

»Marlon, deine Scheißselbstsicherheit geht mir echt auf den Zeiger.«

WOLKIG

Der Portier im Hotel ist so freundlich, Bajazzo zu übernehmen. Was Bajazzo durchaus gelegen kommt, denn das Gebalze seines Herrchens nervt ihn außerordentlich. Klar, er ist eifersüchtig. Was gefällt Mader bloß an der aufgetakelten Tussi? Vielleicht projiziert er seine französische Traumfrau in diese Regensburger Tante? Da fehlt es aber noch weit! Maximal die Haarfarbe passt. Bahnt sich da was an? Was Ernstes? Was, wenn sie keine Hunde mag? Solche Gedanken gehen Bajazzo durch den Kopf, als er unter dem Empfangstresen im Hotel vor sich hin döst. Mader hat vorhin seine Tasche wieder in sein noch freies Hotelzimmer hochgebracht und kurz darauf in eine Wolke Rasierwasser gehüllt das Hotel verlassen. Eitler Gockel!, denkt Bajazzo und gähnt herzhaft.

Mader ist nicht eitel. Nur glücklich. Im *Casa Antica*, einem italienischen Lokal in der Altstadt, mit seiner Jugendliebe, die sich mehr als passabel gehalten hat. Ja, klar, ein paar Falten, aber immer noch das bezaubernde Lächeln, das alles und nichts verspricht, und die wunderbaren langen blonden Haare. Monika geht locker für zehn Jahre jünger durch. Mader gefällt, was er sieht. Sehr sogar. Und ihr geht es offenbar genauso. Wunder genug. Er hat die letzten Jahre kaum auf sein Äußeres geachtet. Aber egal, jetzt ist er im Paradies. Also in einer kitschigen Vorstellung davon: Kerzen, beschlagene Weißweingläser, die kühle Luft von der Gasse. Und zwei türkisblaue Augen, in die er sich einfach hineinfallen lassen will.

RESPEKT

»Respekt!«, murmelt Dosi, als sie nach dem Hausbesuch bei Zlatans Witwe auf dem Heimweg ist. Sie geht zu Fuß den Giesinger Berg hoch. Wie Marlon vorhin das Gespräch zwischen einfühlsam und eiskalt geführt hat – nicht schlecht! Wie er vor dem Wohnzimmerregal gestanden hat, hineingegriffen und sich mit dem Foto in der Hand umgedreht hat: »Ihr Mann und Lucky Djuvic! Interessant. Ein Familienfoto? Woher kennen Sie Djuvic?« Ihre Antwort »Ich kenne nicht alle Freunde meines Mannes« hat er nicht gelten lassen, sondern nachgelegt: »Djuvic ist ebenfalls tot, wie Sie sicher wissen.« Als sie weinend auf dem Sofa zusammensank, hat er wieder den fürsorglichen Ton angeschlagen. Nach ein paar Takten Trost schlug er ihr sehr klar und trocken einen Deal vor: »Frau Doblanovic, Sie sagen uns, was Ihr Mann so getrieben hat, und wir versprechen Ihnen, dass wir den Mörder Ihres Mannes finden. War er eng befreundet mit Lucky?«

»Lucijan, er nannte ihn Lucijan. Ja, das war mal ganz eng.«

»Aber?«

»Lucijan war ein schwieriger Mensch. Er hatte immer Ärger. Wegen Geld, Frauen, Fußball. Zlatan hat sich immer um ihn gekümmert.«

»Warum?«

»Lucijan hat einen älteren Bruder. Mirko. Mit dem war Zlatan zusammen im Krieg. Damals auf dem Balkan. Zlatan hat ihm versprochen, dass er auf Lucijan aufpasst. Als Lucijan nach München kam, hat Zlatan ihm geholfen: Job, Wohnung, Kaution. Auch das mit dem Verein hat er geregelt.

Irgendwann hat sich Lucijan nicht mehr bei uns gemeldet. Ich weiß nicht, ob Zlatan noch mit ihm in Kontakt war. Zlatan hat mir mal erzählt, dass Lucky jetzt für Aichach spielt und auch da draußen wohnt.«

»Und der Bruder von Lucijan?«

»Ist tot. Bei einem Hausbrand in Augsburg.«

»Was wissen Sie über Zlatans Geschäfte?«

»Er hat mit Sportartikeln gehandelt.«

»Sportwetten, Aufputschmittel?«

»Nein, Zlatan war ein Ehrenmann.«

»Sabrina, davon zahlen Sie keine so große Wohnung und eine Boutique. Er wird Ihnen doch was über seine Geschäfte erzählt haben! Wir brauchen Namen!«

Frau Doblanovic hat den Kopf geschüttelt und sich an den selbigen getippt. »Ist alles hier drin, hat Zlatan immer gesagt.«

War alles drin, denkt Dosi jetzt. Klar, Zlatan hat Dopingmittel vertickt. Dass das so viel abwirft – erstaunlich. Dosi hat die Heilig-Kreuz-Kirche erreicht. Ihr fällt wieder Marlons Einladung auf ein Bier ein. Die sie ausgeschlagen hat. Sehr schroff. Tut ihr leid. Ein bisschen zumindest. Zurzeit ist sie manchmal etwas gereizt. In der Bar in der Wörthstraße, das war ein richtig schöner Abend. Jetzt beginnen lautstark die Kirchenglocken zu läuten. Kurz sieht sie sich vor dem Altar der Heilig-Kreuz-Kirche. *Darf man eigentlich als geschiedene Frau nochmals kirchlich heiraten? Eher nein. Hoffentlich ist Fränki nicht sauer, dass ich so spät komm. Und hoffentlich hat er was gekocht. Viele wirre Gedanken, aber keine ernsten. Angewiesen ist sie auf keinen der beiden Typen. Es gibt nichts, was sie nicht allein hinkriegt. Fränki ist der Luxus ihrer schwachen Seite und Marlon maximal ein Praliné. Ein Betthupflerl, haha.*

180

SAUER

Hummel ist allein zu Hause. Das Gespräch mit Karla war nicht gut. Sie ist sauer. Zu Unrecht, wie er findet. Zu seinem Job gehören die Schattenseiten des Lebens – mehr noch: Sie sind die Grundlage für seine Arbeit. Damit verdient er seinen Lebensunterhalt. Er arbeitet in der Mordkommission. Irgendjemand muss sich ja schließlich um die Toten kümmern. Ist schon komisch – Krimis lesen und Tatort schauen gehört auch zu Karlas Freizeitbeschäftigungen. Aber in echt kommt sie damit nicht klar. Wenn ihr sein Beruf nicht passt, muss sie sich eben nach einem anderen Typen umschauen. Nach einem flotten Versicherungsheini mit einem Opel-Cabrio oder so was in der Art. Irgendwie macht sie ihn mitverantwortlich dafür, was bei den *Sportfreunden Obergiesing* gestern Nacht passiert ist. Das ist doch lächerlich! Klar, sie hat Angst um Paul. Aber so ist das eben. Verbrechen passieren. Auch in dieser Stadt. Zumindest hat sie ihm erlaubt, Paul morgen zum Punktspiel zu bringen. Seinen Kommentar »Polizeischutz« fand sie überhaupt nicht komisch. Sie hat ja recht. Trotzdem ärgert er sich. Als ob das für ihn das schiere Vergnügen ist! Es kostet ihn durchaus Überwindung, sonntags um halb acht aus dem Bett zu springen, um den Ersatzpapa zu geben. Jetzt muss er nur hoffen, dass morgen früh nicht wieder etwas Dienstliches dazwischenkommt, sonst ist der Ofen ganz aus. Den heutigen Abend muss er jedenfalls alleine verbringen. Aber so schlecht ist das auch wieder nicht, findet er. Er muss mal ein bisschen nachdenken, Kassensturz machen, Bilanz ziehen. Ob das alles so für ihn passt.

Da ist er sich nämlich aktuell nicht so sicher. Er hat sich an der Tankstelle mit Chips und Bier eingedeckt. Jetzt sitzt er in der Küche, hört melancholische Motown-Songs, hat sich das erste Bier aufgemacht und eine Zigarette angesteckt. Durch das offene Fenster dringen vom Hinterhof Abendkühle und das leise Rauschen der Bäume herein.

Liebes Tagebuch,
eine Zeit der Verwirrung. Eigentlich sollte ich glücklich sein. Aber ich bin es nicht. Also nicht wirklich. Karla erwartet von mir Dinge, die ich nicht leisten kann. Und auch nicht leisten will. Wenn ich nach einem harten Arbeitstag abgekämpft nach Hause komme, möchte ich mich nicht sofort darüber unterhalten, was wir kochen wollen und morgen einkaufen müssen. Und ich will auch nicht ständig darüber diskutieren, ob ich es auch ganz sicher bis 18.45 Uhr schaffe, Paul vom Training abzuholen, oder wohin wir in den Herbstferien fahren könnten. Sie sind ja eh dauernd am Staffelsee. Das reicht doch. Und auch das ist mir irgendwie zu viel, zu organisiert. Mit Camping hat das doch nichts mehr zu tun, wenn man einen Kühlschrank und eine Eckbank in einem Siebzigerjahre-Hauszelt hat. Wobei, mit Paul auf der Wiese kicken, das ist schon super. Wir sind Kumpels. Kann man das eigentlich sein – bei zwanzig Jahren Altersunterschied? Ist Familie mein Ding? Ich weiß es nicht. Wie es Beate wohl geht? Ach, Beate! Ich war so nah dran. Vielleicht hätte ich sie einfach fragen sollen, ob sie mich heiraten will? Aber was, wenn sie Nein gesagt hätte? Und was, wenn sie Ja gesagt hätte? Wäre sie jetzt schwanger, und wir würden uns eine überteuerte Wohnung in irgendeinem dieser grausigen Münchner Vororte suchen? Mit Gartenanteil? Reihenhauswahnsinn

182

mit netten Nachbarn, die immer an ihrer Bude oder im Garten werkeln – echt nicht!
Liebes Tagebuch, genug des Jammerns. Das nervt mich selbst am meisten. Habe ich schon mal einen freien Abend, sollte ich den auch nutzen: ein Bier, eine Zigarette, gute Musik, Stift und Papier. Vielmehr brauche ich gar nicht. No Woman, No Cry. Ich werde jetzt noch ein paar Seiten an meinem Krimi schreiben. Frau von Kaltern wird Augen machen, wenn ich ihr endlich wieder was schicke.

ZENTRUM

Mader erwacht am Sonntagmorgen mit dröhnenden Kopfschmerzen. Er schwitzt wie ein Schwein. Ist verwirrt. Alles wahr? Nein, in dem Bett liegt nur er allein. Jetzt sieht er die Lippenstiftspuren am Kopfkissen. Also doch. Er spult den Film zurück. Der Abend in dem italienischen Lokal. Monika! Ihre Lippen, die nach frischen Erdbeeren schmeckten. Noch beim ersten Kuss hat er sich geschworen, den Geschmack nie wieder zu vergessen. Selbst wenn es vielleicht nur Labello war. Aber jetzt sind die Erdbeeren passé, verdeckt von der muffigsauren Pelzigkeit in seiner Mundhöhle. Er stolpert ins Bad, trinkt wie ein Verdurstender. Dann fällt ihm Bajazzo ein. Er greift zum Telefon.

Eine junge Frauenstimme sagt höflich-kühl: »Ja, es wäre schön, wenn Sie den Hund wieder entgegennehmen.« Das vorletzte ›e‹ klingt wie ein genervtes ›ä‹ in Maders Ohren. Er sieht auf die Uhr. Kurz nach acht. Er lässt sich zurück ins Kissen fallen. Noch mal Zusammenschnitt: Sie haben getrunken und gelacht. Alte Geschichten, Aktuelles, Monis unglückliche zweite Ehe mit einem Lokalpolitiker, der ständig unterwegs war, ihre drei Kinder, von denen zwei schon außer Haus sind, ihre Einsamkeit, ihre Sehnsüchte, seine Einsamkeit, seine Sehnsüchte. Und schließlich der erste Kuss. Und dann sie beide hier. Ihre fliederfarbene Unterwäsche unter dem Sommerkleid mit den zarten Mohnblüten, ihr weicher Bauch, ihr großer Busen, an den er sich geschmiegt hat wie ein Schiffbrüchiger. Und dann muss er eingeschlafen sein. Erschöpft, glücklich, willenlos. Ist das wirklich so passiert? Er weiß es nicht. Sein Kopf dröhnt, als wäre dort ein Bautrupp mit Presslufthämmern zugange.

GUTE ABSICHT

Hummel steht am Spielfeldrand und verfolgt mit mäßigem Interesse das Spiel. Klar, Paul ist in Hochform und sieht toll aus in seinem Trikot mit der 6 auf dem Rücken, doch Hummels Stimmung ist gedämpft. Der Anpfiff von Karla steckt ihm noch in den Knochen. Gut, er ist erst zehn nach acht bei ihnen eingetroffen. Viertel vor acht war ausgemacht. Er hat beim Bäcker noch Schokocroissants geholt, um ihnen eine Freude zu machen. Ja, ja, für ein gemeinsames Frühstück hätte es eh nicht mehr gereicht, aber es zählt ja auch die gute Absicht. So sieht er das zumindest.

»Mach dir nichts draus«, hat Paul gemeint, »Mama ist im Moment immer so schnell genervt.«

»Wegen mir?«, hat er gefragt.

»Ach quatsch, du bist noch das geringste Problem.«

Sehr tröstlich. Als sie endlich den Sportplatz erreichen, muss er sich auch noch die mahnenden Worte des Trainers anhören, dass halb neun 8 Uhr 30 bedeutet und nicht 8 Uhr 37. Toll! Hackt nur alle auf mir rum!, hat er gedacht. Über den toten Trainer hat keiner ein Wort verloren. Na ja, was hat er erwartet? Schweigeminute? Schwarze Armbinden?

Jetzt sieht Hummel, wie Paul vor rechts außen eine wunderbare Flanke auf den 10er macht. *TOR!!!* Die frühe Sonne hüpft wie auf Kommando über die Hausdächer und taucht den Fußballplatz in warmes Licht. Plötzlich ist alles gut. Und kurz darauf noch mal! *TOR!!!* Paul hat das 2:0 geschossen. *TOR!!!* Hummel reißt die Arme hoch.

STRANDMUSCHEL

Zankl hat alles auf dem Wohnzimmerteppich ausgebreitet. Nicht auszudenken, wenn er etwas vergisst! Sonnenschutzcreme Faktor 50, Popocreme, Windeln (Happy Nappy Öko), Schwimmwindeln (gibt's nicht öko), Schwimmring und Schwimmflügel (jeweils DIN 57223), UV-sicheres Langarmbadeshirt und Sonnenhut (beides Australian Standard), Sandkastensachen (Schaufel, Rechen, Gugelhupf), drei Gläser Babybrei (Omas Pastinake, KaKa bzw. Karotte-Kartoffel, Toscanaturale), eine Trinkflasche aus phthalatfreiem Kunststoff mit abgekochtem Wasser, Heftpflaster, Lätzchen, Feuchttücher, Taschentücher, Badesandalen (auch phthalatfrei), eine Tupperdose (vermutlich nicht phthalatfrei) mit Apfelschnitzen (bio, eh klar).

Puh! Und das sind nur Clarissas Sachen. Schon dafür reicht die große Sporttasche kaum. Er braucht noch die Strandmuschel als Sonnenschutz, die große Decke, ach ja, Clarissas Krabbeldecke und die Liege für Jasmin. War's das?

Er ist sich sicher, dass er etwas ganz Entscheidendes vergessen hat. Wahrscheinlich seine Badehose. Aber die ist nicht so wichtig. Das aktuelle Kicker-Heft? Nein. Keine Diskussion. Lieber die neue ELTERN. Er könnte das Kicker-Heft ja darin verstecken. Gute Idee. Aber riskant.

»Meine Güte, wie schaut es denn hier aus?«, fragt Jasmin verschlafen und im Nachthemd. »Warum hast du kein Frühstück gemacht?«

VERSPRECHEN

Mader sitzt im Regionalexpress nach München und lächelt. Draußen ziehen die Felder bei Neufahrn vorbei. Bajazzo liegt zu seinen Füßen. Maders Kopfweh ist verschwunden. Fast. Nur ein letzter süßer Schmerz. Er hat bei der Dame an der Rezeption zwei Tabletten erhalten und ihr über den Zimmerpreis hinaus ein ordentliches Trinkgeld für Bajazzos Beherbergung gegeben. »Das gebe ich den Kollegen von der Nachtschicht«, hat die junge Frau gesagt.

Wann ist Moni wohl gegangen?, überlegt er. *Werden wir uns wiedersehen?* Egal. Natürlich nicht egal. Aber selbst wenn es bei diesem einen Mal bleiben sollte – es war die Erfüllung. Das Einlösen eines Versprechens, das ihm das Leben mit achtzehn gegeben hat. Mader fühlt sich nicht wie achtzehn, aber bestimmt zwanzig Jahre jünger. So, als hätte er noch vieles vor sich. Ja, das hat er auch! Das Leben hält immer noch Überraschungen bereit. Selbst für ihn. Und auch wenn er sich nicht an alles erinnern kann.

GANZ BEI SICH

Dosi und Fränki lieben sich am späten Vormittag. Wie so oft am Sonntag. Dosi hat unter der Woche einfach so wenig Zeit und ist dann abends nur erledigt. Jetzt nicht. Aber sie ertappt sich dabei, dass sie plötzlich an Marlon denkt, sein herbes Gesicht mit dem Dreitagebart. Nur für einen Moment, einen ganz kurzen Augenblick. Dann ist sie wieder ganz bei Fränki. Oder bei sich.

AUFGELÖST

Marlon brettert mit seiner *Ducati* durchs Allgäu. Vor der Kurve Gas raus, runterschalten, Motorbremse, Schräglage bis an die Fußrasten, Gas auf, Reifen am Limit. Die Augen hinter dem getönten Visier weit offen, Stirn schweißnass, Gesichtszüge aufgelöst. Adrenalin! Auf einer langen Geraden lässt er das Vorderrad steigen, um dann scharf zu bremsen und in eine Parkbucht einzuscheren. Die Bremsen glühen, als er vom Bike steigt. Er hängt den Helm an den Rückspiegel, zündet sich eine Zigarette an und saugt den Rauch tief ein. Sieht auf den Asphalt. Sonnenwarm. Die Luft über dem Boden flirrt.

SUSPENSE!

Frau von Kaltern ist mehr als verblüfft, als sie nach dem späten Sonntagsfrühstück den Rechner hochfährt und Hummels Mail in ihrem Postfach findet. »Dieser Hummel! Kaum hört man ein paar Wochen nichts von ihm, taucht er wieder auf. Einfach so, aus dem Blauen. Des Bürscherl!« Sie öffnet das angehängte Worddokument. »Und sogar einen Text schickt er. Erstaunlich. Ah, diese Bayerwaldgeschichte. Da bin ich ja mal gespannt. Das hat sich doch ganz vielversprechend angelassen.« Sie holt sich eine Tasse schwarzen Kaffee und steckt sich eine Zigarette an. Dann beginnt sie zu lesen. »Das ist gar nicht schlecht!«, murmelt sie. Sie zündet sich eine neue Gauloise an und inhaliert tief.

Franz sieht schockiert auf den Schürhaken in seiner Hand. Instinktiv hat er ihn sich geschnappt und dem Don übergezogen, als der in die Innentasche seiner Jacke gegriffen hat. Der Schädel des Don schaut nicht gut aus, ein tiefer Riss. Das dunkle Blut versickert in dem dicken weißen Teppich. Franz schluckt. Was hat er gemacht? Aber es ging um sein Leben. Er greift in die Innentasche der Jacke vom Don. Aber keine Waffe, nur ein Zigarettenetui. Ja, eine rauchen wäre jetzt schön.
»Schatz, bist zu Hause?«, hört er eine weibliche Stimme von der Eingangstür.
Wie ein Blitz durchzuckt Franz sein ganzes Leben in rasenden Bildern: seine Akne-Kindheit und -Jugend, seine trostlose Zeit bei der Bundeswehr und dann als Versiche-

rungsagent. Sein einziges Glück, die Fünfziger- und Sechzigerjahre, ein Glück mit eingebautem Ablaufdatum. Und dann der kurze Traum vom großen Geld. Vorbei.
»Schatz?«

»Wunderbar! Hummel, Sie können es ja!«, jubelt Frau von Kaltern und zerdrückt hektisch ihre Kippe in dem großen Dornkaat-Aschenbecher. »Sehr gut, ein bisschen Psychologie, Midlife Crisis, Frust. Die Leute mögen diese runtergerockten Typen, Zweifler, Loser. Der Typ muss natürlich auch Alkoholiker sein. Elvis, haha. Sehr gut.« Frau von Kaltern gießt sich den ersten Cognac des Tages ein, entflammt eine neue Zigarette.

Franz huscht hinter das riesige Aquarium und sieht durch das grünliche Wasser, wie eine Frau mit platinblonder Bienenkorbfrisur und Petticoat den Raum betritt. Sein Herz ist sofort entflammt, er starrt auf die knallroten Lippen, die Kleopatra-Augen, ist komplett paralysiert. Sie mustert den Don, der schweigsam am Boden liegt und murmelt: »Das musste ja mal so kommen.«
Franz steckt den Kopf über den Beckenrand, räuspert sich leise. Zweimal. Jetzt sieht sie ihn, mustert ihn kalt. Franz kriegt nur ein Grinsen hin. »Ich wollte das nicht.«
»Was?«
»Ich hab mich nur verteidigt, ich dachte …«
»Oh, du dachtest, das ist okay, wenn man jemandem den Schädel einschlägt.«
»Ich hab noch nie eine so schöne Frau gesehen wie Sie.«

»Verdammt. Der Hummel verarscht mich!«, zischt Frau von Kaltern. »Oder?« Sie ist sich nicht sicher, liest die letzten

189

Zeilen noch einmal. »Nein, wahrscheinlich nicht. Schlimmer noch! Der meint das ernst! Oh, Mann! Hummel!« Sie gießt sich einen Doppelten ein, stürzt ihn runter und nuschelt: »Der Typ ist ein Totalausfall, eine Katastrophe! So wird das nie was!«

HART UND TROCKEN

Hummels Sonntag hat sich zwiespältig weiterentwickelt. Eine Achterbahnfahrt der Emotionen. In Hochstimmung hat er mit Paul den Kantersieg von 6:1 mit zwei Toren und einer Vorlage von Paul gefeiert. Im Vereinsheim des TSV Ost bei Pommes und Spezi. Pauls Redefluss war nicht zu stoppen. Es war halb zwei, als sie bestens gelaunt bei Karla aufliefen. Die leider alles andere als bestens gelaunt war. Der Schweinebraten, den sie zur Feier des Tages zubereitet hatte, war hart und trocken, die Knödel waren im Wasser zerfallen. Bedrückt zog Hummel sein Handy raus und musste feststellen, dass er es heute Morgen gar nicht eingeschaltet hatte. Acht vergebliche Anrufe von Karla. Der erste schon um zwei nach acht, als er zu spät zum Frühstück gekommen war. Die anderen ab 12 Uhr im Zehnminutentakt. Tja. Karla hat Paul auf sein Zimmer geschickt und ihn nach Hause. Hatten sie für Mittag wirklich was vereinbart? Er kann sich nicht erinnern. Paul hat auch nichts gesagt. Wollte Karla sie überraschen? Das ist ihr zweifellos gelungen. Aber das war alles nicht so schlimm wie der letzte Satz, den sie ihm mit auf den Weg gab: »Auf dich kann man sich einfach nicht verlassen!«

Wenn man sich auf diesem Planeten auf jemanden verlassen kann, dann auf ihn!, denkt Hummel wütend. So eine

190

Fehlannahme ist weit unter der Gürtellinie! Er ist wie benommen von Karlas Wohnung direkt an die Isar marschiert, hat keinen Blick gehabt für ihre sommerliche Schönheit, ist einfach gelaufen. Karlas Vorwurf hat ihn bis ins Mark getroffen. Und überhaupt – sie sind nicht verheiratet! Wie kann sie einen blöden Schweinebraten für so wichtig nehmen?

Verärgert stapft er jetzt die Isar entlang, wirft große Kiesel in die rauschende Welle unterhalb des Maximilianeums, kehrt am Heimweg spontan im Hofbräukellergarten ein, um bei einer Mass Bier und einer Breze über die Zukunftsfähigkeit seiner Beziehung mit Karla nachzudenken. Im ersten Anlauf sieht er da keine große Perspektive mehr. Bei der zweiten Mass schweifen seine Gedanken bereits etwas ab. Bei der dritten sind sie irgendwo auf einem Nebengleis, einem kreativen zumindest. Das Bier hat sein poetisches Feuer geweckt, weshalb er umgehend nach Hause eilen will, um an seinem Krimi weiterzuschreiben. So sein Plan. Blöderweise checkt er vorher noch seine Mails am Handy. Natürlich war er neugierig, ob sich Frau von Kaltern schon zu seiner gestrigen Mail gemeldet hat. Hat sie. Er liest ihr vernichtendes Urteil. Tja, als ob es noch nicht genug wäre, wenn Karla ihn frustriert.

Aber dank seines fortgeschrittenen Bierkonsums ist Hummel bereits im Scheißegalmodus. Nicht das Schlechteste unter diesen Umständen. Streng genommen ist ja alles immer auch Ansichts- und Geschmackssache. Ja, klar! Vielleicht hat er Frau von Kalterns Urteil auch beim ersten Lesen falsch verstanden. Sie ist ja immer so ironisch und furztrocken. Er liest die Mail noch einmal und versteht sie jetzt richtig. Alles gut. Der Tag wird doch noch sein Freund. Erleichtert teilt er sich seinem Tagebuch mit, nicht ohne vorher noch eine Flasche Bier zu öffnen.

Liebes Tagebuch,

ich habe eine merkwürdige Mail von meiner Agentin bekommen. Auf den ersten Blick dachte ich, sie regt sich furchtbar auf, aber dann habe ich die Mail noch mal genau studiert und gemerkt, dass das nur Ironie sein kann. »Implosion der Logik und des Geschmacks.« Hah, welch köstliche Wortwahl! Damit drückt sie durch die Hintertür ihr Wohlgefallen daran aus, wie subtil ich die Schwächen herkömmlicher Krimis entlarve, sie umgehe und meine Heimat im Surrealen suche. Ja, ich glaube, sie hat mich durchschaut. Ich war schon immer ein begeisterter Anhänger des magischen Realismus. Ach, ich hätte schon wieder so viele neue Ideen und Gedanken. All mein Ärger über Karla und all meine Melancholie sind verflogen. Ich hab das Gefühl, dass mich endlich mal jemand versteht. Eine Frau noch dazu! Das fühlt sich toll an! Gerlinde, ich liebe Sie! Oh Tagebuch, ich werde jetzt gleich an meinem Krimi weiterschreiben. Das ist ja noch alles so was von Rohbau!

REIN PERSÖNLICH

Mirko liegt auf dem Bett im Zimmer einer billigen Pension am Pasinger Marienplatz. Gegen einen kleinen Aufpreis hat der Portier auf die Vorlage eines Ausweisdokuments verzichtet. Mirko ist zufrieden, fühlt sich lebendig wie lange nicht mehr. Kein Abwarten, kein Überlegen, pure Aktion. Er hat nicht damit gerechnet, dass es so leicht wäre, Igors Handlanger loszuwerden.

Sind aber auch echte Trottel. Igor kann sich abschminken, dass er weiter Geschäfte mit ihm macht. Definitiv nicht.

Werden Igor und seine Leute versuchen, seine neuen Geschäfte zu behindern? Sicher. Und wenn schon. Im Moment bewegt ihn ein ganz anderer Gedanke: Warum musste Lucijan sterben? Hat er das Maul zu weit aufgerissen, Leute erpresst? Und was ist mit ihm, Mirko, selbst? Wollten ihn seine Gegner tatsächlich aus seinem Versteck locken? Um ihn auszuschalten? Igor persönlich allerdings nicht, sonst hätte der nicht versucht, mit ihm zu dealen. Außerdem hätte er dann nicht diese beiden Armleuchter auf ihn angesetzt, sondern Profis.

Wer ist in München aktuell sonst noch aktiv in seinem Geschäftsbereich? Die Teilnehmer der Südostkonferenz sind keine homogene Gruppe, haben alle ganz eigene Interessen – politisch-national, wirtschaftlich, persönlich. Mirko grinst: Eins eint sie alle: Sie wollen Waffen kaufen. Innere Sicherheit? Für die Bürger? Pah! Es geht um Macht, das Sichern von Macht. Sonst nichts. Legitim genug. Aber Geschäft ist Geschäft, und privat ist privat. Wer immer für den Tod seines kleinen Bruders verantwortlich ist, wird büßen, alle werden büßen, er wird ihnen allen eine Lektion erteilen. Ja, er wird zwei Fliegen mit einer Klappe schlagen: den Tod seines Bruders rächen und demonstrieren, wozu schon eine Einmann-Armee imstande ist. Und hinterher wird die Nachfrage an Waffen noch weiter steigen. Da verwettet er seinen Arsch. Er überlegt: Wie kann er möglichst viele auf einen Schlag erwischen? Das Tagungshotel ist ein Hochsicherheitstrakt. Nicht unmöglich, aber aufwendig und kompliziert. Das macht keinen Sinn. Er muss es anders versuchen. Jetzt hat er eine Idee. Ja, das gefällt ihm. Groß, ganz groß! Mit Riesensignalwirkung, mehr Aufmerksamkeit geht nicht. Er grinst breit und streckt sich auf dem Bett aus. Er schließt die Augen.

AUSGEBLENDET

Mader fühlt sich wie ein neuer Mensch, als er am Montag auf dem Weg zur Arbeit ist. Er hat gestern lange nachgedacht. Über sich, sein Leben, seine Ziele. Nein, *Ziele* wäre zu viel gesagt. Er ist zum Entschluss gekommen, dass Zufriedenheit das ist, was er am meisten anstrebt. Und zufrieden ist er im Moment. Am Straßenrand sieht er einen Autoanhänger mit einer großflächigen Werbung. Eine sparsamst bekleidete Frau rekelt sich mit einem Glas Sekt auf einem Laken. Macht Werbung für den Eskortservice *Diamant*. »Gönnen Sie sich eine emotionale Luxusreise« ist vor der Handynummer zu lesen. Eine »emotionale Luxusreise« hat auch er am Wochenende gemacht. Definitiv. Die Reise hat seine Sinne, seinen Blick geschärft für die schönen Dinge im Leben. Ihm zu ganz banalen Einsichten verholfen. Vielleicht sollte er seiner Umwelt signalisieren, dass er auch ein Mann ist, der Liebe braucht. So generell, prinzipiell. Er sucht keine Partnerin, also nicht einfach so. Auch nicht die große Liebe. Die gehört eh Catherine.

Mader steigt am Max-Weber-Platz aus der U-Bahn. Er will zu Fuß ins Zentrum laufen. Er geht auf den Landtag zu, das Isarhochufer runter zum Kabelsteg beim Müller'schen Volksbad. Das Wasser rauscht übers Wehr, verzaubert das Morgenlicht mit einem glitzernden Schleier. Er überquert die Widenmayerstraße an der Ampel bei St. Lukas, sieht an der Kirchenfassade hoch. Das große runde Glasfenster glüht von innen heraus. Ist ihm noch nie aufgefallen. Weiter durchs Lehel und durch die Unterführung zur Hildegardstraße.

Den rauschenden Altstadtring nimmt er gar nicht wahr, wohl aber das betörende Blau des Himmels – er denkt an Monis Augen – und das kräftige Licht der Morgensonne – ihr fröhliches Lachen –, das die Hausfassaden strahlen lässt.

»Heute machen wir eher Schluss, Bajazzo. Und gehen noch in den Biergarten.«

Bajazzo bellt zustimmend.

Mader sieht sich um. Ihm gefällt der wilde Mix des Viertels. Die Hochkultur der Kammerspiele, das Bonzige des Hotels *Mandarin Oriental* mit den Luxusautos vor der spiegelnden Glasfront, die bröckelnde Klinkerfassade der Polizeistation hundert Meter weiter und das noch lautlose Hofbräuhaus mit der unsäglichen Souvenirmeile Orlandostraße. Vogelwild das alles. Durch enge Gassen, deren Namen er sich nie merken kann, erreicht er den Marienhof.

Als er schließlich bestens gelaunt an seinem Schreibtisch sitzt, hat er das Gefühl, bereits eine Menge erlebt, ja sogar etwas geleistet zu haben. Hat er auch. Er hat nachgedacht. Über das, was in Regensburg passiert ist. Diesen Abend wird er in seinem Herzen behalten und daraus neue Lebensenergie schöpfen. Moni, ihr bezauberndes Lächeln, die blonden Haare, die im Kerzenschein wie Gold glänzten. Von der eigentlichen Nacht ihrer Liebe weiß er leider nichts. *In vino veritas*. Bekenntnisse ohne Widerhall, Berührungen ohne Echo. Aber ohne Promille wäre es auch nie so weit gekommen.

Nicht nur Monika beschäftigt ihn. Da ist in Regensburg noch etwas anderes in ihm aufgebrochen. Nach Jahrzehnten hat er sich endlich getraut, sich mit dem Schicksal seines Vaters auseinanderzusetzen. Nicht als vages Erinnern, sondern mit echtem Interesse an den Details. Er ist endlich über seinen Schatten gesprungen, hat die alten Akten und Dokumente angesehen. Er holt das Foto seines Vaters aus der

Brieftasche und betrachtet es. Sieht darin seine Aufgabe. Nicht, dass er sich nun sicher ist, den Fall wirklich aufklären zu können, aber er will dem ins Gesicht sehen, was damals passiert ist. Ohne Groll. Und wenn ehemalige Kollegen tatsächlich etwas damit zu tun haben, dann wird er es herausbekommen.

Seine Gedanken werden jäh von Dr. Günther unterbrochen, der unangenehm gut gelaunt sein Büro betritt. »Wo sind denn die Kollegen, mein lieber Mader?«

»Bajazzo ist schon da.«

»Sehr gut. Was gibt es Neues von der Fußballfront?«

»Zankl hat am Wochenende die Ermittlungen geleitet. Ich denke, um 9 Uhr sind alle da, dann besprechen wir uns.«

»Sehr gut. Und, wie sieht es nun mit Regensburg aus? Haben Sie sich denn endlich entschieden?«

»Warum wollen Sie mich eigentlich unbedingt loswerden?«

»Loswerden? Ich? Sie? Mitnichten. Ich will nur Ihr Bestes. Ich will Ihre Karriere fördern, wie es sich für einen guten Chef gehört.«

»Aha. Und wer übernimmt dann meinen Posten hier? Zankl? Hummel? Oder Frau Roßmeier?«

»Nein, das geht nicht. Alles sehr gute Leute. Aber wenn einer der drei plötzlich Chef der anderen zwei ist, gibt das nur böses Blut.«

»Also eine externe Lösung?«

»Ich weiß es noch nicht. Was halten Sie eigentlich von Marlon Schimmel?«

Mader sieht ihn erstaunt an. »Das ist nicht Ihr Ernst?«

»Ach, sagen Sie das nicht. Also, wie macht er sich?«

»Schimmel ist eher fürs Praktische. Außendienst. Nicht Innendienst. Außerdem kommt er von der Sitte.«

196

»Mit Gewaltverbrechen haben die es da ebenfalls zu tun.«
Mader stöhnt leise. »Bloß weil sein Vater …«
»Ja?«
»Nichts.«
»Sehr schön. Also, dann sehen wir uns gleich um 9 Uhr.«
»Depp!«, murmelt Mader, als sich die Tür geschlossen hat.
Bajazzo hebt den Kopf. »Nicht du!«, sagt Mader und krault
ihn hinter den Ohren.

13

Die Runde mit Günther verläuft angespannt. Zankl kommt
sich vor, als würde man ihn in der Schule an die Tafel rufen.
Und das nach dem katastrophalen Badeausflug gestern, bei
dem er die große Sporttasche zu Hause im Treppenhaus stehen gelassen hatte. Was sie natürlich erst auf dem Parkplatz
vom *Paradies* am Starnberger See merkten. »Kein Thema,
ich fahr schnell zurück und hol die Tasche«, hatte er genu-
schelt und war froh, als er allein im Auto saß und sich nicht
die Gewitterwolken über Jasmins Kopf ansehen musste.
Dass er zu Hause und jetzt auch noch im Büro rumkom-
mandiert wird, geht ihm jedenfalls gewaltig auf den Zeiger.
Klar, Günther darf das, auch wenn er nicht die blasseste Ahnung von dem neuen Fall hat. Ob das wirklich alles sei, was
sie zu Zlatan Doblanovic herausbekommen hätten? – Ja,
verdammt noch mal! Sie haben am Samstag alles Menschen-
mögliche getan, die Routinesachen halt. Routine ist eh
schon viel fürs Wochenende. Wie soll man denn investiga-
tive Spitzenleistungen bringen, wenn alle im Chill-out-Mo-
dus sind? Nein, sie haben noch nicht Zlatans persönliches

Umfeld im Detail gecheckt. Nein, die Witwe hat nicht wirklich etwas Erhellendes zu Zlatans Umgang oder zum möglichen Tathergang beigetragen, und auch die Befragungen auf dem Sportgelände haben nichts Nennenswertes ergeben. Ja, das Navi-Kabel trug tatsächlich Zlatans Fingerabdrücke. Von dem Navi gibt es allerdings keine Spur. Alles wenig ermutigend. Aber so ist das doch oft bei Ermittlungen, die gerade erst beginnen. Denkt Zankl missmutig.

Mader würde Zankl gerne beispringen, aber er fühlt sich plötzlich furchtbar müde und betrachtet bei der Konferenz nachdenklich Marlon. Weiß Marlon von Günthers Plänen? Will sich Günther bei Marlons Vater lieb Kind machen, um sich selbst für höhere Aufgaben zu empfehlen? Günther hält ihnen zu allem Überdruss auch noch einen Vortrag, mit welch beeindruckender Professionalität sein Freund Professor Schimmel sich bei dem Polizeieinsatz wegen der Schießerei beim Hofbräuhaus eingebracht hat.

Als Mader höflich fragt, mit welchem Erfolg, erklärt Günther lächelnd: »Sie dürfen nicht davon ausgehen, dass sich alles sofort klären lässt, da sind im Hintergrund umfangreiche Checks vonnöten. Die Auswertungen der Videokameras aus U- und S-Bahn laufen noch. Selbst bei einem so straff geführten Einsatz kann man keine unmittelbaren Ergebnisse erwarten. Das wäre unrealistisch.«

»Eben«, sagt Mader ohne jede Ironie und bringt damit die Konversation komplett zum Erliegen.

Zumindest sorgt das Eintreffen von Dr. Fleischer für ein bisschen frischen Wind bei der trüben Veranstaltung. »Ich hab noch nicht alle Untersuchungen abgeschlossen«, beginnt sie, »aber erst mal das Offensichtliche: Der Schuss auf Zlatan Doblanovic fiel aus sehr geringer Distanz. Vermutlich mit Schalldämpfer. Nur geringe Schmauchspuren.«

»Das ist interessant«, sagt Günther. »Bei der Schießerei am Hofbräuhaus wurde auch eine Waffe mit Schalldämpfer verwendet. Laut den Zeugen knallte es nicht. Leider ist der Angeschossene verschwunden.«

»Darf ich fortfahren?«, fragt Gesine.

»Sehr wohl. Ich bitte darum.«

»Die Kugel ist an Zlatans Hinterkopf wieder ausgetreten. Exaktes Kaliber unbestimmt. Leider hat die Spurensicherung das Projektil nicht gefunden. Wie schon bei Djuvic sind auch bei Doblanovic die inneren Werte von Interesse. Von Rechts wegen müsste der gute Mann auf einer Sondermülldeponie beigesetzt werden. Da könnte er dann Herrn Djuvic Gesellschaft leisten. Zlatans muskelgestählter Körper ist ebenfalls voller Eiweißpräparate und Dopingsubstanzen, plus Spuren von Koks. Das ist die Innensicht. Die Außensicht: zwei alte Schussverletzungen am linken Oberarm. Schnittverletzungen am rechten Oberschenkel, ebenfalls älteren Datums. Große Operationsnarbe am Meniskus. Die Schussverletzungen haben vielleicht was mit dem Tattoo auf seinem Brustkorb zu tun. Die kroatische Fahne. Wie bei Djuvic.«

»Halt, stopp«, schreitet Günther ein. »Erzählen Sie mir jetzt nichts von einer Osteuropa-Mafia, nur weil die beiden eine nationalistische Tätowierung auf der Brust haben.«

»Ich weiß, die Konferenz – keine Vorurteile.«

Günther blitzt ihn an. »Ich möchte nicht, dass hier Gerüchte über einen Balkan-Bandenkrieg entstehen. Verstehen Sie? Auf der Konferenz geht es um polizeilichen Wissenstransfer für Südosteuropa! Wir haben namhafte Gäste hier. Unter anderem den kroatischen Innenminister. Marlon, Ihr Vater hat diese Konferenz organisiert. Und da wäre es kontraproduktiv, wenn zwei kroatische ... na, Sie wissen schon ...«

»Dazu haben wir auch noch was«, meint Dosi. »Also Marlon und ich, wir waren doch bei der Witwe. Da haben wir ein Foto mitgenommen.«

Marlon legt das Foto auf den Tisch und erklärt: »Das sind Zlatan Doblanovic und Lucijan Djuvic. Die beiden standen sich offensichtlich sehr nahe. Frau Doblanovic hat gesagt, dass Zlatan Luckys großem Bruder Mirko versprochen hatte, sich um Lucky zu kümmern. Und nicht nur fußballerisch. Zlatan und Mirko kannten sich aus dem Jugoslawienkrieg.«

»Und Mirko handelte mit Waffen«, ergänzt Hummel.

»Dieser Mirko ist doch tot, oder?«, fragt Günther.

Hummel nickt.

»Na wunderbar. Also kein Zusammenhang mit dem jetzigen Fall.«

Sie sehen Günther verblüfft an.

»Wir ermitteln in alle Richtungen«, sagt Mader trotzig.

Günther nickt. »Ja, in alle Richtungen. Tun Sie das. Aber wittern Sie nicht gleich einen Bandenkrieg oder verletzten Nationalstolz! Das trübt den Blick. So, ich muss los. Wiederschaun.«

»Ähem«, räuspert sich Gesine, als Günther zur Tür raus ist. »Immer diese Hektik! Ich war noch gar nicht fertig. Das Wichtigste kommt noch. Ich hab unter Zlatans Fingernägeln Hautpartikel einer weiteren Person gefunden.« Sie grinst. »Und die sind in unserer Datenbank. Taufrisch sozusagen. Sie gehören zu Dieter Wallner.«

Alle sehen sie fragend an.

»Auch bekannt als Diego. Arbeitet in einem Bestattungsinstitut.«

»Jetzt schlägt's aber dreizehn!«, sagt Dosi. »Das passt wirklich wie die Faust aufs Auge.!«

200

KUNSTVOLL

»So, die Herren, schön, Sie wiederzusehen, Sie kennen ja den Weg.« So begrüßt Zankl den dicken Diego und den geilen Andi im Präsidium und deutet zu den Türen der Verhörräume. Andi und Diego tragen ihre Betroffenheitsanzüge, sie waren gerade auf dem Weg zu einem Einsatz. Zankl nimmt sich Diego vor, Dosi begleitet den geilen Andi in den anderen Raum. Hummel und Marlon verfolgen das Ganze vom dazwischenliegenden Zimmer.

»Mein Lieber, weißt du, warum du hier bist?«, beginnt Dosi.

»Sind wir jetzt per Du?«

»Ich schon. Also?«

Der geile Andi schüttelt den Kopf. »Wenn wir unseren aktuellen Auftrag nicht rechtzeitig erledigen, kriegen wir einen Riesenstress. Wir haben eine prominente Leiche für den Waldfriedhof, sehr prominent.«

»Woher hast du das blaue Auge, Diego?«, fragt Zankl im anderen Raum.

»Hingefallen.«

»So! Kennst du Zlatan Doblanovic?«

»Nie gehört.«

»Ganz sicher?!«

»Ja.«

Die letzten zwei Fragen und Antworten fallen zeitgleich in beiden Räumen. Im Parallelswing geht es weiter.

»Was hast du gestern Abend gemacht?«

»Ich war mit Andi/Diego unterwegs«, sagt Diego/Andi.

»Wo?«

»Im *Sixty Lions.*«

»Und sonst?«

»Was sonst?«

»Wart ihr die ganze Zeit zusammen?«

»Ja.«

Ende Synchronreden, jetzt gehen die Fäden auseinander. Kein kunstvoll geflochtenes Seil, an dem sie sich nach vorheriger Absprache entlanghangeln können.

»Tja, Andi, dann ist mal Schluss mit geil«, sagt Dosi. »Du stehst knietief in der Scheiße.«

Wobei – Zankls Wortwahl fällt recht ähnlich aus: »Tja, Diego, dann steckst du jetzt richtig in der Scheiße. Und dein Kumpel auch. Letzte Nacht wurde Zlatan Doblanovic tot aufgefunden. Und unter Zlatans Fingernägeln befindet sich deine DNA. Was fällt dir dazu ein?«

Diego rutscht nervös auf dem Stuhl rum, trinkt einen Schluck Wasser aus dem Pappbecher. »Ja, ich hab ihm eine gewischt. Aber ich hab ihn nicht erschlagen.«

»Du kennst ihn also doch?«

»Ja.«

»Woher?«

»Vom Fußball.«

»Wo hast du ihm eine gewischt?«

»Vorm *Sixty Lions.*«

»Was habt ihr da gemacht?«

»Bier getrunken. Dann kam der Zlatan, und wir haben gestritten.«

»Warum?«

»Er hatte einen Supertipp für uns. Wir haben einen Haufen Geld gesetzt. Osnabrück gegen Rostock. Und das war voll für den Arsch. Ein Scheißtipp!«

»Aha?«

»Die hatten 'nen Schiedsrichterwechsel.«

»Dumm gelaufen.«

»Allerdings«, meint Diego zerknirscht. »Aber ich hab den Zlatan nicht erschlagen. Nur ein paar Fotzen rechts und links.«

»Diego, das schaut jetzt gar nicht gut für dich und deinen Partner aus.«

»Der ist nicht mein Partner!«

»Wie, ich denke, ihr arbeitet im selben Unternehmen?«

»Ach so, ich dachte …«

»Nein, das ist dein Problem, du denkst nicht. Ich frag jetzt meine Kollegin, was der geile Andi so alles ausgeplaudert hat, und dann gucken wir mal, was wir für dich tun können. Du rührst dich nicht vom Fleck!« Zankl steht auf und verlässt den Raum.

Als sie die Befragung eine Stunde später beenden, haben Andi und Diego genau berichtet, was sie an diesem Abend gemacht haben. In erstaunlichem Gleichklang, obwohl sie ihnen im getrennten Verhör zahlreiche Fallen gestellt haben. Zankl ist frustriert, macht sich sein Auffrischungslehrgang Verhörtechniken offenbar doch nicht bezahlt. Aber Verdächtige sind ja nicht automatisch Täter. Leider. Anders wäre es ihm lieber. Dann hätten sie einen schnellen Fahndungserfolg. Haben sie nicht. Kurz und gut: Sie sind sich ziemlich sicher, dass die beiden Zlatan nicht umgelegt haben. Marlon ist anderer Meinung: »Hey, was wollt ihr, ihr habt die DNA, eine gewalttätige Auseinandersetzung, wir nehmen sie ordentlich in die Mangel, und dann wissen wir auch bald, wo die Tatwaffe ist.«

Das tun sie nicht. Aber sie behalten die beiden Jungs noch ein bisschen im Präsidium, bis sie ihr Alibi im *Sixty Lions* gecheckt haben.

Das ist bald der Fall. Laut Aussagen der Stammgäste ist der Abend genau so verlaufen, wie Andi und Diego gesagt haben.

»Diese Typen aus dem Stüberl können sich doch kaum erinnern, was sie morgens gemacht haben, wenn du sie abends fragst«, meint Marlon über die Zeugen. »Die sind doch andauernd blau. Ich finde, wir sollten die beiden etwas schmoren lassen.«

»Ja, Günther wäre glücklich, wenn wir ihm die Kleinganovenlösung anbieten könnten«, sagt Zankl. »Hauptsache, es sind nicht die Landsleute seiner wichtigen Politgäste.«

»Was willst du damit sagen?«, fragt Marlon gereizt.

Jetzt merken sie, dass Gesine in der Tür steht. Sie hat interessiert das kleine Wortgefecht verfolgt. Mader sieht zu ihr. »Gibt's noch was, Dr. Fleischer?«

Sie nickt. »Wann haben sich unsere zwei Jungs mit dem Opfer geprügelt?«

»Um 21 Uhr«, sagt Dosi.

»Wenn sie ein gutes Alibi für die Zeit nach 21 Uhr haben, sind sie raus.«

Dosi nickt. »Sie waren den Rest des Abends im *Sixty Lions*. Dafür gibt es eine Reihe von Zeugen.«

»Dann waren sie es definitiv nicht. Man kann den Todeszeitpunkt nicht exakt bestimmen, weil die Leiche in der Nacht im kalten Regen lag. Aber ich weiß zumindest, wann Zlatan definitiv noch lebendig war. Ich hab den Blutzuckerspiegel des Toten gecheckt. Zlatan ist Diabetiker. Er hat sich seinen letzten Schuss Insulin etwa um 22 Uhr gesetzt.«

»Danke, Dr. Fleischer«, sagt Mader. »Das wird unsere zwei Verdächtigen glücklich machen. Uns bringt das leider gar nicht weiter. Drei Leichen. Drei Leute aus dem Fußballmilieu. Lucky Djuvic, Didi Schosser und jetzt Zlatan Doblanovic. Gibt es da Verbindungen? Hat jemand eine Idee?«

Dosi überlegt. »Das passt irgendwie nicht zusammen: ein Mama-Bubi, der zu Hause wohnt und seine Traumfrau mit dem Handy überwacht, und zwei herbe Typen mit Halbweltkontakten. Bei Djuvic und Zlatko könnten irgendwelche Milieugeschichten dahinterstecken, aber zu Schosser fällt mir nichts ein. Wer soll den umgebracht haben und warum? Marlon, du kennst diesen Berti doch. Ist Eifersucht bei dem ein denkbares Motiv? Wegen dieser Lisa?«

»Ich weiß nicht. Berti ist ein Windbeutel, nicht der Hellste. Der ist kein Killer, beim besten Willen nicht.«

»Kannte Berti Zlatan ebenfalls?«, fragt Mader.

»Gut möglich.«

Mader überlegt kurz, dann gibt er klare Anweisungen: »Hummel und Dosi, Sie sprechen noch mal mit Frau Doblanovic. Prüfen Sie, ob es irgendwelche Verbindungen zwischen den Toten gibt, ob Zlatan auch Schosser kannte. Zankl, Sie klemmen sich hinter die Schosser-Geschichte. Sprechen Sie mit seiner Mutter. Wir wissen noch zu wenig über ihn.«

»Und ich?«, fragt Marlon.

»Wir beide besuchen jetzt diesen Berti.«

AUF DER STRASSE

»Marlon, haben Sie schon mal ein Team geleitet?«, fragt Mader im Auto.

»Ein Mal. Eine Soko nach einem Bordellbrand. War aber nicht so meins.«

»Warum?«

»Der ganze Bürokram. Ich bin lieber auf der Straße. Innendienst ödet mich an.«

Mader grinst.

»Warum lachen Sie?«

»Nur so. Danke für Ihre Offenheit. Jetzt erzählen Sie mir was zu diesem Berti Zahnfeld.«

»Berti war mal ein guter Rechtsaußen. Augsburg. Schnell, wendig. Könnte heute sogar in der Bundesliga spielen. Vielleicht sogar bei einem der großen Vereine. Tut er aber nicht.«

»Was ist schiefgelaufen?«

»Er hat's nicht gepackt. Hatte keinen Biss, kein Durchhaltevermögen. Und er zockt. Im Profifußball braucht man einen klaren Kopf. Plötzlich stand Berti jedenfalls ohne Verein da. Ist ein bisschen getingelt, war verletzt, hat wieder gezockt, sich Geld gepumpt, Alkohol, Frauengeschichten. Das ganze Programm. Das war's dann mit der Fußballkarriere.«

»Und heute?«

»Hat offenbar noch die Kurve gekriegt. Ismaning. Aber mit fünfunddreißig ist selbst da Schluss. In ein paar Jahren ist es so weit.«

»Was macht man nach der aktiven Zeit?«

»Wenn man gut war, Trainerschein oder man wird Berater. Wenn man wirklich gut war. Und die richtigen Kontakte hat. Sonst Wirt, Sportartikel. Nix Gscheid's.«

»Und Berti ist kein Typ für ein Verbrechen aus Eifersucht?«

»Würden wir nicht alle extreme Dinge tun, wenn es um Liebe geht?«

Mader sieht ihn erstaunt an. Marlon blickt todernst zurück. Dann müssen beide lachen.

»Sie kennen sich gut aus im Fußballmilieu«, sagt Mader nach einer Weile.

»Milieu trifft es durchaus. Ja, da kenn ich mich ganz gut aus. Ich werde mich mal in der Szene wegen Zlatan umhören.«

»Tun Sie das.«

»Ich würde Dosi gerne mitnehmen.«

»Natürlich. Sie kommen gut klar mit ihr?«

»Super, die hat Power.«

»Das können Sie laut sagen.«

WAS OFFIZIELLES

Zankl staunt, als er den Herrn sieht, der gerade in den großen Audi vor dem Haus der Schossers steigt. »Herr Stöger?«

»Ach, Herr Zankl. Irgendwas Neues?«

Zankl schüttelt den Kopf und späht ins Wageninnere. Dort sitzen zwei dunkelhäutige Jugendliche, vertieft in ihre Handys. »Was machen Sie denn hier, Herr Stöger?«

»Ich habe mit Frau Schosser gesprochen. Wegen der Beerdigung. Der Verein will etwas Offizielles, eine Geste der Anteilnahme.«

»Warum sprechen die vom Verein nicht direkt mit Frau Schosser?«

»Weil ich Didis Berater bin. Also war.«

Zankl nickt dämlich. »Kennen Sie eigentlich Zlatan Doblanovic?«

»Natürlich. Zlatan hat gelegentlich für mich gearbeitet. Ich hab gehört, was passiert ist. Erschossen. Schrecklich.«

»Woher wissen Sie das?«

»Der ganze Verein spricht darüber. In der Zeitung steht aber nichts.«

»Wir bemühen uns, dass da nichts rausgeht, bevor wir nicht ein bisschen mehr wissen. Nach den Meldungen mit Djuvic und Schosser wäre das nicht gut.«

»Doping und Selbstmord. Ja, das wirft ein schlechtes Licht auf die Branche. Und jetzt auch noch Zlatan. Verdammt. Eigentlich würde Zlatan jetzt die beiden Jungs zum Training fahren.« Stöger deutet nach hinten ins Auto.

»Haben Sie eine Ahnung, wer Zlatan schaden wollte, mit wem er Streit hatte?«

»Leider nein. Zlatan war nicht gerade der vermittelnde Typ. Sehr emotional. Immer gleich auf zweihundert. Aber was unsere Zusammenarbeit betrifft: sehr zuverlässig und ein klasse Jugendtrainer.«

»Also keine echten Feinde?«

»Ich weiß es nicht. Entschuldigen Sie, Herr Zankl, ich muss jetzt los, die Burschen haben Training.«

Mit quietschenden Reifen fährt Stöger davon. Zankl sieht ihm nachdenklich hinterher.

Frau Schosser erwartet Zankl an der Haustür. Zankl atmet tief durch. Hallo ich bin der Typ, der seine Kollegen das letzte Mal nicht angekündigt hat. Das denkt er natürlich nur. Stattdessen sagt er: »Hallo, Frau Schosser, mein Name ist Zankl, Kripo, wir haben telefoniert.«

»Sie kennen Herrn Stöger?«, fragt Frau Schosser.

»Ja, er hat uns angerufen, als das Unglück am Olympiaturm passiert ist.«

»Es war kein Unglück. Und auch kein Selbstmord, wie die Zeitungen schreiben.«

»Nein, entschuldigen Sie. Sonst wäre ich auch nicht hier. Und was die Zeitungen schreiben, darauf haben wir leider keinen Einfluss. Herr Stöger hat mit Ihnen über die Beerdigung gesprochen?«

»Ja, auch darüber.«

»Worüber denn noch?«

»Er hat nach Dietrichs Laptop gefragt.«

»Warum das denn?«

»Sein Outlook-Kalender, Adressen, Zahlungseingänge. Er macht ja das ganze Geschäftliche, also, er hat es gemacht.«

Zankl runzelt die Stirn. »Tja, wegen des Laptops muss er wohl uns fragen.«

»Das hab ich ihm auch gesagt. Herr Mader hat den ja mitgenommen. Und was möchten Sie mit mir besprechen?«

»Wir müssen noch mehr über Didi wissen. Was er außer Fußball noch gemacht hat, ob er Freunde hatte, wie das mit dieser Lisa war. Wir suchen immer noch nach dem Motiv, wir fragen uns, ob ihm jemand schaden wollte.«

GUTER MANN

Dosi ist unzufrieden mit dem bisherigen Verlauf des Gesprächs in *Sabrina's Boutique*. »Frau Doblanovic, wenn wir den Tod Ihres Mannes aufklären sollen, müssen Sie uns schon helfen. Noch mal: Hatte Zlatan Feinde?«

»Zlatan hatte viele Feinde. Zlatan ging Ärger nicht aus dem Weg. Er war ein echter Mann, ein guter Mann. Die Familie war ihm heilig. Er hat sich um alles gekümmert. Die Wohnung, das Geschäft hier, sein Sportartikelvertrieb.«

»Kannte er Didi Schosser?«

»Wer ist das?«

»Ein Fußballer.«

»Ich weiß nicht. Kann sein. Zlatan kannte viele Spieler.«

»Und Stöger?«, fragt jetzt Hummel. »Den Berater?«

»Stöger. Natürlich! Zlatan war ebenfalls Berater. Zlatan hatte mal Ärger mit Stöger. Sie wollten beide denselben Spieler vertreten. Einen jungen Kolumbianer. Hat Stöger dann gemacht, und Zlatan war sauer. Er hat Stöger zur Rede gestellt. Er hat gesagt, dass er den Jungen entdeckt hat. Stöger hat ihm mit dem Anwalt gedroht. Zlatan meinte damals: ›Man sieht sich immer zweimal.‹ Da hat Stöger nur gelacht.«

»Ein ernster Konflikt?«

»Ich dachte zuerst, schon, aber irgendwann hab ich mitgekriegt, dass Zlatan für Stöger arbeitet.«

»Und das kam Ihnen komisch vor?«

»Ja, aber Zlatan hat es mir erklärt. Es ging um leicht verdientes Geld. Er musste Stögers Jungs zum Training und zu den Spielen fahren. Ich glaube, Stöger hatte ein schlechtes Gewissen, weil er Zlatan damals so ausgebootet hat.«

»Ein Geschäftsmann mit schlechtem Gewissen?«

»Ich weiß es doch auch nicht. Fragen Sie Stöger doch selbst.«

»Und Berti Zahnfeld?«, fragt Dosi jetzt. »Kannte Zlatan den auch?«

»Berti, ja klar. Berti ist ein Spieler. Also nicht nur Fußball, vor allem Poker. Die beiden sind befreundet, also waren befreundet. Und Berti hatte Schulden bei Zlatan. Berti konnte nicht zahlen. Viel Geld, hat Zlatan gesagt.«

Dosi nickt. Und greift zum Telefon.

POKERN

Berti steht bereits etwas unter Druck, denn Marlon ist nicht zimperlich. Berti sieht seinen alten Bekannten flehentlich an. »Hey, komm, Marlon, ich hab euch doch gesagt, dass ich beim Kartenspielen war, als Didi Schosser gestorben ist.«

»Ja, klar, aber wie kommt es, dass wir deine Pokerkollegen nicht so wahnsinnig verlässlich finden?«

»Ihr glaubt doch nicht im Ernst, dass ich den Wichtel wegen Lisa umbringe? Und ausgerechnet auf dem Olympiaturm. Ich steh da und warte, ob er zufällig da oben vorbeikommt, um die Aussicht zu genießen.«

Mader setzt nun die Information ein, die ihm Dosi gerade per Telefon durchgegeben hat: »Kommen wir jetzt zu Zlatan Doblanovic«, meint Mader. »Das ist doch ein Freund von Ihnen?«

»Ja, wir sind befreundet.«

»Zlatan wurde in der Nacht zum Samstag umgebracht.«

»Oh Gott!«

»Das haben Sie noch nicht gehört?«

»Nein, woher denn?«

»Ich dachte, unter Kickern spricht sich so was rum. Sie haben hohe Schulden bei Zlatan.«

»Deswegen bring ich ihn doch nicht um!«

»Was haben Sie denn Freitagnacht gemacht?«

»Gezockt.«

»Mit welchem Geld?«, fragt Marlon.

»A bisserl was geht immer.«

»Sehr originell. Also los: Wo warst du, mit wem, ich will Namen hören. Dann sind wir auch schnell wieder weg.«

NACHFOLGE

Nachmittags am Spielfeldrand des FC Pasing. »Hey, Stöger!«, begrüßt Berti den Spielerberater. »Wir müssen sprechen.«

»So, müssen wir das?«

»Die Bullen waren bei mir. Marlon und noch ein Cop. Zlatan ist erschossen worden.«

»Ich weiß.«

»Hast du was damit zu tun?«

»Wie kommst du da drauf? Also, ich hab keine Schulden bei Zlatan.«

»Was soll das denn heißen?«

»Nix. Was hast du den Bullen gesagt?«

»Nix. Und ich hab ein Alibi.«

»Schön für dich, Berti.«

»Wer kann das gewesen sein?«

»Keine Ahnung.« Stöger schüttelt den Kopf. »Zlatan – immer schlechter Umgang. So endet das.«

»Ich glaub, dass ihn jemand verantwortlich gemacht hat für Djuvics Tod.«

»Und wer soll das sein?«

»Mirko. Sein großer Bruder.«

»Du siehst Gespenster. Der Typ ist tot.«

»Träum weiter. Ich hab Mirko getroffen. Auf dem Friedhof in Aichach. Wie er leibt und lebt. Der Typ ist ein Psycho!«

»Na dann. Hast du Angst?«

»Ja, ich hab Angst. Aber vor allem brauch ich Geld. Ich will Zlatans Job.«

»Deswegen bist du also hier, Berti. Welchen Job meinst du?«

»Das Dopingzeugs ist zu heiß im Moment. Aber die Wettgeschichten. Da kenn ich mich aus.«

Stöger lacht.

»Ich mach das Geschäft richtig groß.«

»Weißt du was, Berti? Das war schon als Fußballer dein Problem. Dein Größenwahn. Und dass du keine Eier hast. Keine gute Kombi.«

»Wenn ich den Job nicht krieg, pack ich aus, Stöger. Zlatan hat mir erzählt, was du so treibst, was er für dich machen musste.«

»Du drohst mir?«

»Nein. Ich schlage dir nur ein Geschäft vor.«

»Ich überleg's mir. Und jetzt hau ab.«

»Sandhausen – Wehen. 2:1 im Pokal. Garantiert.«

Stöger holt aus der Hosentasche seine Geldklammer, zieht einen Hunderter raus. »Wenn's stimmt, behältst du die Hälfte vom Gewinn.«

»Wenn nicht?«

»Krieg ich die hundert zurück.«

Berti zögert kurz, dann nimmt er den grünen Schein. »Deal! Und das mit dem Job klappt! Du wirst es nicht bereuen!«

EISZEIT

»Sauber, was du für Leute kennst!«, sagt Dosi zu Marlon. Sie haben sich am Nachmittag im Fußballmilieu umgehört, und Dosi war erstaunt, wer da alles vertreten war: IQ von null bis hundertfünfzig, alles dabei, sehr breite Palette. Fußball ist eben nicht Tennis, wie Hummel kürzlich mal zu ihr gesagt hat. Jetzt sind sie auf dem Weg ins Präsidium. Auf der Tegernseer Landstraße fährt Marlon plötzlich rechts ran. »Ich geb eins aus«, sagt er.

»Kein Bier vor vier«, sagt Dosi.

Er schüttelt den Kopf und deutet zur Eisdiele.

»Cool«, meint Dosi. »Ich nehm Erdbeer, Schoko, Melone und Zitrone. In der Waffel.«

Marlon lacht. »Du bleibst im Wagen, damit wir keinen Strafzettel kriegen.« Er steigt aus und stellt sich an.

Dosi niest. Sie fahndet in ihren Hosentaschen nach einem Taschentuch. Fehlanzeige. Sieht sich im Auto um. Nichts.

Sie öffnet das Handschuhfach. Entdeckt dort Taschentücher. Und ein Navi. Der BMW hat doch ein eingebautes Navi?, wundert sie sich. Ist das Gerät für die *Ducati*? Nein, zu groß. Außerdem ist das eine Rennmaschine, da wäre ein Navi oberpeinlich. Dosi hat einen ganz komischen Gedanken. Zlatans Navi? Sie sieht zu Marlon. Noch zwei Leute, dann ist er dran. Sie drückt auf ON, die Software wird geladen. Sie geht auf »Nach Hause«, sieht nervös zur Eisdiele. Warum dauert das so lange?! Marlon kommt schon wieder zurück zum Wagen. Panisch drückt sie OFF und steckt das Gerät zurück ins Handschuhfach. Marlon steigt ein. Sie schnäuzt sich. Die Taschentücher riechen nach Menthol. Marlon schnuppert und sieht sie verwundert an. Sie nimmt das Eis entgegen. »Das ist ja eine Riesentüte!«

»Vier Kugeln. Vorsicht, tropft!«

Dosi zieht ein Taschentuch aus der Packung und wickelt es um die Tüte.

Auf der Fahrt ins Präsidium konzentriert sich Dosi ganz auf ihr Eis. Oberflächlich. Sie denkt nach. Was macht das Navi in Marlons Handschuhfach? Könnte es tatsächlich das von Zlatan sein? Hat Marlon es sich schnell aus Zlatans Wagen geholt, nachdem sie den Tatort verlassen und bevor sie sich bei Zlatans Wohnung getroffen haben? Wie hat er Zlatans Auto aufgekriegt? Hat er vorher dem Toten den Schlüssel abgenommen? Nein, Geldbörse und Schlüssel hatte Zlatan bei sich, nur kein Handy. Kommt Marlon auch ohne Schlüssel in ein Auto? Traut sie ihm durchaus zu. Hat er im Präsidium das Kabel absichtlich angefasst? Weil seine Fingerabdrücke schon dran waren? Fragen über Fragen. Dosi ist so in Gedanken versunken, dass sie gar nicht merkt, wie sie Eis auf ihr T-Shirt kleckert. Marlon wählt eine Nummer. Die Freisprecheinrichtung tutet. Dann die AB-Ansage: »Professor Dr. Herrmann Schimmel kann gerade nicht sprechen, bitte hinterlassen Sie nach dem Piep einen Nachruf.«

»Hi, Paps, ich bin's. Du, das mit deinem Navi wird nichts. Da kriegst du kein Update mehr. Und der Akku ist eh am Ende. Da musst du für deinen Oldtimer doch ein neues Navi kaufen. Kostet nicht die Welt. Und du verdienst ja ganz gut. Wir sehen uns. Ciao.«

Dosi sieht ihn fragend an. »Einmal Sohn, immer Sohn«, sagt Marlon gut gelaunt. »Übrigens: Du tropfst.«

Jetzt entdeckt Dosi den großen Erdbeerfleck auf ihrem Shirt. Sie grinst. Und schämt sich für ihr Misstrauen.

V

»Fußballkarten von Günther?«, fragt Hummel.

»Nein, von Schimmel«, erklärt Zankl. »Als Dankeschön für die Mitarbeit am Sicherheitskonzept für die Konferenz.«

»Ist die jetzt langsam mal vorbei?«

»Fast. Gemeinsamer Abschluss beim Fußball. Freundschaftsspiel Deutschland – Kroatien. Passt doch bestens.«

»Und wir sollen uns da um die Sicherheit der hohen Herren kümmern?«

»Nein. Das organisieren die selbst. Nur Fußball gucken. Hey, Hummel, du kannst Paul mitnehmen. Der wird ausflippen. Richtig gute Plätze. Nicht unterm Dach, sondern ganz nah am Spielfeld. Fränki ist auch schon ganz heiß drauf.«

»Kommt Dosi auch mit?«

»Wenn sie nichts anderes vorhat«, sagt Zankl und grinst, denn gerade betreten Dosi und Marlon das Büro.

»Na, ihr Süßen, alles klar?«, fragt Dosi.

»Logisch. Und wo kommt ihr jetzt her? Von einem Tatort? Jack the Ripper?« Zankl deutet auf den roten Fleck auf ihrem Shirt.

»Während ihr hier Kaffee trinkt, waren wir an der Front. Wir haben Zlatans Umfeld abgeklopft. Es sieht ganz so aus, als ob er tatsächlich mit Drogen und Doping-Substanzen gedealt hat.«

»Wer sagt das?«, fragt Zankl.

»Marlon kennt da so Leute.«

»Was für Leute?«

»Aus dem Milieu.«

»Was für Leute? Präziser, bitte!«

»V-Leute«, erklärt Marlon.

»V-Leute?«

»Verdeckte Ermittler.«

»Verdeckte Ermittler.« Zankl lacht. »Bei der Sitte?«

»Du hast keine Ahnung, Zankl.«

»Ich hab keine Ahnung, ja? Hast du Magic Paps um Amtshilfe gebeten? Das Innenministerium, das den doofen Münchner Cops mal zeigt, wo's langgeht? Gab's ein paar Spezialinfos, damit der Sohnemann groß rauskommt?«

»Zankl, hör auf!«, zischt Dosi.

Aber Zankl ist gerade so richtig in Fahrt: »Weißt du, Marlon, das geht mir echt auf den Sack. Du kommst von Schwaben-City reingeschneit und machst hier im Millionendorf einen auf Schimanskis dicke Hose. Du glaubst wohl, weil dein Herr Papa Staatssekretär ist, kannst du uns erzählen, wie unser Job funktioniert.«

Bevor Marlon – inzwischen auch mit hochrotem Kopf – antworten kann, erklingt Maders scharfe Stimme: »Zankl, in mein Büro!«

Zankl wird noch röter. Hat Mader das alles mit angehört?

216

Peinliche Stille tritt ein.

Zankl trollt sich. Die anderen sagen nichts. Hummel und Dosi klemmen sich hinter ihre Schreibtische. Marlon verlässt das Büro.

»Was hat Zankl denn?«, fragt Dosi.

»Schlechte Laune«, sagt Hummel.

»Wegen Jasmin?«

»Vielleicht. Er ist ein bisschen dünnhäutig zurzeit. Und er traut Marlon nicht.«

»Was soll das heißen?«

»Na, dass er ihm nicht traut.«

»Mann, ihr Typen! Marlon ist halt … anders.«

»Sag mal, kommst du morgen mit zum Spiel Deutschland–Kroatien?«

»Ich hab schon was vor. Ich geh biken.«

»Äh, Zankl sagt, dass Fränki mitkommt?«

»Ich will auch mal allein sein.« Auf Dosis Gesicht zeigt sich sanfte Morgenröte.

Hummel nickt nachdenklich.

Zankl nickt ebenfalls. Ein Zimmer weiter. Schuldbewusst. Er weiß auch nicht, was mit ihm los ist. Aber Marlon bringt ihn einfach auf die Palme. Er sieht Mader zerknirscht an. »Tut mir leid. Aber ich mag ihn nicht. Da stimmt was nicht. Sorry, Chef, wir kennen ihn gar nicht, und er kriegt alle möglichen Interna mit, faselt was von V-Leuten, und Dosi ist ganz verknallt in ihn.«

»Das ist ihre Privatsache.«

»Ja, aber es trübt ihren Blick.«

Mader blickt nachdenklich aus dem Fenster. »Zankl, halten Sie Ihre Emotionen im Zaum!«

»Ja, mach ich.«

»Tun Sie mir einen Gefallen?«

»Ja, ich entschuldige mich.«

»Gut. Aber ich meinte was anderes: Ich muss heute Abend noch mal nach Regensburg. Übernehmen Sie so lange wieder die Leitung?«

Zankl sieht ihn erstaunt an. »Klar, mach ich. Danke.«

»Und schauen Sie, dass keiner von uns mit den Presseleuten spricht.« Er schiebt ihm die *Abendzeitung* hin. *Tragisches Ende eines Jugendtrainers* ist da zu lesen.

Zankl überfliegt den Artikel. »Die wissen nix.«

»Geschrieben wird trotzdem. Halten Sie bitte den Ball flach.«

VERJÄHRT

Schon frühmorgens sitzt Mader im Archiv des Regensburger Polizeipräsidiums über alte Dienstpläne gebeugt. Gruber hat ihm die Unterlagen zusammenstellen lassen. Alles ist fein säuberlich dokumentiert. In dieser Hinsicht ist deutsches Beamtentum spitze. Mader interessiert sich besonders für eine Person: für Peters Vater, einen direkten Kollegen seines Vaters. Der war am Tag des Überfalls krankgemeldet. Mader gleicht die Schichten ab, mit den Zeiten der Geldübergabe, den Anrufen der Geiselnehmer. Stets war Peters Vater nicht im Dienst. Krankheit oder Urlaub. Ist das ein Muster? Könnte man das nicht auch bei vielen anderen feststellen? Das war eine große Einheit. Mader geht alle durch und findet zwei Kollegen mit exakt denselben Abwesenheiten wie Peters Vater. Das ist ein Muster, denn er kennt die Männer. Es ist die Schafkopf-Runde, bei der auch sein Vater mitspielte.

Maders nächste Station ist das Grundbuchamt. Er findet schnell heraus, dass alle drei Kollegen seines Vaters Ende der

Siebzigerjahre gebaut haben. Peters Eltern haben in Prüfening gebaut, mit Blick auf den Schlossberg. Gute Lage. Ähnlich ist es auch bei den anderen beiden. Der damalige Marktwert der Häuser und die schmalen Polizistengehälter passen nicht zusammen. Hätte jemand in diese Richtung gedacht, wären die Übereinstimmungen und Ungereimtheiten schnell ins Auge gesprungen. Aber niemand ist auf die Idee gekommen. Oder hat man es vermieden, in diese Richtung zu ermitteln? Wenn die drei die Täter waren, dann waren sie die ganze Zeit bis ins kleinste Detail informiert und lenkten die Ermittlungen genau nach ihren Bedürfnissen. Aber warum haben sie den Geiselaustausch mit seinem Vater akzeptiert? Oder ist sein Vater gar in die ganze Sache verstrickt gewesen? War er ein Teil von Plan B, falls bei dem Überfall etwas schiefgehen sollte und sie nicht unbehelligt aus der Bank rauskamen? Dass sein Vater selbst beteiligt gewesen sein könnte, beunruhigt Mader. Andererseits: Warum hätten sie ihn dann umgebracht? Er muss mit den alten Kollegen seines Vaters sprechen.

Nach ein paar Telefonaten weiß er, dass zwei der Männer bereits verstorben sind. Bleibt noch Peters Vater. Der lebt in einem Altersheim in Stadtamhof, wie er von Peter weiß.

JOHNNY

Auf dem Nachttisch von Mirkos Hotelzimmer steht die Flasche Johnny Walker Black Label, die ihm gestern beim Einschlafen geholfen hat. Es ist Mittag, als Mirko aufsteht. Er nimmt einen großen Schluck Whisky, schwenkt ihn im Mund, spült die Zähne, schluckt und verzieht das Gesicht.

Er muss raus. Rache! Er muss den Tod seines Bruders sühnen. Mirko brennt darauf, jemandem wehzutun. Er nimmt einen weiteren Schluck aus der Flasche und steckt die Pistole in die Jackentasche.

VERSTANDEN

Mader sorgt in Regensburg für Unruhe, denn seine Nachfragen bleiben nicht im Verborgenen. Peter meldet sich bei ihm: »Die Witwe eines alten Kollegen von Papa hat mich angerufen. Du hast ihr Fragen gestellt wegen damals. Was wird das?«

»Ich versuche, immer noch rauszufinden, was damals passiert ist.«

»Gibt es denn neue Erkenntnisse?«

»Kann ich mit deinem Vater sprechen?«

»Nein, das geht nicht.«

»Warum nicht?«

»Er ist dement. Er hat Alzheimer. Er ist wie ein Kind, vergisst alles. Deswegen ist er im Heim. Er ist verwirrt. Er könnte sich eh nicht erinnern. Bitte verwirr ihn nicht noch mehr. Er ist ein alter Mann.«

»Ist klar, Peter, ich hab's verstanden.«

»Was hast du jetzt vor?«

»Ich muss zurück nach München. Ich hab ja auch noch einen normalen Job.«

»Alles klar, meld dich, wenn du wieder da bist.«

»Mach ich. Bis bald.«

Als Mader aufgelegt hat, überlegt er. Drei Personen kommen infrage. Zwei sind tot, eine ist dement. Soll er Peter glauben?

GNADENLOS

Berti sitzt vor der Glotze. Snooker. Er ist in keinem guten Zustand. Schwer angetrunken und vor allem frustriert. Gestern Nacht beim Poker hat er nach einer kurzen Glückssträhne die großen Einsätze gefahren und ist gnadenlos gescheitert. Die gesamte Kohle aus dem Toto ist wieder weg. Wehen – Sandhausen. Er hatte achthundert Euro gewonnen. Und gleich wieder verspielt. Achthundert! Von denen er jetzt vierhundert Stöger schuldet. Scheiße! Seine Mitspieler haben ihn bis auf die Unterhose ausgezogen. Kompletti. Und Lisa ist auch weg. Wegen der Zockerei. Verdammt, er fühlt sich wie der allerletzte Loser.

Es klingelt an der Tür. Er sieht auf die Uhr. Halb zwei. Wer kann das sein? Lisa? Er stürmt zur Tür und reißt sie auf. Bevor er sie wieder schließen kann, hat Mirko seinen Fuß schon drin. »Na, Klein-Berti, noch im Schlafanzug?«

Berti starrt auf die Waffe in Mirkos Hand und gibt die Wohnungstür frei.

»Schön hast du's hier«, sagt Mirko und kickt einen Haufen Schmutzwäsche aus dem Weg. »Geschäfte gehen gut?«

»Welche Geschäfte?«

Mirko grinst und schraubt in aller Seelenruhe den Schalldämpfer auf die Pistole.

Berti fühlt sich plötzlich keinen Hauch mehr betrunken. Er ist hellwach, in äußerster Alarmbereitschaft. Mirko setzt sich aufs Sofa und sieht ein bisschen Snooker im Fernsehen. Mirko deutet auf den Couchtisch. »Oh, Geschäft gut, wenn du trinkst Single Malt.«

»Willst du 'nen Schluck?«

Mirko schüttelt den Kopf.

»Ein Bier?«

»Auch kein Bier. Und kein Scheiß-Maoam. Ich will wissen, wer schuld an Tod von Lucijan.«

WILDROSE

Das Altersheim in Stadtamhof sieht nicht aus wie ein Altersheim, eher wie ein Hotel, ein gehobenes. Mit weitläufigem Park, Donaupromenade und Blick auf die Steinerne Brücke. Mader hat sich nicht angemeldet. Er setzt sich auf eine Bank im Park und wartet. Haben die Seniorinnen und Senioren ihren Mittagsschlaf schon beendet? Ein paar Heimbewohner sind bereits beim Lustwandeln. Wird er Peters Vater finden? Er hat an der Pforte nicht nachgefragt. Vielleicht hat Peter schon Bescheid gegeben, dass sein Vater keinen Besuch wünscht. Mader ist nicht in Eile, er hat Lektüre dabei. Keine Zeitung. Neuigkeiten lenken ihn nur von seiner Vergangenheit ab. Er liest einen französischen Roman aus den späten Fünfzigerjahren. *Isabelle* von Jean Forton, eine Stalkergeschichte, die Verführung einer Schülerin. Unkorrekt, kalt und hart im Ton. Die karge Sprache und das Fehlen jeglicher Moral sind Mader fremd, faszinieren ihn dennoch. Er liest bedächtig die kühlen Worte, während die Vögelchen fröhlich im Park zwitschern und er Bajazzo mit der freien Hand hinter den Ohren krault.

»Das geht fei ned, dass der Hund da auf der Bank sitzt.«

Mader blickt auf und sieht in das lachende Gesicht einer jungen Pflegerin, die sich auf die Bank dazugesetzt hat.

222

»Ist das Buch gut?«, fragt sie und streicht sich über das kurze blonde Haar.

»Ja.«

»Romantisch?«

»Eher nicht.«

Die Pflegerin fährt Bajazzo über den Kopf, dann holt sie eine Packung Tabak aus der Kitteltasche. »Sie auch?«

»Danke, nein.«

»Stört es Sie, wenn ich rauche?«

»Nein, gar nicht.«

»In welchem Trakt wohnen Sie?«

»Hinten.«

»Ah, im *Edelweiß*. Da bin ich nie «

»Sagen Sie, kennen Sie Herrn Nerlinger?«

»Aus der *Wildrose*?«

»Ja, wir sind verabredet. Haben Sie ihn gesehen?«

»Bestimmt sitzt er unter der großen Linde. Einsamer Mann. Sein Sohn kommt ja so selten.«

»Peter.«

»Ja, ich glaube, so heißt er.« Sie raucht mit hastigen Zügen fertig und tritt ihre Kippe auf dem Kies aus. »War nett, Sie kennenzulernen. Dich auch.« Letzteres richtet sich an Bajazzo.

»Danke schön, das Vergnügen ist ganz auf unserer Seite.«

Sie lacht. »Erstaunlich, dass Sie hier wohnen, Sie kommen doch noch gut zurecht, oder?«

»Man sollte rechtzeitig die Weichen stellen.«

»Den Spruch merk ich mir.« Sie zwinkert ihm zu und eilt zurück zur Arbeit.

Mader steht auf und sieht sich um. Botanik ist nicht sein Metier, aber der mächtige Baum am östlichen Ende des Parks ist nicht zu übersehen. Vermutlich ist das eine Linde.

Darunter eine Bank. Daneben ein Rollator. Auf der Bank ein alter Mann. Mader geht hinüber. Er sieht Peter als alten Mann. »Herr Nerlinger?«

Der Alte sieht ihn unverwandt an, dann fixiert er Mader, ein kurzes Lächeln der Erinnerung. »Andreas?«

»Nein, Andreas ist schon lange tot. Ich bin sein Sohn Karl-Maria. Sie erinnern sich?«

Verwirrung in Nerlingers Blick.

Mader lächelt. »Sie wohnen im *Edelweiß*?«

»Nein. Im Haus *Wildrose*.«

»Sie heißen nicht Franz?«

»Nein.«

»Wie heißen Sie?«

»Christian Nerlinger.«

»Ihr Sohn heißt Peter?«

»Ja.«

»Sie sind nicht dement?«

»Wer sagt das?«

»Ihr Sohn Peter.«

Mader erzählt ihm, warum er hier ist. Was er herausgefunden hat im Fall seines Vaters. Nerlinger hört sich alles an. Ausdruckslos. Sagt nichts.

Mader gefällt die Situation nicht. »Jetzt sagen Sie doch was!«

»Was wollen Sie?«

»Die Wahrheit.«

»Warum?«

Warum? Auf diese Frage ist Mader nicht gefasst. Warum? Rache? Sühne? Klarheit? Dann antwortet er: »Ich möchte diese Geschichte abschließen. Für mich persönlich.«

Nerlinger sieht ihn durchdringend an. Hinter seinen wasserblauen Augen arbeitet es, eine Flutwelle der Erinnerungen rauscht durch seine deformierte Seelenlandschaft. Aber

224

er sagt nichts. Mader wartet endlose Minuten. Schließlich gibt er Nerlinger seine Karte. »Wenn Sie mir etwas zu sagen haben, rufen Sie mich bitte an.« Er steht auf und geht. Bajazzo ist unheimlich zumute. Er hat das emotionale Gewitter gespürt. Auch wenn es nicht ausgebrochen ist.

Apathisch geht Mader in Richtung Innenstadt. Auf der Steinernen Brücke wacht er auf, hätte sich am liebsten geohrfeigt. Auf seiner Karte steht: *Kriminalrat Karl-Maria Mader, Mordkommission München I.* Die Wahrscheinlichkeit, dass Nerlinger ihm jetzt noch erzählt, was damals vorgefallen ist, sinkt damit gegen null. Obwohl, der Mann ist im Vollbesitz seiner geistigen Kräfte, der weiß doch sowieso, was der Sohn seines alten Kollegen Andreas Mader macht. Bestimmt hat Peter ihn bereits vorgewarnt. Oder hat Peter geglaubt, der simple Hinweis auf die angebliche Demenz seines Vaters würde ihn von seinem Vorhaben abhalten? Egal, er ist sich sicher, dass seine Theorie stimmt. Jetzt will Mader nur schnell weg. Er geht direkt zum Bahnhof.

KRYPTISCH

Peters Anruf erreicht Mader noch am selben Abend. Peter ist aufgebracht. Was er sich einbildet? Sich ins Pflegeheim einzuschleichen, seinen dementen Vater noch mehr zu verwirren. Mit alten Geschichten, die er nicht richtig einordnen könne. Die Ärzte hätten ihm ein Beruhigungsmittel geben müssen.

Mader bleibt ganz ruhig. »Dein angeblich dementer Vater weiß ganz genau, worum es geht. Aber er ist kalt wie ein Fisch.«

»Du hast keine Ahnung von dieser Krankheit.«

»Ich weiß genau, wie es den Leuten geht, mit denen ich spreche. Ich spüre es, wenn etwas auf ihrer Seele lastet.«

»Erzähl keinen Scheiß. Du bist kein Psychologe. Aber ich bin Anwalt. Und ich verbiete es dir, dich meinem Vater zu nähern!«

»Ist er entmündigt?«

»Karl, ich warne dich!«

»Wovor? Vor der Wahrheit?«

»Vor dir selbst. Hör auf damit! Sonst wirst du es bereuen!«

Mader geht auf die kryptische Drohung nicht ein.

»Hast du mich verstanden?«, hakt Peter nach.

Mader legt auf.

ZWEIMAL ZWEI ZYLINDER

Zartes Rosa. Feiertagswetter. Mariä Himmelfahrt. Eine einsame Bergstraße. Ein heiseres Röhren zerschneidet die Morgenstille. Die *Ducati* liegt hart in der Kurve. Fußrasten auf Asphalt, Funkenregen. Am Scheitelpunkt der Kurve brüllt der Zweizylinder auf und schießt davon. Sonorer Kontrapunkt zur giftigen *Ducati:* Bollern im tiefen Drehzahlbereich. Nicht ganz so rasant, dafür in lässiger Eleganz fädelt die *Triumph* in die S-Kombination. Auf der Geraden ebenfalls Vollgas. Nächste Kurve. Der Blitzer flammt zweimal rot auf. Dosi flucht. Und grinst. Nummernschild hinten. Trotzdem drosselt sie das Tempo etwas. Nicht dass die Kollegen persönlich vor Ort sind. Scheiß drauf, sie reißt das Gas wieder auf, sonst holt sie ihn nie ein. Einen Kilometer weiter sieht sie endlich das rote Bremslicht vor einer Kurve aufflammen.

Haarnadel, sie geht tief rein, Reifen kurz vorm Wegschmieren, sie bleibt am Gas und donnert aus der Kurve heraus. Adrenalin flutet ihren Körper. Lederkombi schweißnass. Jetzt geht sie vom Gas, lässt die *Triumph* ausrollen, schert in den Parkplatz auf der Passhöhe ein. Marlon lehnt an der *Ducati* und raucht. Dosi stellt die *Triumph* ab und zieht den Helm runter. Die Haare kleben ihr an der Stirn.

»Sauber«, sagt Marlon. »Du hast deine Maschine gut im Griff.«

»Geht schon«, schnauft sie, »aber gegen deine Rennsemmel hab ich keine Chance.« Sie holt aus ihrem Tankrucksack eine Plastikflasche Mineralwasser und bietet Marlon davon an.

»Nein danke.« Marlon zieht an seiner Zigarette.

Dosi trinkt in großen Schlucken.

»Ist dir die Kiste nicht zu schwer?«, fragt Marlon und deutet auf die *Triumph*.

»In der Ruhe liegt die Kraft. Und ich mag überschaubare Technik.«

»Willst du mal probieren?«, fragt er und tippt mit dem Zeigefinger an den Tank der *Ducati*.

»Du spinnst.«

»Nein, im Ernst.«

Dosi betrachtet das knallrote Motorrad. »Schon ein geiles Teil.«

»Na, komm!«, fordert Marlon sie auf.

»Okay, wenn du meinst. Vollkasko?«

»Eh klar. Pass auf die Kupplung auf, die kommt sehr früh. Der Motor mag am liebsten um die siebentausend. Kannst bis neuntausend hochdrehen. Ab zehntausend riegelt er automatisch ab. Vorsicht bei den ersten drei Gängen. Da steigt das Vorderrad schnell mal, wenn du zu viel Stoff gibst. Bremsen mit Gefühl, die sind giftig.«

»Okay, dann check ich das mal aus«, sagt Dosi und setzt ihren Helm wieder auf. Sie steigt auf die *Ducati* und startet den Motor. Sie staunt, wie perfekt sie auf das Motorrad passt, oder besser: *in* das Motorrad. Die liegende Position ist ungewohnt, aber sie fühlt sich eins mit der Maschine. Der Motor wummert zwischen ihren Oberschenkeln. Krachend rastet der erste Gang ein. »Einmal drüben runter und wieder hoch«, meldet sie sich bei Marlon ab und rollt los. Zuerst gibt sie nur vorsichtig Gas, aber nach der dritten Kurve hört Marlon den Motor fauchen. Er grinst und zündet sich noch eine Zigarette an.

ÜBERBLICK

Mader fährt mit dem Lift nach unten. Er will ins Büro. Trotz Feiertag. Er will die Zeit nutzen, um in München wieder etwas mehr Überblick zu bekommen. Mehr Überblick? Geht das? Nein. Entweder hat man ihn, oder man hat ihn nicht. Für ihn trifft zurzeit Letzteres zu. Ihm fällt ein, dass er den Briefkasten länger nicht geleert hat. Das holt er jetzt nach. Ein Brief von den Stadtwerken, einer von der Sparkasse und ein kleiner Umschlag aus festem Karton. Etikett fein säuberlich getippt. Kein Absender. Aber der Umschlag riecht, er duftet. Er kennt das Parfüm. Monika!

Er will den Umschlag schon aufreißen, da wird ihm klar, dass ihn das für den Rest des Tages aus dem Konzept bringen würde. Er hat arbeitstechnisch so viel vor. Das soll die Belohnung für heute Abend sein.

RAUSCH

Zankl ist im Präsidium, um die von Günther hinterlegten Karten für das Spiel abzuholen. Als er das Büro betritt, klingelt das Telefon. »Feiertag«, murmelt Zankl. Aber es hört nicht auf zu klingeln. Er nimmt ab und verstellt die Stimme: »Mordkommission München I, bitte sprechen Sie nach dem Signalton. Beeep.«

»Hier, äh, das ist, äh, Berti Zahnfeld, ich…«

»Ah, Berti, Sie sind's. Hier Frank Zankl. Was gibt's?«

»Ich, ich bin bedroht worden gestern. Ich äh, alsooo …«

»Ja? Von wem?«

»Der Bruder vom Lucky, also der Djuvic. Von Mirko, äh, der Mirko, also der Djuvic …«

»Berti, sind Sie betrunken?«

»Nein, wieso?«

»Haben Sie was getrunken?«

»Nur ein bisschen.«

»Mirko Djuvic ist tot.«

»Nein, ist er nicht. Er ist hier. Er ist in der Stadt.«

Zankl atmet tief durch. »Okay. Und er hat sie bedroht?«

»Ja, mit einer Pistole. Weil er glaubt, ich hätte was mit Luckys Tod zu tun.«

»Und haben Sie?«

»Zur Hölle, nein!«

»Und mit Schossers Tod?«

»Ich hab damit nix zu tun, zefix! Ich …« Jetzt hört Zankl gurgelnde Geräusche – Berti übergibt sich. Angeekelt hält Zankl den Hörer weg. Dann horcht er noch mal. »Berti?«

229

»Chja?«

»Was sollen wir jetzt machen? Sie sind sich sicher, dass es Mirko Djuvic war?«

»Äh, ich, ich, also …« Wieder übergibt er sich.

Zankl wartet kurz, dann sagt er streng: »Berti, jetzt schlafen Sie Ihren Rausch aus, und dann sprechen wir morgen in Ruhe. Kommen Sie ins Präsidium, und wir nehmen das zu Protokoll. Das ist doch eine Idee, oder? … Hallo?« Berti hat aufgelegt. Zankl schüttelt den Kopf. »Na super. Berti sieht Zombies. Am helllichten Tag schon besoffen. Oder noch.«

SCHARFES TEMPO

Dosi ist von ihrer Spritztour zurück. Sie stellt die *Ducati* ab, zieht Handschuhe und Helm aus und zeigt Marlon ihre zitternden Hände. »So was von geil! Will ich auch!«

Marlon lacht. »Fette Leasingraten, aber ich hab's keinen Moment bereut. Jetzt fahr ma nach Murnau und suchen uns ein Wirtshaus, was meinst du?«

»Superidee, Weißwürst, Leberkäs. Und Durst hab ich auch.«

»Aber um 3 Uhr muss ich im Stadion sein.«

»Schon klar.«

»Geh halt auch mit, Dosi.«

»Nein, ich mach mir 'nen ruhigen Nachmittag.«

Diesmal lässt Marlon Dosi den Vortritt. Dosi legt ein scharfes Tempo vor. Sie ist auf den Geschmack gekommen, auch wenn die *Triumph* für die Kurvenhatz nicht ganz das geeignete Gefährt ist. Sie räubern die Passstraße runter. Doch bald stellt Dosi starkes Fading bei ihren Bremsen fest. Nicht verwunderlich nach den vielen Kurven. Sie drosselt das Tempo, Marlon überholt sie und zieht davon. Dosi merkt jetzt, dass kaum noch Bremswirkung vorhanden war. Sie versucht, durch Runterschalten und Motorbremse das Tempo zu verringern. Schlingernd kommt sie durch die nächste Kurve. Eine später ist Schluss. Es gelingt ihr gerade noch, die *Triumph* in den Bergwald hochzulenken. Das Vorderrad knallt gegen eine knotige Wurzel, Dosi wird über den Tank geschleudert, das sich überschlagende Motorrad verfehlt sie nur knapp.

Marlon hat von alldem nichts mitbekommen. Er bremst kurz hinter dem Ortsschild von Murnau. Wartet. Raucht. Sieht auf die Uhr. Versucht, Dosi auf dem Handy zu erreichen. Ohne Erfolg. Dann fährt er die Bergstrecke zurück. Keine Spur von Dosi. Er versucht es noch mal auf Dosis Handy. Wieder nur die Mailbox. Er zuckt mit den Schultern und drückt den Anlasser.

MÄNNERTAG

Das Stadion ist bis auf den letzten Platz gefüllt. Ausverkauft. Natürlich. Ein Länderspiel an einem Feiertag. Nur ein Freundschaftsspiel, aber trotzdem spannend. Auf den Großleinwänden wird die Aufstellung bekannt gegeben und von johlenden Gesängen untermalt.

Paul schaut fasziniert ins Stadionrund. Hummel auch.

Jetzt kommen Zankl und Fränki mit den Getränken und Bratwurstsemmeln.

»Ist doch geil, so ein Männertag im Stadion«, sagt Zankl.

Hummel lacht über die fachkundige Einschätzung. Fränki und Zankl grinsen um die Wette.

»Was macht denn Dosi heute Schönes?«, fragt Zankl.

»Ist in aller Herrgottsfrüh mit dem Motorrad weg«, sagt Fränki, »wollte in die Berge.«

»Wie? Ganz allein?«

»Wie meinst du das?«

»Also, macht das Spaß so allein?«

»Du fährst nicht Motorrad, oder?«

»Bin ich lebensmüde?«

»Motorradfahren ist eine Lebenseinstellung, Philosophie. Eins sein mit der Maschine: Kupplung, Schaltung, Gas, Bremse, Gas. Da brauchst du sonst nix.«

»Hey, Fränki, Fußball ist auch Philosophie.«

Sie prosten sich zu.

»Mader fehlt auch«, meint Zankl. »Aber der ist momentan auf einem anderen Planeten. Wahrscheinlich noch in Regensburg. Alte Liebe rostet nicht.«

»Gibt's da eine Frau?«, fragt Hummel.

»Mader doch nicht. Aber Regensburg ist seine alte Heimat. Er ist da aufgewachsen. Jetzt lotet er dort seine Karrierechancen aus.«

»Meinst du echt?«, fragt Hummel.

»Niemals verlässt der München.«

»Und was ist mit Marlon heute? Wollte der nicht zum Fußball?«

»Doch. Aber der sitzt bestimmt beim Herrn Papa. Wie Dr. Günther. Drüben auf den Logenplätzen.« Zankl holt ein kleines Fernglas heraus und sieht auf die Gegengerade. »Da sind sie ja, die hohen Herren des östlichen Europas. Und sehen gleich mal, wie wir das hier machen mit der Sicherheit bei Großveranstaltungen. Ui, jetzt schüttelt der Schimmel dem Bundestrainer die Hand. Günther auch. Na super. Günther ist bestimmt total happy in Chichiland. Aber

232

schon komisch, dass Marlon noch nicht da ist. Fußball ist doch seine Welt.«

»Sagt mal, mögt ihr den eigentlich?«, meldet sich jetzt Fränki.

»Also, ich mag ihn nicht. Du, Hummel?«

»Was soll das, Zankl? Marlon ist okay. Wieso fragst du, Fränki?«

»Dosi schwärmt andauernd von ihm. Nicht so direkt, aber man merkt das doch. Läuft da was?«

Zankl grinst. »Also, wenn du mich fragst …«

»Erzähl kein Scheiß!«, würgt ihn Hummel ab. »Mach dir keine Sorgen, Fränki. Und Marlon ist in Ordnung, also als Kollege.«

Jetzt brandet Jubel im Stadion auf. Die Spieler marschieren mit der Kindereskorte ein, nehmen Aufstellung, die Kapitäne schütteln sich die Hände. Hummel sieht noch mal zu Günther rüber. Marlon ist nicht zu sehen.

Anpfiff. Der Ball rollt. Stollen reißen den Stadionrasen auf, muskulöse Männerbeine treiben den Ball vor sich her, lassen ihn tanzen, jetzt von Müller mit einem Hackentrick zurück auf Gnabry, links, rechts, nein, durch die Mitte, auf Kimmich, der im vollen Lauf die Kugel erwischt und ins Tor drischt. Kreuzeck. Unerreichbar. Tosender Jubel, Seven Nations Army, »KIM-- MICH!«, gellt es durchs Stadion.

»So ein geiles Tor!«, jubelt Paul.

Hummel lächelt und sucht mit dem Fernglas noch mal die Tribüne gegenüber ab. Dort trifft Marlon gerade ein. In Motorradkleidung. In Hummels Kopf macht es *klick*. Dosi. Er steht auf und geht nach oben, wo es etwas stiller ist, wählt Dosis Nummer. Nur der AB. Er spricht ihr auf Band. Hum-

233

mel ist unruhig. Gestern Abend hat Dosi ihm noch auf die Mailbox gesprochen. Dass sie ihn was fragen musste. Braucht sie seinen Rat? Weil sie in Marlon verliebt ist? Oder geht es um etwas ganz anderes? Hummel ist sauer auf sich selbst. Gestern hatte er das Handy Karla zuliebe schon am frühen Abend in den Flugmodus versetzt. Und heute Morgen hat er Dosi nicht zurückgerufen, weil er es schlichtweg vergessen hat in seinem Familienfrühstücksglück mit Karla und Paul.

Plötzlich steht Zankl neben ihm. »Hummel, alles klar?«

»Ich erreich Dosi nicht.«

»Fränki sagt doch, dass sie unterwegs ist. Sie kann halt gerade nicht drangehen, weil sie sich von einer Kurve in die andere legt.«

»Marlon ist hier. In Motorradklamotten. Vielleicht waren sie zusammen unterwegs?«

»Meinst du wirklich? Na ja, Fränki wird sie das kaum auf die Nase binden.« Zankl schüttelt den Kopf und grinst. »Unsere Dosi …«

TOTAL SÜSS

»Und, hab ich zu viel versprochen?«

»Sehr geil! Wie viele sind das?«

»So siebzigtausend.«

»Und 1:0 für Bayern!«

»Das ist nicht Bayern.«

»Wieso? Da sind doch der Müller, der Gnabry und der Neuer.«

»Das ist die Nationalmannschaft.«

»Dürfen da nur Bayern spielen?«

»Nicht nur.«

»Aber fast nur. Der Kimmich ist auch dabei. Den find ich total süß.«

»Echt?«

»Ja, der ist so putzig. Und tolle Frisur.«

»Herbert, muss ich mir Sorgen machen?«

»Ach … Oh, schau mal, wer da noch ist. Unser Freund vom Friedhof.«

»Ich hab keinen Freund am Friedhof.«

»Der Depp mit dem kaputten Anzug, der Knierutscher.«

»Echt, der? Wo?«

»Da drüben auf der Tribüne. Komm, wir fliegen rüber.«

AN DER BIRNE

Donnernder Applaus beim 2:0 durch Gnabry. Schimmel interessiert das nicht. »Wir haben hier ein ernstes Sicherheitsproblem«, sagt er gerade zu seinem Sohn. »Die Sicherheitsleute haben Mirko Djuvic auf einem Video vom Eingangsbereich erkannt. Er ist schon durch die Absperrung. Was machen wir?«

»Scheiße. Mein Infostand war, dass Igors Leute ihn hopsgenommen haben. Tja, Igor ist auch nicht mehr der Alte.«

»Na ja, Mirko ist ein zäher Hund, Nahkampfausbildung und alles.«

»Hab ich auch.«

»Ja, mein Sohn. Und deswegen wirst du dafür sorgen, dass Mirko hier keinen Ärger macht. Wir brauchen ihn noch. Einen persönlichen Rachefeldzug wegen seines Bruders können wir uns nicht leisten. Du findest ihn und ziehst ihn aus

235

dem Verkehr. Mach ihm klar, dass wir nichts für ihn tun können, wenn ihn die Polizei festnimmt.«

»Und wie soll ich das machen? Hier sind siebzigtausend Menschen.«

Schimmel tätschelt Marlon die Wange. »Du schaffst das, mein Lieber. Mach Papa glücklich.«

SICHER NICHTS GUTES

Hummel ist zurück auf seinem Stadionsitz. »Hey, Paul, gibst du mir mal das Fernglas?«

»Gleich.« Paul starrt angestrengt durch das Fernglas. Und lacht. »Da haben zwei Vögel einem Typen voll auf den Kopf gekackt.« Er deutet nach drüben und gibt Hummel das Fernglas. Der sieht zu Günther und Schimmel. Marlon ist nicht mehr bei ihnen.

»Siehst du ihn?«, fragt Paul. »Den Kacka-Typ?«

»Nein«, sagt Hummel leicht genervt.

»Da, genau gegenüber.«

Jetzt sieht Hummel ihn – den Typen, der sich gerade Vogelkacke von der Schulter wischt. Hummel wird ganz heiß. »Zankl, der Typ da drüben, der sieht aus wie der von dem Foto aus Zlatans Wohnung. Luckys Bruder.«

Zankl schnappt sich das Fernglas, stöhnt auf. »Scheiße, das ist dieser Mirko! Hummel, ich hab einen Riesenfehler gemacht. Dieser Berti hat vorhin angerufen, als ich noch kurz im Präsidium war. Hat erzählt, dass Mirko bei ihm ist und ihn bedroht hat.«

»Und was hast du unternommen?«

»Nix, Berti war voll besoffen. Ich dachte, der fantasiert.«

»Mann, Zankl, du hast sie doch nicht alle!«

»Jetzt red du blöd daher. Ich denk, der Typ ist tot! Berti war so was von blau.«

»Zankl, warum sollte sich Berti denn so was ausdenken?«

»Was weiß denn ich? Weil er sich wichtigmachen will. Scheiße! Ja, ich hätte was machen müssen. Aber was, Hummel?«

»Weiß ich auch nicht. Viel wichtiger ist: Was machen wir jetzt?« Er überlegt kurz, dann wendet er sich an Fränki: »Pass bitte mal kurz auf Paul auf, wir sind gleich wieder da.«

Fränki sieht ihn irritiert an. »Ist was passiert?«

»Nein, wir müssen nur was überprüfen. Reine Routine.«

»Hat es was mit Dosi zu tun?«

»Nein. Ist wegen der Konferenz. Pass bitte kurz auf Paul auf, ja?«

Als sie außer Hörweite sind, sagt Zankl zu Hummel: »Mirko Djuvic ist ein gesuchter Kriegsverbrecher und Waffenhändler. Wahrscheinlich ist er das immer noch. Tot ist er jedenfalls nicht. Und auf der Tagung ging es auch um Rüstungsthemen. Also, was macht der hier? Geschäfte?«

»Bisschen viel Publikum.«

»Sein Bruder ist beim Fußball gestorben. Nicht, dass das hier ein Racheakt wird! Wir müssen Günther informieren.«

UNSCHÄDLICH

Günther wendet sich nach dem Telefonat mit Zankl direkt an Schimmel: »Mirko Djuvic ist im Stadion.«

»Wer?«

»Mirko Djuvic. Ein gesuchter Kriegsverbrecher.«

»Woher weißt du das, Gisbert?«

»Woher weißt *du* das, Herrmann?«

»Unsere Spezialisten haben ihn auf einem Überwachungsvideo im Eingangsbereich erkannt. Leider zu spät, er war schon durch die Kontrollen.«

»Herrmann, ich fass es nicht. Der Typ läuft hier rum, und du sagst mir nichts!«

»Sorry, ich wollte keine Welle machen. Die Jungs vom BKA kümmern sich. Mehr kann ich nicht sagen. Das hat alles seine Ordnung.«

»Ordnung? Dass ich nicht lache. Mirko Djuvic ist der Bruder von Lucky Djuvic. Offiziell tot. Und jetzt will er vielleicht seinen Bruder rächen, weil er glaubt, dass jemand ihn umgebracht hat.«

»Beruhig dich! Meine Leute sind an ihm dran.«

»Marlon auch? Arbeitet er für euch?«

»Ja, Marlon arbeitet für uns.«

»Ganz tolle Aktion, uns Marlon unterzujubeln.«

»Er macht sich doch ganz gut bei euch, oder?«

»Was treibt Mirko Djuvic in München? Er hat mit Waffenhandel zu tun, oder?«

»Früher, ja.«

»Früher!« Günther lacht auf. Dann sieht er Schimmel ernst an. »Besteht aktuell Gefahr für einzelne Konferenzteilnehmer?«

Schimmel nickt. »Ja, das ist zu befürchten. Irgendwelche alten Rechnungen. Wir müssen Mirko Djuvic finden, ihn ausschalten.«

»Wie meinst du das, Herrmann?«

»Ausschalten. Unschädlich machen.«

»Bist du wahnsinnig?«

»Der Typ ist brandgefährlich, ein Waffennarr. Der kann ein Blutbad anrichten. Wurde wegen Kriegsverbrechen und vielfachen Mords gesucht. Europol und das BKA waren ihm auf der Spur. Mirko Djuvic gilt offiziell als tot. Lebt aber offenbar im Untergrund und macht immer noch Waffengeschäfte.«

Günther schüttelt den Kopf. »Ihr wisst doch schon viel länger, dass der Typ noch lebt, und vermutlich auch, dass er in der Stadt ist. Und ihr sagt uns nichts! Warum, verdammt noch mal?«

»Weil das Verschlusssache ist. Der ist ein paar Nummern zu groß für euch.«

»Zu groß? Für uns doofe kleine Münchner Polizisten? Das meinst du doch?«

»Gisbert, das ist ein sehr sensibler Fall. Schau dich um. Hier sitzen Spitzenbeamte aus ganz Südosteuropa. Weißt du, was diplomatische Verstimmungen sind?«

»Die sind mir scheißegal. Ihr wisst, dass hier in München ein Schwerverbrecher im voll besetzten Stadion ist, und informiert uns nicht. Ich fass es nicht!«

»Ganz ruhig, Gisbert. Lass uns überlegen, was zu tun ist.«

»Ich lass das Stadion räumen!«

»Auf keinen Fall. Das gibt eine Massenpanik. Und denk an unsere Gäste.«

»Es sind deine Gäste, nicht unsere!«

Schimmel hebt den rechten Zeigefinger. »Mach jetzt rein gar nichts, Gisbert. Überlass das den Profis. Meine Leute haben Erfahrung mit so was.«

Günther sieht sich um. Ein tosendes Stadion. 2:1. Anschlusstor durch Kroatien. Kein Gedanke an einen Attentäter. Was ist zu tun? Warum hat ihm Schimmel nichts von der Sache erzählt? Welche Rolle spielt Marlon in der Geschichte? Günther tritt ein paar Meter zur Seite und ruft Zankl an.

239

LOTTO

»Der Schimmel hat Geheimdienstkontakte«, sagt Zankl, als er das Telefonat mit Günther beendet hat. »Und sein werter Sohn offenbar auch. Marlon hat uns die ganze Zeit verarscht.«

»Was machen wir jetzt?«, fragt Hummel. »Was sagt Günther wegen Mirko?«

»Wir sollen rausfinden, was er vorhat. Und es verhindern, falls er was Schlimmes plant.«

»Wir? Da drüben sitzen doch die Spezialisten.«

»Nein, wir.«

»Dann will Günther, dass wir das an Schimmel vorbeimachen.« Hummel blickt noch mal durchs Fernglas, sieht Mirko nicht mehr. »Mirko ist weg. Wie sollen wir ihn jetzt finden? Das ist wie Lotto spielen.«

»Du spielst doch Lotto.«

»Wir haben nicht mal Waffen dabei.«

»Er vermutlich auch nicht. Die Kontrollen sind streng.«

»Na ja, bei Schusswaffen vielleicht. Aber wenn der Plastiksprengstoff mitgebracht hat?«

»Mal den Teufel mal nicht an die Wand.«

»Dem trau ich alles zu.«

»Wir gehen rüber, wo wir ihn zuletzt gesehen haben.«

Sie haben gerade das halbe Rund geschafft, als der Halbzeitpfiff ertönt. Sofort sind die Gänge voller Menschen. Keine Chance, schnell durchzukommen.

Hummel stößt Zankl in die Rippen. Da ist Marlon. Offenbar ebenfalls auf der Suche. Sie sehen, wie sich Marlon an einer Säule postiert und das Gewusel scannt. Wenn er ebenfalls Mirko sucht, weiß er offenbar nicht, in welchem Block Mirko seinen Platz hat. Zankl und Hummel hingegen schon. Block 103. Sie drücken sich hinter Marlon vorbei, stellen sich oben ans Geländer und sehen zu Block 103. Nur wenige Zuschauer sind dort sitzen geblieben. Mirko ist nicht unter ihnen. »Was machen wir?«, fragt Hummel.

»Ich ruf Dr. Günther an.« Zankl telefoniert. Sehr kurz. »Wir sollen abwarten, ob Mirko auf seinen Platz zurückkehrt, und uns dann melden.«

Hummel sieht mit dem Fernglas zu Paul hinüber. Der unterhält sich mit Fränki, der ihn inzwischen mit einer weiteren Bratwurst und mit Cola versorgt hat. Hummel hat ein schlechtes Gewissen. Wenn hier irgendwas passiert! Er ist hypernervös.

»Warum hüpfst du denn die ganze Zeit so rum?«, fragt Zankl.

»Ich muss bieseln.«

»Dann geh halt schnell. Ich wart hier.«

Hummel rennt zu den Klos rüber. Der krasse Geruch von Männerschweiß und Urin in den voll besetzten Toiletten verschlägt ihm den Atem. Viele breite Männerrücken vor ihm. Stau. Hummel tippelt von einem Bein aufs andere. Jetzt sieht er den weißen Kackfleck auf der schwarzen Lederjacke – keine fünf Meter vor ihm! Hummel vergisst seine Blase, drängelt sich vor. Kurz bevor er Mirko erreicht, verschwindet dieser in einer Kabine. Hummel zögert, da öffnet sich die Nachbarkabine. Ein hochdekorierter Deutschland-Fan mit vier Zentnern Kampfgewicht treibt eine Giftgaswolke vor sich her. Ehrfürchtig weichen die Massen zurück. »Da scheißt er, der Meister«, ruft einer und bekommt Szenenapplaus.

Hummel stürzt sich todesmutig in die Kabine. Ihn trifft fast der Schlag. Beißender Gestank, Schüssel tiefbraun lackiert. Verzweifelt drückt Hummel die Spülung, sammelt sich, geht auf alle viere, späht unter der Trennwand nach nebenan. Sieht die Sporttasche. Wie hat der Typ die durch die Kontrollen gebracht? Hat er die vorher schon irgendwo deponiert? Oder irgendwo über den Zaun geworfen? Hummel hört Gekruschel. Reißverschluss. Er greift zu, zieht, sein Nachbar hält dagegen. Beide zerren an der Tasche. Einer der Henkel reißt. Mirkos. Hummel hat die Tasche, blickt angstvoll hoch, sieht die Finger. Schnell! Hummel greift in die Tasche, Mirko stürzt auf ihn runter. »Scheiß-Dieb!«, hört Hummel noch, bevor sein Kopf gegen die Kloschüssel kracht. Blitzlicht. Schwarz.

Zankl ist unruhig, sieht zu den Klos. Mirko! Er verschwindet gerade im Gedränge. Zankl hat auch die blaue Tasche gesehen. Was ist da drin? Und wo ist Hummel? Zankl rennt ins Klo. »Hummel!?« Der robbt gerade aus der Kantine. Zankl hilft ihm auf. »Alles in Ordnung?«

»Ich komm klar. Die Tasche!« Zankl stürmt schon nach draußen. Er weiß, wohin Mirko unterwegs ist. Zum Block von Günther und Schimmel. Zu den Politikern. Im Laufen versucht er, Günther anzurufen und zu warnen. Besetzt. Er stürmt an die Balustrade und will hinunter, doch ein Ordner fängt ihn ab. Sofort sind zwei Sicherheitsbeamte bei ihm. Zankl will seinen Dienstausweis herausziehen. Doch der ist in seiner Jacke, an seinem Platz auf der Gegengeraden. Er spürt die stechenden Blicke der Sicherheitsbeamten und greift in die Arschtasche. Hände gehen an Schlagstöcke. Zankl fördert seine Eintrittskarte zutage und sagt: »Oh, hab ich mich geirrt …« Er dreht bei und sieht sich noch mal um. Kein Mirko. Günther und Schimmel sind auch nicht zu sehen. Zankl probiert, Hummel auf dem Handy zu erreichen. Vergebens. Bei den Klos ist er nicht mehr. Unten ertönt der Anpfiff zur zweiten Halbzeit. Zankl geht zurück zu seinem Platz.

»Wo ist Klaus?«, fragt Paul.

»Am Klo«, entgegnet Zankl zweisilbig und sieht mit dem Fernglas zu den Politikern. Schimmel ist wieder da. Günther nicht. Zankl sucht die Ränge ab. Keine Spur von Mirko, keine Spur von Hummel. Jetzt sieht er Günther. Der telefoniert bei der Treppe. Zankl erstarrt. Die blaue Tasche! Keine zwei Meter von Günther entfernt.

TOR! 2:2. Die Kongressteilnehmer jubeln.

Hummel rennt, wie er noch nie in seinem Leben gerannt war. Topspeed. Er stürzt Treppen hinab, hört den Jubel über das 3:2 für Deutschland. Ohrenbetäubend. Siebzigtausend Menschen. Aber noch nie hat er sich so einsam gefühlt. Sein Kopf ist kurz davor zu platzen, seine Lunge brennt, er rennt, rennt, rennt.

Zankl sieht, wie Günther das Handy vom Ohr nimmt, und probiert es sofort bei ihm. Doch es ist wie verhext. Schon wieder besetzt. Zankl flucht laut, und die anderen sehen ihn erschrocken an. »Probleme?«, fragt Fränki. Zankl antwortet nicht und steht auf, geht die Treppen hoch, um besser sehen zu können. Günther telefoniert immer noch.

Hummel ist vor dem Stadion, auf dem großen Vorplatz, das Gelände öd und weitläufig, bei den Buden vereinzelt Menschen, hinter ihm die Arena wie ein pochendes Herz. Das Seitenstechen ist unerträglich, seine Haare kleben schweißnass an seiner Stirn. Weiter! Er läuft auf die Fußgängerbrücke zu. Bohrender Schmerz in den Lenden. Seine Lunge fiept. Unter ihm jetzt die Autobahn. Er fliegt über die Brücke, hat sein Ziel vor Augen: die wuchtigen Faultürme der Kläranlage. Endspurt!

Zankl stockt der Atem. Jetzt wird einer der Politiker auf die Tasche aufmerksam und hebt sie auf. »Bitte nicht!«, stöhnt Zankl. Die Tasche geht durch die Reihen und findet keinen rechtmäßigen Besitzer.

Hummel stoppt vor dem hohen Maschenzaun.

Jetzt erbarmt sich ein älterer Herr im Anzug und nimmt die Tasche an sich.

Hummel wird schwarz vor Augen vor Erschöpfung, er geht in die Knie.

Der ältere Herr öffnet den Reißverschluss der Tasche.

Hummel zieht das Päckchen aus dem Hosenbund, schleudert es in eins der Klärbecken und wirft sich zu Boden.

BUMM! Was für ein Knall!

Die Arena bebt. Aufruhr. Jubel. Müller hat aus zwanzig Metern abgezogen und den Ball ins rechte Kreuzeck gedroschen. Hammerschuss! 4:2. Das Stadion tobt.

Hummel späht zu dem Becken. Das Päckchen ist in Zeitlupe in der dunklen Soße verschwunden.

Zankl hatte keinen Blick für das Tor. Er hat fassungslos zugesehen, wie der ältere Herr in die Tasche gegriffen und einen kroatischen Fanschal rausgezogen hat, den er jetzt trotz Rückstand begeistert durch die Luft schwenkt.

Hummel rappelt sich auf. Alles gut. Nix passiert.

BOTSCHHHHHHH!!!

Donnerschlag. Ein Geysir aus Klärbrühe schießt in die Höhe.

Im Stadion hört man nichts davon. Dort Hexenkessel. Gerade ist das 4:3 gefallen. Volksfeststimmung. Nur bei Zankl nicht. Er sucht Reihe für Reihe auf der Tribüne gegenüber ab. Bis unten zur Bandenwerbung, wo Ordner mit neongelben Warnwesten stehen. Jetzt sieht er Mirko. Mit ebenso einer gelben Weste über der Jacke. Keine zwanzig Meter von seinen potenziellen Opfern entfernt! Zankls Handy klingelt. Günther. »Djuvic ist fast bei Ihnen, unten, an der Bande«, zischt Zankl, legt auf und rennt los. Er springt über die Bande aufs Spielfeld. Ein Raunen geht durchs Stadion. Zankl spurtet quer übers Spielfeld. Mirko dreht sich um, bemerkt Zankl, bleibt ganz cool, denn er sieht, dass vier Ordner auf den Flitzer zustürzen und ihn zu Boden werfen. Mirko geht ganz lässig ein paar Meter zur Seite. Die Ordner zerren Zankl hinter die Bande. Der Schiedsrichter pfeift das Spiel wieder an.

Günther hat Zankl erreicht, weist sich aus. Zankl schreit »Haltet ihn!« und deutet auf Mirko. Jetzt rennt Mirko. »Müller, mach was!«, ruft Zankl, denn Müller hat gerade den Ball erobert. »Hau ihn weg! Polizei!« Der Ball zischt und schlägt ein, sehr präzise. Kopfball. Mirko geht zu Boden, überschlägt sich. Schimmels Sicherheitskräfte übernehmen ihn. Der Schiedsrichter gibt sich unbeeindruckt. Einwurf Kroatien.

VERSAGT

Mader flucht und gibt noch mehr Gas auf der schmalen Passstraße. Bajazzo sitzt verängstigt im Fußraum des Wagens. Auf der Passhöhe drosselt Mader das Tempo, hält an und steigt aus. Zu beiden Seiten der Straße steiler Bergwald. Wunderbare Aussicht. Aber dafür hat er kein Auge. Wo ist Dosi?

Er steigt wieder ein und fährt langsam die Straße hinunter. Beinahe hätte er es übersehen, aber die Sonne lässt ein Schutzblech verräterisch aufblitzen. Mader hält an und stürzt aus dem Auto. Sieht das demolierte Motorrad. Ist das Dosis Maschine? Mader ruft laut ihren Namen. Keine Antwort. Mader tippt in seinem Handy auf Wahlwiederholung.

Nicht weit entfernt läutet es. Er findet Dosis Handy auf dem Waldboden. »Such, Bajazzo!«

Bajazzo findet Dosi nur wenige Meter weiter unten am Fuße eines steilen Geländeabrisses. Mader rutscht zu ihr hinunter. Tätschelt ihre Wange, prüft ihren Atem. Dosi öffnet die Augen, lächelt schwach. »Marlon?«

»Doris, ich bin's, Mader. Haben Sie Schmerzen?«

»Die Beine.«

»Können Sie sie bewegen?«

»Tut scheißweh.«

»Ich ruf einen Krankenwagen.«

Bajazzo leckt Dosi die Hand, und Dosi lässt ihren Tränen freien Lauf.

»Alles wird gut«, sagt Mader.

Dosi schnieft. »Wie haben Sie mich gefunden?«

»Hummel hat mich angerufen. Er hat Sie nicht erreicht und sich Sorgen gemacht. Also hab ich Ihr Handy orten lassen.«

»Guter, alter Hummel. Danke, Mader. Weiß Fränki Bescheid?«

»Ich weiß es nicht.«

»Sagen Sie Fränki, dass alles gut ist. Nein, sagen Sie nichts. Ich mach das später. Er regt sich sonst nur auf.«

»Was ist passiert?«

»Ich weiß es nicht. Die Bremsen haben versagt.«

»Hat Marlon etwas damit zu tun? Hummel meinte, dass Sie vielleicht zusammen unterwegs waren.«

»Ja, ich hab sein Motorrad ausprobiert und … Ich weiß nicht, vielleicht hat es etwas mit dem Navi zu tun … Nein, ich, ich …« Sie schluchzt.

»Doris, ganz ruhig. Gleich ist der Krankenwagen da.«

246

FRIEDLICH

Der Föhn rutscht die Berge ganz nah, der Himmel ist ein glühendes Band. Die Stadt leuchtet. Weiße Scheinwerfer, rote Bremslichter, Lichtraster der Hochhausfenster, all das Leben in all den Wohnungen.

»Schon ein Ding«, sagt Hummel und sieht durch das Gitter an der Brüstung der Aussichtsplattform des Olympiaturms. »Von hier oben sieht alles so friedlich aus. Eine der sichersten Großstädte der Welt. So viel Schönes, Beschauliches, Familienglück.«

»Wie läuft es denn mit deiner neuen Familie?«, fragt Zankl.

»Nicht so gut.«

»Hast du Karla das mit dem Stadion erzählt?«

»Bin ich wahnsinnig?«

»Hey, du bist ein Held. Du hast heute Nachmittag viele Menschenleben gerettet.«

»Das wissen nur wir Polizisten. Wenn Karla das erfährt, flippt sie aus, weil ich Paul dabeihatte. Und ihn allein gelassen hab. Dann kommt sie sofort wieder mit ihrer Verantwortungsnummer.«

»Das tun sie alle. Mach dir nichts draus.«

»Doch, mach ich. Aber darum geht es auch gar nicht.«

»Sondern, worum geht es?«

»Um was Prinzipielles.«

»Und das wäre?«

»Karla glaubt nicht dran, dass das mit uns was wird. Nie habe ich wirklich Zeit, nie bin ich wirklich da. Findet sie.«

»Und, ist das so?«

»Vielleicht. Sagt Jasmin das nicht?«

»Doch, manchmal. Aber sie liebt mich trotzdem.«

»Glückwunsch.«

»Ach komm. Wenn das euer Problem ist, dann liebt Karla dich nicht wirklich.«

»Na, vielen Dank.«

»Tschuldige. Aber so ist das.«

»Wahrscheinlich hast du recht.«

»Und du liebst immer noch Beate.«

»Vielleicht.«

Zankl lacht. »Ich sag dir was: Scheiß auf die Weiber!«

»Oh mei, Zankl.«

»Ist doch wahr! Warum sind wir eigentlich hier?«

»Ach, ich dachte, es wäre gut, noch mal von oben draufzuschauen. Das alles war so undurchsichtig. Wir haben keine Ergebnisse. Keine Schuldigen in den drei Mordfällen. Mirko hat das BKA weggebunkert, von dem hören und sehen wir garantiert nix mehr. Marlon ist ein Undercover-Heini. Und Dosi liegt im Krankenhaus. Grandiose Bilanz.«

Zankl nickt. »Und Mader ist physisch mehr in Regensburg als in München. Psychisch wahrscheinlich ganz. Na ja, immerhin hat er Dosi gefunden.«

»Ja, immerhin. Ich hab das Gefühl, dass wir keinen Meter vorangekommen sind, haben uns die ganze Zeit nur im Kreis gedreht haben.«

»Drehen ist gut. Weißt du, was wir jetzt machen? Ich lad dich ins Turmrestaurant ein, wir fahren eine Runde, zischen ein paar Bier und gucken auf die Stadt runter. Du hast was gut bei mir.«

»Wieso?«

»Du hast Mirkos Anschlag verhindert. Und ich wäre mit schuld gewesen, wenn etwas passiert wäre. Hätte ich gleich reagiert, als Berti mir am Telefon von Mirko erzählt hat …«

»Dann hätten wir was gemacht? Vielleicht wären wir dann wegen der Fahndung nicht ins Stadion gegangen. Und das wäre viel schlimmer.«

»Meinst du, Hummel?«

»Ja, logisch. Trotzdem darfst du mich einladen. Aber Vorsicht, ich hab Hunger.«

»Mal sehen. Leberkäs gibt's da wahrscheinlich nicht. Aber schaun ma mal.«

Auf dem Weg ins Restaurant laufen sie einem alten Bekannten in die Arme: Stöger, der sich gerade eine Zigarette anzünden will.

»Herr Stöger!?«

»Herr Zankl!«

»Sie rauchen?«

»Ähm, ja, gelegentlich, nach dem Essen.«

Zankl nickt langsam. »Das ist Herr Hummel, ein Kollege. Er war damals auch dabei, unten am Turm.«

Stöger nickt und zündet sich jetzt die Zigarette an und inhaliert tief.

»Was, äh, machen Sie hier?«, fragt Zankl.

»Gut essen. Das Restaurant ist hervorragend. Und Sie?«

»Die Aussicht genießen.«

»Gibt's denn was Neues zu Schosser oder Djuvic oder Zlatan?«

»Noch nicht. Aber bald«, sagt Zankl und grinst. »Berti will auspacken. Sie kennen doch Berti Zahnfeld?«

»Flüchtig.«

»Der Berti kannte alle drei. Und nachdem er heute Besuch von Luckys Bruder Mirko bekommen hat, wurde ihm plötzlich klar, dass die Polizei doch sein Freund und Helfer sein könnte. Jetzt will er uns erzählen, was er über Djuvic und Zlatan weiß. Wir sind schon sehr gespannt.«

»Na, im Moment sehen Sie ja eher entspannt aus.«

»Ach, das ist relativ«, sagt jetzt Hummel. »Der läuft uns nicht davon. Wir wollen uns noch mal die Stelle anschauen, von der Schosser offenbar runtergestürzt wurde. Das war übrigens drüben auf der anderen Seite der Plattform, bei dem Bauzaun.«

Stöger nickt und tritt die Zigarette aus. »Dann wünsch ich mal viel Erfolg. Schönen Abend noch.«

ALLES

Dosi ist von Kopf bis Fuß einbandagiert. Ihr Zimmer im Murnauer Unfallkrankenhaus hat eine sehr schöne Aussicht ins alpine Abendrot. Hätte. Aus ihrer liegenden Position kann sie nicht aus dem Fenster sehen. Es klopft. Fränkis Kopf erscheint in der Tür. Schaut aus dem riesigen Blumenstrauß heraus.

»Mensch, Fränki!«

»Dosimausi, wie geht es dir?«

»Halb so schlimm. Glatter Unterschenkelbruch rechts und links. Sechs Wochen Gips, dann Reha, und schon bin ich wieder ganz die Alte.«

»Da kannst du ein bisschen Hilfe brauchen.«

»Fränki, es tut mir so leid, aber da ist nix gelaufen. Ehrlich.«

»Aber es hätte was laufen können.«

Sie nickt. »Marlon hat mir den Kopf verdreht.«

»Was ist so super an ihm?«

»Nichts, das ist ein Westentaschenschimanski, sonst nichts.«

»Sonst nichts?«

»Sonst nichts.«

»Und ich, was bin ich?«

»Du bist alles.«

ÜBERRASCHUNG

Mader braust der Kopf wegen Dosis Unfall. Welche Rolle spielt Marlon in der Geschichte? Er hat mit ihm gesprochen. Und er hat plausible Antworten gegeben. Dass Dosi auf der Motorradtour plötzlich verschwunden ist. Dass sie wusste, dass er noch zum Fußball wollte. Dass er sie nicht erreicht hat. Tatsächlich hat Marlon ihr mehrere Nachrichten auf der Mailbox hinterlassen. Trotzdem komisch. Mader überlegt: Vielleicht fehlt ihm eine entscheidende Information. Zankl hat gesagt, dass Dosi vermutlich in Marlon verliebt war. Hat Dosi einen Korb bekommen und ist dann wutentbrannt abgedampft? Mit überhöhter Geschwindigkeit aus der Kurve geflogen? Er hat Marlon konkret gefragt, doch der hat das verneint. Er hat Marlon sogar nach dem Navi gefragt, von dem Dosi erzählt hat. Das sie bei ihm im Auto entdeckt hat. Marlons Erklärung war glaubwürdig. Dass es das defekte Gerät seines Vaters war, das leider bereits im Sondermüll ist. Tja. Mader ist frustriert. Spuren, die ins Nichts führen, Mutmaßungen. Auf dem Heimweg vom Präsidium fällt Mader der Umschlag wieder ein. Er hat ihn den ganzen Tag mit sich rumgetragen. Er zieht ihn aus der Innentasche seiner Jacke, schnuppert daran. Grinst selig. Die Frau auf dem U-Bahn-Sitz gegenüber sieht ihn misstrauisch an.

Zu Hause macht er Bajazzo eine Dose Hundefutter auf, sich selbst ein Bier. Er holt einen Brühwürfel aus dem Küchenschrank, teilt ihn mit Bajazzo, lutscht nachdenklich. Als die scharfe Würze alle Geschmacksknospen geöffnet hat, trinkt er einen großen Schluck Bier. Er ist hellwach, seine Sinne bitzeln. Er öffnet den Umschlag. Ein Datenstick rutscht heraus. Ohne Beschriftung. Fotos? Von damals? Er hat Moni genau vor Augen, sie mit achtzehn, die Sommersprossen auf ihrer Nase, die lange blonde Mähne, ihr enges weißes T-Shirt, die verwaschenen Jeans mit den neckischen Herztaschen auf dem Po. Mader fährt den Rechner hoch und steckt den Stick ein, besieht sich das Verzeichnis. Dreißig Fotos. Er doppelklickt das erste Bild. Und erstarrt. Sieht sich selbst in einem Hotelzimmer. Rotlicht. Keine Frage, wo das ist. Im *Orphé* in Regensburg. Er in zerwühlter Bettwäsche. Er schluckt hart und öffnet das nächste Bild. Schlimmer als erwartet: nicht Monika, sondern ein Junge, der sich an ihn schmiegt. Mader wird schlecht. Er zwingt sich, alle Bilder anzusehen.

Erpressung. Sonnenklar. Peter hat das mit Monika eingefädelt. Und er hat tatsächlich an einen Zufall geglaubt, als er sie auf der Straße getroffen hat. Was hat Monika für Gründe, bei diesem Spiel mitzumachen? Hat sie Geldprobleme? Mader ist schockiert, wozu Menschen fähig sind. Was passiert, wenn das hier öffentlich wird? Er muss sofort was tun. Er ruft Günther an. Erreicht nur seine Mailbox, bittet dringend um Rückruf.

Mader setzt sich aufs Sofa. Starrt den Umschlag an. Keine Briefmarke. Mit der normalen Post ist der Umschlag nicht gekommen. Das hat er am Morgen gar nicht registriert. Selbst beim Öffnen des Umschlags noch nicht. Da hat sich jemand persönlich zu ihm herbemüht. Wo ist sein krimina-

252

listischer Spürsinn? Den ganzen Tag hat er den Umschlag mit sich herumgetragen. Blind vor Liebe. Jetzt bugsiert er den Umschlag in einen Gefrierbeutel. Den Stick lässt er im Rechner stecken. Fremde Fingerabdrücke hat er aber vermutlich schon verwischt.

KOMISCHE IDEE

»Vielleicht können wir das als Spesen absetzen«, meint Zankl, nachdem er die Preise auf der Speisekarte des Drehrestaurants studiert hat. »Sind ja dienstlich hier. Siehst du ihn?«

»Ja, samt Jüngling.«

»Garantiert ein Fußballer. Mit Schosser war er ja auch hier beim Essen. Vielleicht ist was vorgefallen bei dem Termin damals. Schosser geht zum Rauchen, Stöger folgt ihm, sie streiten, er haut Didi k.o. und wirft ihn von der Plattform.«

»Schwer zu beweisen.«

Zankl holt etwas aus der Tasche. Ein Plastiktütchen mit einer Kippe. »Immer muss man diesen Typen hinterherräumen. Wir haben doch noch den Stofffetzen von der Baustelle.«

»Sauber, Zankl, sehr gut«, sagt Hummel. »Vielleicht haben wir ja Glück.«

»Aber wir haben immer noch Probleme mit dem Motiv. Mit einem toten Spieler verdient man kein Geld. Aber vielleicht hat Schosser etwas gewusst, das für Stöger nicht gut war, geschäftsschädigend. Oder sogar was Kriminelles.«

»Und woher soll er das gewusst haben?«

»Ich hab da 'ne ganz komische Idee. Didi hatte doch diesen Überwachungstick, wollte immer wissen, wo Lisa ist, was sie tut.«

»Ich versteh dich nicht, Zankl.«

»Lass dich überraschen.«

PERSÖNLICH

Endlich ruft Günther zurück. Es passt ihm im Moment gar nicht, er ist auf dem Weg zu einem Lyrikabend in der Seidlvilla. Nachdem Mader ihm aber mitgeteilt hatte, dass es ausgesprochen dringend ist – eine sehr persönliche Sache –, erklärt er sich bereit, vorher noch schnell bei ihm vorbeizukommen.

»Jetzt bin ich aber gespannt«, sagt Günther, als er schließlich in feinem italienischem Zwirn und mit gewagtem Halstuch Maders Wohnung betritt.

»Trägt man das jetzt so?«, fragt Mader und deutet auf das lila Halstuch.

Günther hebt die Augenbrauen und deutet auf die altmodische Schrankwand. »De gustibus non est disputandum.«

Mader rückt den Laptop auf dem Couchtisch zurecht. Ohne Vorwarnung klickt er durch die Fotos.

Günther atmet tief durch. »Mader, was machen Sie für Sachen?«

»Ich mach keine Sachen.«

»Die Bilder, das, das ist … ekelhaft.«

Mader erklärt ihm, was passiert ist. Dass er in Regensburg im Fall seines Vaters ermittelt hat. Was er herausgefunden

254

hat. Welche Personen er dort getroffen hat. Peter Nerlinger, dessen Vater, Monika.

»Was sagt Gruber in Regensburg zu Ihren Nachforschungen?«, fragt Günther schließlich.

»Der hat mir sehr geholfen, obwohl er nicht begeistert war, dass ich mich da so reingekniet habe.«

»Kann ich verstehen.«

»Wie?«

»Wenn die Indizien so naheliegend sind, dann fragt man sich doch, ob wirklich mit aller Sorgfalt ermittelt wurde.«

»Was machen wir jetzt?«

»Hat sich denn schon jemand gemeldet, um Sie zu erpressen?«

»Nein.«

»Glauben Sie, dass sich jemand meldet?«

»Ich weiß es nicht. Eher nein. Peter wird denken, dass ich die Warnung verstehe.«

»Okay, Mader, dann sag ich Ihnen jetzt eins: Lassen Sie die Finger von dem Fall.«

»Das kann ich nicht. Ich bin so nah daran.«

»Ich werde einen erfahrenen Beamten damit betrauen.«

»Das geht nicht. Bis der sich in die Details eingearbeitet hat, das dauert viel zu lange.«

»Ich werde diesen Fall höchstpersönlich übernehmen.«

»Sie?«

»Im Gegensatz zu Ihnen bin ich nicht erpressbar.«

»Ich bin auch nicht erpressbar!«

»Nun ja. Aber bevor wir weitermachen, sagen Sie es mir ins Gesicht: Mit kleinen Jungs haben Sie nix am Hut?«

»Wofür halten Sie mich!? Ich war da mit einer Jugendliebe. Und hab geschlafen wie ein Betonklotz. Monika muss mir irgendwas ins Getränk getan haben.«

»Gut. Oder nicht gut. Also, ich verwahre den USB-Stick und den Umschlag. In die kriminaltechnische Untersuchung können wir den Stick mit den Bildern allerdings nicht geben. Wer weiß, was passiert, falls da was durchsickert. Ich fahre sofort nach Regensburg.«

»Jetzt noch?«

»Wir müssen schnell sein, damit rechnet der Absender des Datensticks sicher nicht. Wie heißt das Hotel?«

»Das *Orphé* in der Altstadt.«

»Reservieren Sie mir ein Zimmer, für heute noch.«

Mader ist ganz verwirrt, als Günther verschwunden ist. So kennt er seinen Chef gar nicht. So dynamisch, bereit, sich für eine Sache einzusetzen, deren Ausgang alles andere als sicher ist. Hat er ihn falsch eingeschätzt? Vielleicht will Günther tatsächlich etwas für ihn tun. Auch mit der Stelle in Regensburg. Mader reserviert das Zimmer und macht den Fernseher an, um die Zeit totzuschlagen.

FAKTENLAGE

Zankl und Hummel treffen Huber von der Kriminaltechnik vor dem Haus von Lisa. Zankl hat Lisa angerufen. Sie bräuchten dringend ihre Hilfe. Zankl hat noch mal Schossers Handy gecheckt und unter den zahlreichen Apps noch etwas Interessantes gefunden. Die App *BabySound* kam ihm verdächtig vor, weil Schosser zweifelsfrei kein Kind hatte. Zankl und seine Frau hingegen nutzen die App, wenn sie mal gemeinsam in das kleine Bistro auf der Ecke gehen wollen und Clarissa schon schläft. Er kennt auch Hundebesitzer, die die App verwenden, wenn der Hund alleine zu Hause bleibt.

Auch einen Hund hatte Schosser nicht. Womit eigentlich nur noch Lisa übrig bleibt, die er mithilfe des Programms überwachen konnte.

Nachdem sie mit Lisa gesprochen haben und Huber ihr Handy untersucht hat, sitzt sie wie versteinert auf dem roten Ledersofa ihres kleinen Appartements. Auf ihrem Handy ist also nicht nur eine Peil-, sondern auch eine Abhörsoftware installiert, eine Standleitung sozusagen, über die Didi alles mitbekam, was in Lisas Handy und rundherum gesagt und getan wurde.

»Auch aus Bertis Wohnung, wenn das Handy dort in der Jacke an der Flurgarderobe hing oder auf dem Couchtisch lag«, sagt Zankl. »So kann Didi etwas über Stögers Geschäfte erfahren haben, etwa, wenn Zlatan bei ihm zu Besuch war. Die beiden waren ja dicke Freunde, die einander bestimmt so manches erzählt haben.«

»Was für ein unglaubliches Arschloch«, murmelt Lisa. »Was haben Sie jetzt vor? Wofür brauchen Sie mich?«

»Wenn Didi es über ihr Handy erfahren hat, dann machen wir das jetzt einfach noch mal«, sagt Zankl.

Lisa ist gar nicht begeistert von der Idee.

»Lisa, bitte helfen Sie uns, den Mord an Didi Schosser aufzuklären.«

»Warum soll ich das? Dieses blöde Spitzelschwein!«

»Niemand verdient es zu sterben. Bitte gehen Sie noch mal zu Berti.«

»Nein, das will ich nicht! Wir sind fertig miteinander.«

»Nur kurz, kein Riesenakt. Sie gehen rein und vergessen Ihr Handy bei ihm.«

»Warum verwanzen Sie seine Bude nicht einfach?«

»Weil wir das nicht dürfen. Wir bräuchten einen richterlichen Beschluss, und den kriegen wir bei der Faktenlage nie.«

»Aber das mit dem Handy geht?«

»Ist doch reiner Zufall, dass Sie das Handy dort vergessen. Oder? Und woher sollten Sie denn wissen, dass man damit mehr machen kann, als nur telefonieren?«

»So arbeitet die Polizei?«

»Ja, manchmal schon.«

»Gibt es ein Risiko für mich?«

Zankl schüttelt den Kopf. »Wir sind ganz in Ihrer Nähe. Vor dem Haus. Haben Sie immer noch einen Schlüssel für Bertis Wohnung?«

»Ja, warum?«

»Geben Sie ihn uns. Falls was passiert, schreiten wir sofort ein.«

BAYERISCHER STANDARD

Günther ist enttäuscht. Nicht vom Komfort des Hotels *Orphé*, der ist wirklich hervorragend, sondern von der Tatsache, dass es hier keinerlei Überwachungskameras im Foyer oder auf den Gängen gibt. Das ist doch inzwischen guter bayerischer Standard? Offenbar nicht überall. Interessant, findet Günther. Diskretion ist ja heutzutage Luxus. Hier könnte er doch mal mit einer dieser attraktiven Lyrikjüngerinnen absteigen und gemeinsam erotische Gedichte lesen. Vielleicht auch was Eigenes. *So heiß brennt mein Verlangen, und doch muss ich so bangen, den Gipfel zu erlangen.* Hah, Unsinn, er ist ja verheiratet. Und zwar glücklich. Trotzdem wohl gereimt.

Das Hotelpersonal kann ihm nach Vorlage seines Dienstausweises zu besagter Nacht leider nicht weiterhelfen. Zu später Stunde ist kein junger Mann mehr ins Hotel gekommen. Und hier gibt es keine weitläufige Hotellobby, wo man einfach so hereinmarschieren kann. Ein günstiger Moment, wenn das Personal abgelenkt ist? Günther liegt auf dem Bett und sieht nachdenklich an die Decke. Sein Plan: morgen früh vor Peter Nerlingers Haus warten. Ihn beschatten. Das hat er das letzte Mal vor gut zwanzig Jahren gemacht! Aufregend. *Back to the roots.* Eigentlich ganz cool. Jetzt hört er aus dem Nachbarzimmer einen Schrei. Er zuckt vom Bett hoch. Dann noch ein Schrei. Gefolgt von einem Kichern und einem tiefen Grunzen. Günther lässt sich zurück ins Bett fallen und registriert, wie der Holzboden in dezente Schwingungen versetzt wird. Er muss grinsen. Dann wieder leise spitze Schreie. Jetzt schnellt er hoch. Er hat eine Idee.

Er ist strumpfsockig, als er unten am Empfangstresen steht, aber das ist ihm egal. Er bittet den Portier, ihm die Zimmerbelegung im PC zu zeigen. Er studiert die Namen an besagtem Tag. Nerlinger ist nicht dabei. Das wäre auch zu einfach. Er findet Monika Meier. Klar, die war ja mit Mader hier. Jetzt stutzt er. Die war doch auf Maders Zimmer?

»Sagen Sie, die Frau Meier, die hat das Zimmer 14? Und Herr Mader die 16?«

»Jawohl.«

»Sicher, dass Frau Meier auf der 14 war?«

»Ja, wenn es hier steht. Der Check-in war um 13 Uhr 20. Frau Meier mit Sohn.«

Günther nickt befriedigt. Monika Meier hat schon mittags im Hotel eingecheckt, lange bevor Mader sie mit auf sein Zimmer genommen hat. In ihrem Zimmer ist bereits alles vorbereitet, wartet der Junge. Bevor er zu Nerlinger fährt, wird er Frau Meier morgen früh einen Besuch abstatten.

Günther kehrt in sein Zimmer zurück. Gerade in dem Moment, als nebenan der Vesuv ausbricht. Besorgt hebt er die Augenbrauen. Ein heiser gebelltes »Du Sau!« erheitert Günther kurz. Dann kehrt Stille ein.

NULLKOMMANICHTS

Der unauffällige Lieferwagen parkt schräg gegenüber von Bertis Hauseingang. Huber schiebt die Regler. Der Sound kommt aus zwei Monitorboxen. Sie hören Lisas Schritte im hallenden Treppenhaus.

»Guter Sound«, sagt Huber.

Zankl nickt. »Leider haben wir keine Audiodaten auf Schossers Rechner oder Handy gefunden.«

»Mit *BabySound* kannst du nur streamen. Das wären Riesendatenmengen, wenn das Teil die ganze Zeit aufzeichnen würde.«

»Lisa!«, hören sie Berti.

»Hallo.«

»Was, ich, äh … Jetzt, äh, komm doch rein! Das ist ja eine Überraschung, so spät am Abend noch.«

»Boh, was riecht hier so ekelhaft?«

»Ich lüfte gleich.«

»Ich will nur was abholen. Meine Jeansjacke.«

»Magst du was trinken?«

»Ich muss gleich wieder los. Und du solltest weniger trinken.«

»Jetzt setz dich doch. Du, ich hab mir das noch mal überlegt, also, was du gesagt hast. Du hast ja recht, ich mein, jetzt setz dich halt, bitte!«

Vor dem Haus fährt ein schwarzer Audi A6 vor.

»Mädel, jetzt mach, dass du da wieder rauskommst!«, flucht Zankl. »Das ist Stöger.«

»Können wir sie warnen?«, fragt Hummel.

»Ja, anrufen. Aber warte …«

Gebannt lauschen sie. Keine Worte, nur indifferente Geräusche, Gekruschel.

Stöger hat einen Parkplatz gefunden und steigt aus.

»Zankl, komm, wir schreiten ein!«

»Lass es laufen! Wir sind im Nullkommanichts oben.«

Stöger will gerade klingeln, als zwei Leute aus der Haustür kommen. Er schlüpft ins Treppenhaus.

Jetzt ist wieder Bertis weinerliche Stimme zu hören: »Lisa, bitte komm zurück zu mir. Ich ändere mich. Ich hör auf mit der Scheißzockerei, ich hör sogar mit dem Fußball auf. Wir machen zusammen ein Sportgeschäft auf. Der Mike gibt seinen Intersport-Laden in Allach auf. Das wär doch was. Was Solides!«

Es klingelt an der Tür. Schritte.

»Oh, Raffael, ich … es passt gerade nicht so gut.«

»Du bist nicht allein?«

»Lisa ist da.«

»Ich denk, das ist aus?«

»Das ist auch so«, sagt Lisa. »Ich bin raus. Wiederschaun die Herren.«

»Lisa! Jetzt warte doch! Bitte!«

»Lass des Flitscherl! Ich muss mit dir reden.«

Die Tür fällt zu.

»Ich hab die Cops getroffen«, sagt Stöger.

»Marlon?«

»Nein, diese anderen Dumpfbacken. Der Fußballprofi und so ein Warmduscher.«

Hummel und Zankl lauschen angestrengt. Jetzt ist nichts zu hören. Huber versucht alles, aber außer Rauschen ist nicht viel zu hören, dann Geschirrgeklapper.

»Küche vermutlich«, meint Huber.

Die Haustür öffnet sich. Lisa tritt heraus. Stöger erscheint auf dem kleinen französischen Balkon und sieht Lisa hinterher. Sie verschwindet in einer Seitenstraße. Stöger raucht gedankenverloren auf dem Balkon.

Aus den Lautsprechern erklingt leise die Klospülung.

Stöger drückt seine Zigarette am Geländer aus, geht in die Wohnung.

BING.

»Was ist das?«, fragt Hummel.

»Eine WhatsApp«, sagt Zankl. »Lisas Handy? Ist das nicht stummgeschaltet?«

»Doch, sicher, ganz ruhig bleiben.«

»Na hoffentlich. Wenn die ihr Handy finden?«

»Dann hat sie es vergessen.«

»Haben die was gemerkt? Es ist so still. Warum sagen die nix?«

»Ich hab 'nen todsicheren Tipp für Düsseldorf gegen Bochum«, sagt Berti schließlich. »Das pfeift der Ratzenegger.«

»Darf der wieder?«

»Ja, und der muss ja langsam mal sein Haus abbezahlen. Die Quoten sind super. 3:0 für Düsseldorf. Garantiert! Kannst du mir fünfhundert leihen? Der Tipp ist hundertpro.«

»Dir? Fünfhundert? Im Leben nicht. Du schuldest mir noch was vom letzten Tipp.«

»Der war top!«

»Klar, bloß, dass du das Geld gleich wieder verzockt hast. Auf dich ist einfach kein Verlass. Außerdem sprichst du mit den Cops. Ich find das echt scheiße, Berti.«

»Ich sprech nicht mit den Cops.«

»Sie waren also nicht bei dir?«

»Doch, aber das hat nichts mit dir zu tun.«

»Ich glaub dir kein Wort.«

»Es ging um Zlatan.«

»Bei dem du Schulden hast.«

»Ja, und? Deswegen bring ich ihn doch nicht um!«

»Ach, es sind schon Leute für weniger gestorben.«

»Red du nur. Weißt du, was der Zlatan mir erzählt hat? Dass der Lucky dich erpresst hat Mit deinen Geschäften. Den Schiebereien, den Amphetaminen, den kleinen Brasilianern. Und was ist mit Lucky passiert? Und weil der Zlatan dann nervös geworden ist, musste er auch weg?«

»Du spinnst.«

»Von wegen. Und ich bin noch nicht fertig! Ich glaub, sogar der Didi hat gewusst, was du so alles treibst. Und der wollte aus seinem Vertrag mit dir raus.«

»Na logisch.«

»Doch, das hat er mir mal gesagt.«

»Ausgerechnet dir.«

»Bevor ich mit Lisa zusammen war.«

»Geh, Berti! Denk mal nach. Ich hab Didi bei den Bayern untergebracht. Didi wusste genau, was er an mir hatte. Ich hab sein ganzes Leben organisiert. Nur das mit Lisa nicht. Und die ist der Knackpunkt. Oder Streitpunkt zwischen euch. Ich glaub ja, dass du Didi umgebracht hast wegen Lisa. Weil da was lief.«

Berti lacht. »So weit geht die Liebe dann auch nicht. Mir ist es egal, wie und warum Didi vom Olyturm geflogen ist. Ich bin nicht die Polizei. Wir reden jetzt einfach wie zwei Erwachsene. Ich werd dein Geschäftspartner.«

»Niemals.«

»Sag niemals nie.«

»Und wie stellst du dir das vor, Berti – unsere Zusammenarbeit?«

»Ach, ich hätte da schon ein paar Ideen, wie wir das Geschäft so ein bisschen aufpeppen.«

Stöger lacht.

»Was ist so lustig?«

»Du bist der große Checker, was?«

»Ja, vielleicht bin ich das. Lass dich überraschen.«

»Hey, wo willst du hin?«

»Bin gleich wieder da.«

»Hey, was wird das?«

»Hier, Raffi, was sagst du dazu? Genau dein Kaliber. Oder?«

Stille.

Dann: *plopp – plopp.*

»Ach du Scheiße!«, stöhnt Zankl und sieht Hummel an. Der nickt. Sie haben es genau vor Augen: die Schalldämpferpistole, das Staunen in Stögers Gesicht. Die zwei kreisrunden Löcher in seiner Stirn. *Plopp – plopp.* Zankl reißt die Schiebetür des Transporters auf, sie stürzen ins Haus, hasten das Treppenhaus hoch. Zankl fällt Lisas Schlüsselbund runter. Egal. Er wirft sich gegen die Tür, kracht in die Wohnung.

Blutbad!

Nein. Stöger und Berti sitzen mit großen Augen auf dem Wohnzimmersofa. Wie ein ertapptes Liebespaar. Vor ihnen auf dem Couchtisch zwei Bügelflaschen *Löwenbräu Urtyp.*

Zankl sieht so dumm aus der Wäsche, dass Stöger lachen muss. »Herr Zankl, Sie schon wieder! Und so schwungvoll. Mit der Tür ins Haus sozusagen.«

»Sie sind festgenommen.« Zankls Erklärung ist wenig originell. »Wegen Mordverdacht.«

»Mord an wem?«

»Didi Schosser, Lucijan Djuvic, Zlatan Doblanovic.«

Stöger lacht. »Sonst noch jemand?«

»Das werden wir sehen. Und Sie sind auch verhaftet«, sagt Zankl zu Berti. »Wegen Mitwisserschaft. Und Sie haben ein gutes Motiv für den Mord an Schosser. Eifersucht.«

»Ich hab ein Alibi!«

»Von ein paar windigen Zockern.«

Stöger bleibt ganz cool. »Was veranlasst Sie zu diesen interessanten Thesen, Herr Zankl?«

Zankl wählt Lisas Nummer. Es klingelt auf dem Fensterbrett. Er nimmt das Handy. »Lisas Telefon ist verwanzt. Didi hatte einen Überwachungstick. Und offenbar hat Lisa ihr Handy mal bei Ihnen liegen gelassen, Berti. Wie jetzt. Wir haben alles mit angehört, was Sie in den letzten Minuten von sich gegeben haben. Didi hat auf diese Weise erfahren, was Sie so alles treiben, Berti, und worüber Sie mit Zlatan so alles sprechen. Zum Beispiel über Ihre Geschäfte, Herr Stöger. Und Didi hat Sie damit erpresst.« Zankl dreht sich wieder zu Berti: »Und Sie hat er ebenfalls erpresst. Damit Sie Lisa verlassen.«

»Das stimmt nicht!«, empört sich Berti. »Hat Lisa das gesagt?«

»Nein, das hat sie nicht. Und dass das Handy hier rumliegt, ist ein Riesenglück für uns.« Zankl lächelt. »Didis Ableben kommt jedenfalls Ihnen beiden sehr gelegen. Den Mitschnitt von eben hören wir uns auf alle Fälle noch mal ganz genau an.«

In Bertis Augen spiegelt sich Entsetzen, Stöger ist hingegen ganz cool: »Audiomitschnitte sind als Beweismittel vor Gericht nicht zugelassen.«

»Wenn wir Didis Rechner durchkämmt und alle Audiodateien angehört haben, diskutieren wir das gerne. Das hilft uns sicher bei der Meinungsbildung. Wir fahren jetzt gemeinsam ins Präsidium. Berti, Sie wollten uns ja sowieso noch was zu Mirko Djuvic erzählen, nicht wahr? Falls Sie sich noch dran erinnern. Bestimmt haben Sie auch ein paar schöne Geschichten über Lucky.«

DRECK

»Zankl, was wird das jetzt?«, fragt Hummel im Präsidium. »Wir können die beiden nicht einfach in U-Haft stecken! Wir haben nichts gegen sie in der Hand. Es gibt keine weiteren Mitschnitte. Und die Aufnahme von vorhin hilft uns auch nicht wirklich. Der eine sagt, der andere war's. Und legal sind wir an den Mitschnitt auch nicht gekommen.«

»Und wenn schon. Der Stöger hat jede Menge Dreck am Stecken. Du hast es doch gehört. Mit seinen kleinen Brasilianern.«

»Von denen hast du ihm gegenüber kein Wort gesagt.«

»Noch nicht. Einen Trumpf brauchen wir noch im Ärmel. Wir lassen sie ein bisschen schmoren.«

»Wozu? Ein Anwalt haut die sofort raus. Und der Haftrichter will auch was von uns sehen.«

»Ich will Stögers Wohnung sehen.«

»Da kriegen wir nie einen Durchsuchungsbeschluss.«

»Wenn wir Hinweise auf Straftaten finden, können wir dem Haftrichter was geben.«

»Und wie erklärst du, woher wir die Informationen haben?«

»Hey, Hummel, du bist so ein richtiger Hosenscheißer geworden, weißt du das?«

»Und du bist jetzt der neue Schimanski, oder was? Ich ruf jetzt Mader an.«

266

KERN

Mader ist erstaunlicherweise nicht verärgert über die fragwürdige Verhaftung von Stöger und Berti. Er ist froh, dass Hummel ihn angerufen hat. Zu Hause in Neuperlach ist ihm die Decke auf den Kopf gefallen. »Ich glaube, das bringt uns langsam zum Kern der Sache«, sagt er, als Hummel ihm Bericht erstattet hat. »Das ist zumindest im Fall Schosser ein interessantes Motiv. Wir schauen uns die Bude von Stöger an.«

»Aber dafür kriegen wir keinen Durchsuchungsbeschluss«, versucht Hummel es noch mal.

»Brauchen wir nicht. Gefahr im Verzug. Wir machen es gleich.«

»Und Günther?«

»Das klär ich mit ihm. Hinterher.«

Wenig später sind sie in Stögers Villa in Harlaching. Mit Stögers Schlüssel, den er mit seinen Habseligkeiten in der U-Haft hat abgeben müssen.

»Wahnsinn, alles vom Feinsten«, murmelt Zankl, als er den Blick durchs Wohnzimmer streifen lässt.

»Verdient man als Berater echt so viel?«, fragt Hummel.

»Tja, Fußball ist ein einträgliches Geschäft. Für ein paar wenige zumindest.«

Sie sehen sich um. Keine verdächtigen Utensilien, keine Drogen, keine Hinweise auf Sex mit Minderjährigen.

Zankl fährt Stögers Laptop hoch. Natürlich passwortgeschützt. »Nehmen wir den mit?«

Mader schüttelt den Kopf. »Definitiv nicht. Dann kriegen wir richtig Ärger.«

»Muss ja niemand erfahren.«

»Nein. Das geht zu weit.«

Hummel fällt ein Kalender mit ländlichen Motiven an der Wand auf. *Sportstiftung Hubertushof* steht beim Kalendarium und auf dem Deckblatt. »Sagt das jemandem was?«, fragt er. Mader und Zankl schütteln den Kopf.

Nach einer Viertelstunde drängt Mader zum Aufbruch: »Gehen wir. Nicht dass uns ein Nachbar beobachtet hat und die Polizei holt.«

»Was passiert denn jetzt mit Stöger und Berti?«, fragt Hummel.

»Wir verhören sie, und wenn wir in der Vernehmung nichts rauskriegen, müssen wir sie morgen laufen lassen«, sagt Mader.

SCHLAUER

Monika Meier ist verblüfft, als es um halb acht Uhr morgens an ihrer Tür klingelt. »Dr. Gisbert Günther. Kripo. Interne Ermittlungen. Es geht um Missbrauchsvorwürfe.«

Sie ist kooperativ. Gibt zu, dass sie in dem Hotel war. »Ja, das war ein großer Zufall, dass ich Karl-Maria getroffen habe. Und wir sind tatsächlich später zusammen ins Hotel gegangen. Aber er war schon sehr betrunken und wurde zudringlich, sodass ich ihn bald verlassen habe.«

»Sagen Sie, haben Sie einen PC?«

»Äh, ja?«

»Ich würde Ihnen gerne was zeigen.«

Kurz darauf sind die Fotos auf dem Bildschirm. Sie ist schockiert. »Was macht Karl-Maria für Sachen?«

»Ist das Ihr Sohn?«

»Wie kommen Sie da drauf? Ich muss schon sehr bitten!«

»Antworten Sie einfach. Sie hatten im *Orphé* selbst ein Zimmer gebucht. Angeblich mit Ihrem Sohn. Ist das der junge Mann von den Fotos?«

»Nein!«

»Sondern, wer ist das?«

»Ich hab keine Ahnung!«

»Letzte Warnung! Ich arbeite nicht für die interne Ermittlung.«

»Wie?«

»Das war gelogen. Mein Kollege Mader wird mit diesen Fotos erpresst. Und das im Rahmen einer Mordermittlung. Und Sie gehen direkt in U-Haft, wenn Sie nicht sofort sagen, was da gelaufen ist! Also?! Wo kommt der Junge her? Von Peter Nerlinger?«

Sie überlegt kurz, dann sagt sie: ›Ja, Peter hat den Jungen organisiert.«

»Organisiert?«

»Ich weiß doch auch nicht, wie.«

»Sie sind mit dem Jungen von Peter Nerlinger ins Hotel, haben ihn als Ihren Sohn ausgegeben und dann die Sache inszeniert. Gehen wie zufällig mit Mader aufs Zimmer, geben ihm ein Schlafmittel, schleusen den Jungen ein und machen ein paar Fotos. War es so?«

Sie nickt.

»Am nächsten Tag verschwinden Sie in aller Früh mit dem jungen Mann.«

Sie nickt wieder.

»Warum haben Sie das getan?«

Sie sieht ihn mit großen Augen an.

Günther blickt ernst zurück. »Vortäuschung einer Straftat, Erpressung und sexuelle Nötigung Minderjähriger. Mit

Bewährung kommen Sie da nicht davon. Das sind mindestens zwei Jahre Haft.«

Monika Meier bricht in Tränen aus. Heult ihm ihre ganze traurige Geschichte vor. Dr. Günther ist unangenehm berührt. Das ist ihm zu privat. Jetzt weiß er, warum er nicht mehr selbst ermitteln will. Die ganzen bösen kleinen Geschichten, die Schicksale, der Schmutz. Hier bekommt er die volle Packung ab aus dem bewegten Leben einer Mutter von drei Kindern im Scheidungskrieg mit dem Ehemann. Ihr Scheidungsanwalt heißt Dr. Müller und arbeitet in der Kanzlei ihres alten Schulfreunds Dr. Peter Nerlinger & Kollegen. Und so ein Scheidungskrieg ist teuer. »Peter hat mir keine Wahl gelassen!«, jammert sie.

Günther schüttelt den Kopf. »Man hat immer eine Wahl. Das wird ein Nachspiel haben!« Das klingt reichlich einfallslos, findet Günther, trifft es aber im Kern. »Sie erzählen Nerlinger nichts von meinem Besuch, bis ich mich wieder melde, ist das klar?«

Monika zieht die Nase hoch und nickt.

IRONIE

Berti und Stöger sind noch vor Mitternacht ohne weitere Vernehmung auf freiem Fuß. Der Haftrichter hat Mader noch reinbestellt und die windigen Verdachtsmomente vom Tisch gewischt. Keinerlei Anhaltspunkte für den von Zankl geäußerten Mordverdacht. Dafür hätten Stöger und Berti nicht einmal einen Anwalt gebraucht. Der wird interessanterweise von Nerlinger & Kollegen gestellt. Für Mader eine Ironie des Schicksals, ein Treppenwitz.

»Günther reißt uns den Kopf ab, wenn er die Stellungnahme des Haftrichters liest«, sagt Hummel, als sie sich schon um 8 Uhr im Präsidium treffen.

Mader winkt ab. »Das nehm ich auf meine Kappe«, lautet sein frühmorgendlicher Kommentar.

»Die Typen kriegen wir noch am Arsch«, sagt Zankl trotzig. »Kommt mal her!« Er winkt die beiden zu sich und zeigt auf den Bildschirm seines Computers. Die Startseite einer Homepage. Tannengrüner Fond, darauf ein stilisiertes Landhaus. In elegant geschwungener Schrift: *Sportstiftung Hubertushof.* »Gutmenschen«, murmelt Zankl, »freie Kost und Logie für talentierte Jungfußballer aus aller Welt.« Er klickt auf den Reiter *Über uns.* »Professor Dr Herrmann Schimmel ist der erste Vorsitzende. Na ja, das Innenministerium ist ja auch für Sport zuständig. Aber jetzt kommt's! Der Kassenwart heißt … Raffael Stöger!«

»Boh!«, sagt Hummel.

»Jetzt mal ganz platt: Die Kids aus Südamerika oder Afrika, die hierherkommen, sind heilfroh, dass sie ein Dach über dem Kopf haben und Aussicht auf eine Fußballkarriere, ein festes Einkommen. Die machen doch garantiert den Mund nicht auf, wenn ein bisschen Dankbarkeit von ihnen verlangt wird.«

»Das ist doch das Allerletzte!«, schnauft Hummel.

»Wenn da was dran ist«, meint Zankl, »ist es ein richtig starkes Motiv. Auch für Mord. Also im Fall von Stöger. Nehmen wir an, Berti hat durch Zlatan davon erfahren, Didi hat es am Telefon belauscht und Stöger damit konfrontiert, plötzlich, beim gemeinsamen Abendessen.«

»Aber warum?«, fragt Mader.

»Um den lästigen Berater loszuwerden. Stögers Konditionen scheinen nicht die besten zu sein. Und dann ist die Sache eskaliert.«

»Und Djuvic? Der war ja das erste Opfer.«

»Na ja, er war ja dick mit Zlatan, der die ganzen Jobs für Stöger gemacht hat«, meint Zankl. »Lucky braucht wie so oft Geld, wittert seine Chance, erpresst Stöger, und schon ist in seiner Trinkflasche ein tödlicher Cocktail.«

Mader ist nicht überzeugt. »Überschätzen wir Stöger da nicht? Missbrauch und dreifacher Mord?«

»Eine Spirale der Gewalt«, orakelt Hummel.

»Das ist kein Krimi, Hummel!«

Zankl zuckt mit den Achseln. »Jetzt kommen wir aber noch mal auf Stöger, Schimmel und die Stiftung zurück. Stöger macht das Praktische, Schimmel und wer weiß noch vergehen sich an den Jungs.«

»Und was ist mit diesen Waffengeschichten?«, fragt Mader.

»Da kommt Mirko ins Spiel. Schimmel macht beruflich gerade sein Meisterstück – diese Sicherheitskonferenz. Bei der geht es neben aller Politik vor allem um Waffengeschäfte, das Geschäftsfeld von Mirko Djuvic.«

Hummel setzt Zankls Gedanken fort: »Aber mit dem Tod von Lucky Djuvic geraten die Dinge außer Kontrolle. Schimmel befürchtet das zumindest. Er schickt uns seinen Sohn, damit der ein Auge drauf hat, wie und was wir ermitteln. Falls wir in Luckys dunkler Vergangenheit etwas finden, was auf die Verbindung von Mirko und ihn hindeuten könnte, soll Marlon das in eine andere Richtung lenken. Oder ihn zumindest informieren.«

Zankl schnauft auf. »Marlon war von Anfang an in alle unsere Aktivitäten involviert.«

»Und dann ist da auch noch die Geschichte mit Dosi«, ergänzt Hummel.

»Sie glauben nicht an einen Unfall«, sagt Mader.

»Der Behälter für die Bremsflüssigkeit hat einen Riss!«

»Das kann beim Unfall passiert sein.«

»Ober absichtlich beschädigt. Marlon hat mitbekommen, dass Dosi von Zlatans Navi weiß, und räumt sie aus dem Weg. Das Navi wäre Gold wert gewesen. Da waren bestimmt Zlatans Fahrtstrecken eingespeichert, die uns mehr über die ganzen Machenschaften von Zlatan, Stöger und Professor Schimmel verraten hätten.«

Mader ist skeptisch. »Marlon erschießt Zlatan und schnappt sich sein Navi?!«

»Verhören wir ihn doch!«, sagt Hummel.

»Geht nicht. Das BKA hat ihn abgezogen. Das wäre ein Fall für die interne Ermittlung. Aber das bringt eh nichts. Das Navi ist doch inzwischen garantiert fachgerecht entsorgt.«

»Marlon ist ein Arsch, aber kein Killer«, meint Zankl. »Es ist viel wahrscheinlicher, dass Mirko Zlatan auf dem Gewissen hat, weil der nicht auf seinen kleinen Bruder aufgepasst hat.«

»Puh, das Ganze ist eine einzige Verschwörung!«, stöhnt Hummel. »Wir haben nichts Handfestes. Mirko wird vom BKA verhört. Und Marlon ist von denselben Jungs abgezogen worden.«

»Ja, super ist das«, sagt Zankl. »Wenn es um Waffenhandel geht, dann ist das ein Job für das BKA. Oder gleich für den Staatsschutz. Und der kontrolliert sich sozusagen selbst. Und der Schimmel ist als Politiker immun.«

»Wir müssten Schimmels Glaubwürdigkeit erschüttern«, sagt Mader. »Damit seine Immunität aufgehoben wird. Vielleicht ist tatsächlich diese Stiftung der Schlüssel dazu. Wir stecken es dem Jugendamt, und die sollen eine Routinekontrolle im *Hubertushof* machen. Gleich heute noch. Und Sie beide gehen mit und sehen sich dort um.«

KONTRASTPROGRAMM

Günther parkt vor Nerlingers Haus. Sein Magen knurrt. 9 Uhr. Nach einiger Zeit erscheint ein Mann in der Haustür, küsst seine Frau und springt die drei Treppen vor dem Eingang herunter. Sehr dynamisch. Das muss Nerlinger sein. Günther folgt Nerlingers Mercedes in die Stadt. Erst Büro, dann Mittag mit einem Kollegen, ein Gerichtstermin am Nachmittag, gegen Abend geht es in Richtung Universität. Viel Verkehr.

Bald versteht Günther, wohin Nerlinger will. Wie so viele andere Menschen zu dieser Zeit. Zu einem Fußballspiel des Jahn Regensburg. Nerlinger wartet vor dem Stadioneinlass. Auf wen? Ein Mann geht auf ihn zu. Günther pfeift durch die Zähne. Stöger, der Spielerberater, der Didi Schosser betreut hat. Die beiden unterhalten sich angeregt. Interessante Kombination, denkt Günther. Auch mit Stögers Schützlingen, die er da im Schlepptau hat. Auf den Hotelfotos war das Gesicht des jungen Mannes nicht zu erkennen, aber Günther ist sich sicher, dass auch dieser aus Stögers Stall kommt. Wie ist Nerlinger auf diese merkwürdige Erpressungsidee gekommen? Ob Nerlinger eigentlich auch Stögers Anwalt ist? Gut möglich. Jedenfalls haben die beiden offenbar viel zu bereden. Sie verschwinden mit den Menschenmassen im Stadion. Folgen kann Günther ihnen nicht. Das Spiel ist restlos ausverkauft. Aber Günther hat genug gesehen. Er freut sich schon darauf, Mader Bericht erstatten zu können von seinem erlebnisreichen Ausflug in die Oberpfalz.

ZERKNIRSCHT

Günthers Regensburger Vorfreude weicht Münchner Enttäuschung. Nicht, weil Mader wegen des Anwalts gestern Nacht bereits von der Verbindung Stöger–Nerlinger weiß, nein, er ist enttäuscht, dass Maders Leute Stöger und Zahnfeld gestern Abend ohne hinreichenden Tatverdacht verhaftet und sich mit dieser Aktion beim Haftrichter blamiert haben.

»Wie sieht das denn aus?«, fragt er genervt. »Nach polizeilicher Willkür.«

Mader tat es tatsächlich leid, Günther so zu enttäuschen, aber er hat gute Gründe dafür, wie er Günther jetzt darstellt. Er berichtet ihm von der *Stiftung Hubertushof,* bei der Schimmel und Stöger im Vorstand sitzen, und dass die Leute vom Jugendamt in dem Landhaus bei Sauerlach gewesen waren. »In den Duschen haben sie zwei versteckte Überwachungskameras gefunden.«

Günther nickt betreten. »Ich frage Sie jetzt nicht, wie das Jugendamt auf die Idee kam, das Wohnheim zu überprüfen.«

»Danke. Die Einrichtung wurde jedenfalls sofort geschlossen. Immerhin konnten wir die Leute vom Jugendamt überzeugen, als offiziellen Schließungsgrund Verdacht auf Legionellenbefall anzugeben. Stöger und Schimmel wissen jetzt sicher schon Bescheid.«

»Was ist mit den Jugendlichen?«, fragt Günther.

»Die Jungs sind in einer Pension in der Nähe untergebracht worden. Videos haben wir bislang nicht. Aber man

275

braucht ja nicht allzu viel Fantasie. Warum sollte jemand die Burschen in der Dusche filmen?«

»Damit sie da keinen Unsinn machen?«, sagt Günther schwach. »Werden die Jungen befragt, ob …?«

»Das Jugendamt hat für so was seine eigenen Leute.«

»Und jetzt?«

»Die Stiftungsleute kennen den wahren Grund für die Hausschließung nicht. Wenn es weiteres belastendes Material wie Videos oder Aufnahmegeräte gibt, dann werden sie versuchen, es sich zu holen und verschwinden zu lassen, bevor sich das Jugendamt das Haus genauer anschaut. Und dann schlagen wir zu.«

Günther nickt apathisch. »Ich veranlasse alle Nötige beim Staatsanwalt. Was machen wir jetzt mit Peter Nerlinger wegen der Fotos im Hotel?«

»Wir vergessen es«, sagt Mader.

»Wie bitte?«

»Es gibt nicht mal eine explizite Erpressung.«

»Es geht mindestens um das Vortäuschen einer Straftat, um Sex mit Minderjährigen!«

Mader schüttelt den Kopf.

»Mader, was ist los? Ist es wegen dieser Monika?«

»Nein. Oder vielleicht. Aber ich will das für Peter Nerlinger in der Schwebe halten. Der würde sich im Zweifelsfall doch eh rauswinden. Mir geht es auch um seinen Vater. Wenn der alte Nerlinger eine Mitschuld am Tod meines Vaters hat, dann wird er bis ans Ende seiner Tage daran tragen. Ich hab ihm in die Augen gesehen. Der alte Herr findet keinen Frieden.«

»Mader, Sie reden wie in einem dieser elenden Vorabendfilme. Wenn das so wäre, dann bräuchten wir gar nicht mehr zu arbeiten.«

276

NICHT BEGEISTERT

Schimmel überlegt fieberhaft. Mirko wird dichthalten. Und dann basteln sie ihm eine V-Mann-Geschichte. Er ist so nah dran an dem Deal. Das Geschäftliche muss geregelt sein, bevor das Gesetz verabschiedet wird. Denn spätestens dann kommen auch andere auf die Idee, so offensiv in den Waffenhandel einzusteigen. Sie müssen das Marktsegment jetzt besetzen. Noch sind die Kunden hier, sie wollen die Ware sehen. »Ich zieh das durch!«, zischt Schimmel.

Aber jetzt hat er noch ein anderes Problem. Ärger mit der Stiftung. Hygiene – als ob es nichts Wichtigeres gibt! Obwohl – das ist wichtig. Die vom Jugendamt können richtig ekelhaft sein. Das muss er regeln. Er greift zum Telefon.

AUGUSTINER

»Hi, Fränki«, meldet sich Zankl, als er ans Handy geht.

»Hi, Zankl«, sagt Fränki. »Sitzt du?«

»Zwangsläufig, ich bin im Auto.«

»Fahr rechts ran.«

»Ich hab 'ne Freisprechanlage.«

»Fahr rechts ran!«

Zankl fährt in eine Parkbucht. Stellt den Motor ab. »Ist was mit Dosi? Ist was passiert?«

»Nein, Dosi geht's super. Also den Umständen entsprechend.«

»Aber?«

»Wir ha-ben ge-won-nen!«

»Was haben wir gewonnen?«

»Dein Tipp. Düsseldorf gegen Bochum. 3:0. Das Spiel ist gerade vorbei.«

»Ja, und?«

»3:0. Wie von dir vorausgesagt. Unser Einsatz!«

»Ach du Scheiße! Wie viel?«

»Neunzehntausendsechshundert Euro!«

»Neunzehntausendsechshundert!« Zankl schlägt aufs Lenkrad. Die Hupe dröhnt. »Wie geil ist das denn?! Neunzehntausendsechshundert! Fast zwanzigtausend Euro! Das sind für jeden ...«

»Fast zehntausend. Genau: neuntausendachthundert, Zankl! Neuntausendachthundert für jeden von uns! Neuntausendachthundert Euro! Das sind fast zehntausend Euro! Das ist so was von geil! Ich kauf mir 'ne neue Maschine. Und du?«

»Weiß noch nicht.«

»Das müssen wir feiern! Wo bist du?«

»Ich muss noch arbeiten.«

»Jetzt noch? Egal. Ruf mich hinterher an. Neunzehntausendsechshundert Euro! Das ist der Wahnsinn! Komm nachher einfach vorbei. Ich hab 'nen Kasten Augustiner hier.«

Zankl legt auf und grinst breit. Sieht in den Rückspiegel. Dort sieht er ein großes Fragezeichen in seinem Gesicht. Hinter dem breiten Grinsen. Er flucht und murmelt: »Oh Mann, das geht gar nicht! Ein belauschtes Gespräch, ein verschobenes Spiel. Und wir haben nichts Besseres zu tun, als Geld zu setzen. Das ist sowas von illegal. Das geht eigentlich überhaupt nicht. Oder?«

Wieder klingelt das Telefon. »Fränki, ich ...«

»Ich bin's, Dr. Günther. Sind Sie auf Position?«

»Äh, gleich. Viel Verkehr. Fünf Minuten. Ich meld mich.«

Zankl lässt den Wagen an und schafft es noch bei Gelb über die Ampel an der Widenmayerstraße. Der Friedensengel strahlt golden in der Dunkelheit. Zankl sieht schuldbewusst zu ihm hoch. Du siehst alles, denkt Zankl, und sagst es deinem Chef. Dann lacht er trotzig. *Vielleicht aber auch nicht.*

POSITION

Stockfinstere Nacht. Der *Hubertushof* ist kaum zu erkennen. Der Mond verbirgt sich hinter einer dichten Wolkenbank. Günther hat es sich nicht nehmen lassen, Mader zu begleiten. Das SEK ist rund um den Hof verteilt, unsichtbar. Bajazzo schlummert im Fußraum des Dienst-BMWs.

»Hummel und Zankl sind auf ihren Posten?«, fragt Günther.

»Hummel steht vor Stögers Haus in Harlaching und Zankl vor dem Hotel Prinzregent, wo Schimmel wohnt.«

Der Mond kommt hinter den Wolken hervor. Erleuchtet das stattliche Forsthaus, das zuvor nur ein dunkler Scherenschnitt gewesen war. Das verwinkelte Gebäude wirkt fast märchenhaft. Keiner würde sich wundern, wenn jetzt eine Hexe auf ihrem Besen vorbeizischen würde.

Motorengeräusche. Ein Scheinwerfer tanzt durch den Wald. Ein Motorrad schießt über die Kuppe. Bremst scharf. Das Bollern erstirbt. Helm ab. Blonde Haare im Mondlicht. »Marlon Schimmel«, murmelt Mader. »So sieht man sich wieder. Unser Mann beim BKA.« Dann sagt er ins Headset: »Kein Zugriff. Auf Position bleiben!«

Hummel meldet sich: »Stöger fährt los, ich folge ihm.«

Mader ruft Zankl an.

»Nichts Neues«, lautet Zankls Auskunft.

Mader und Günther beobachten das Forsthaus. Marlon knipst drinnen ungeniert das Licht an. Sie sehen, wie er den Speisesaal durchquert, das Büro des Heimleiters betritt.

»Sollen wir ihn da drinnen einfach machen lassen?«, fragt Günther. »Am Ende beseitigt er Beweismittel.«

»Wir warten. Wenn es belastende Dinge gibt, dann ist es gut versteckt. Die Spurensicherung hat nichts gefunden.«

Zankl meldet sich aus München: »Schimmel ist in der Hotellobby. Jetzt kommt Stöger dazu. Sie reden. Schimmel sieht erregt aus, er gestikuliert wild. Stöger geht wieder. Hummel bleibt an ihm dran.«

»Und Schimmel?«

»Ist zum Lift. Ich bleib hier vor dem Hotel.«

Mader und Günther sehen wieder zu dem Forsthaus. Festbeleuchtung. Nun auch im ersten Stock. Marlon sehen sie nicht.

»Wo ist er?«, fragt Günther ungeduldig.

»Das möchte ich auch wissen«, sagt Mader, gibt Günther das Handy und huscht zum Hof hinüber. Er horcht an der Haustür und schlüpft hinein. Günther sieht Mader den Speisesaal durchqueren, beißt sich auf die Lippe.

Hummel meldet sich: »Stöger fährt in Richtung Sauerlach.«

»Wo genau sind Sie?«

»Grünwald, Bavaria-Gelände.«

Günther sieht beunruhigt zu dem Haus. Nun gut, das SEK kann einschreiten, falls Mader immer noch im Haus ist, wenn Stöger vorfährt. Er wartet. Schon bald sind die Lichtkegel im Wald zu sehen. Höchstens noch ein Kilometer.

»Bereithalten!«, sagt Günther in sein Headset. fünfhundert

Meter. Vierhundert. Dreihundert. »Achtung!« Jetzt öffnet sich die Tür. Mader. »Kein Zugriff!«, zischt Günther. Mader sieht die Lichter. Letzte Kurve, gleich erfassen sie ihn. Er taucht ab in die Dunkelheit.

Stögers Auto kommt mit einer scharfen Bremsung auf dem Kies zum Stehen. Stöger steigt aus und verschwindet im Haus.

Mader ist wieder bei Günther.

»Und, wo ist Marlon?«, fragt Günther.

»Auf dem Speicher.«

»Was macht er da?«

»Ich weiß es nicht.« Er dreht sich um. »Huber, haben wir jetzt Ton?«

Huber reicht ihnen Kopfhörer.

»Marlon?«, hört man Stögers Stimme.

»Hier oben. Ich komm runter.«

»Und?«

»Alles geregelt.«

Kruschelgeräusche. Dann Stille.

»Wo ist das Ding, Marlon?«

»Hier. Halt mal.«

»Da ist ja das gute Stück.«

»Zugriff!«, sagt Günther.

Scheinwerfer flammen auf. Günther nimmt das Megafon. »Das Haus ist umstellt! Kommen Sie mit erhobenen Händen heraus!«

Nichts passiert. Günther wiederholt seine Ansage. Sie warten. Endlich öffnet sich die Tür. Marlon und Stöger kommen mit erhobenen Händen heraus.

»Hier rüber!«, weist Günther sie an. In diesem Moment gibt es einen Riesenknall, Glas platzt, alle werfen sich zu Boden. Flammen schlagen aus dem oberen Stockwerk.

NICHTS

Präsidium. Günthers Büro. Mader regt sich auf: »Wir haben nichts, gar nichts. Ich hab's vermasselt. Wir hätten gleich reingehen müssen! Wir hätten das Zeug finden müssen! Jetzt erzählen die was von einem defekten Kerosinofen.«

Günther ist erstaunlich entspannt. »Gut, dass wir da nicht reingegangen sind. Sonst wäre uns der Laden um die Ohren geflogen.«

»Trotzdem. Verdammt noch mal!«

»Mader, beruhigen Sie sich! Wir kriegen die!«

»Nichts kriegen wir. Das Haus ist komplett ausgebrannt. Dreißig Minuten hat die Feuerwehr bis da raus gebraucht. Da finden wir nichts mehr. Wir können die beiden maximal vierundzwanzig Stunden festhalten. Ihr Anwalt ist auf dem Weg. Scheiße!«

»Welch grobes Wort aus Ihrem Mund.«

»Muss auch mal sein.«

»Noch ist nicht aller Tage Abend«, sagt Günther. »Ich bestell Professor Schimmel her.«

»Damit er uns die Ohren lang zieht?«

»Wir werden sehen.«

»Was ist mit Hummel und Zankl?«

»Können ins Bett. Den Rest schaffen wir zu zweit.«

SPIELZEUG

Keine halbe Stunde später betritt Mader wieder Dr. Günthers Büro. Günther sitzt an seinem Schreibtisch und spielt mit seinem iPad mini. »Er ist da«, sagt Mader. »Unten am Empfang.«

Günther fährt weiter über das Glas seines Tablets. »Stöger und Marlon sind noch in U-Haft?«

»Nicht mehr lange vermutlich.«

»Dann pack ma's.«

Sie gehen nach unten zum Empfang.

»Mensch, Herrmann«, begrüßt Dr. Günther seinen Freund, »tut mir leid, dass wir dich aus dem Bett geholt haben.«

»Was ist mit Marlon? Hat er was Dummes gemacht?«

»Das wissen wir noch nicht. Kennst du den *Hubertushof*?«

»Aber natürlich. Das ist unsere Sportstiftung.«

»Marlon war da draußen.«

»Ja, er sollte da nach dem Rechten sehen. Irgendein Hygieneproblem. Angeblich Legionellen.«

Günther nickt. »Und Stöger?«

»Er hat mich heute Abend im Hotel informiert. Ich habe ihn zusammengefaltet. Es geht nicht, dass es da Probleme mit der Hygiene gibt. Wir haben eine Fürsorgepflicht! Er sollte sich das mit Marlon ansehen. Auch ob sonst alles in Ordnung ist. Man kann so einen Laden ja nicht auf einen Schlag dichtmachen. Kühlschränke, Heizung, das alles. Aber jetzt sag mir endlich, was passiert ist – was ist mit Marlon?«

»Marlon geht's gut. Aber das Haus ist abgebrannt.«

»Mein Gott! Was ist passiert?«

»Offenbar ein defekter Kerosinofen.«

»Gott sei Dank war das Haus leer!«

Günther lächelt. »Es sieht aus, als hätten die beiden den Brand verursacht.«

»Ich verstehe nicht?«

»Wir auch nicht. Ist jedenfalls alles in Schutt und Asche.«

»Ist Marlon etwas passiert? Wo ist er?«

»In U-Haft.«

»In U-Haft! Bist du wahnsinnig?«

»Der Staatsanwalt hat das angeordnet.«

»Dem reiß ich den Arsch auf! Dem hetz ich meine Beamten auf den Hals! Nein, das mach ich höchstpersönlich. Ich will jetzt sofort zu Marlon!«

Sie begleiten ihn nach unten zu den Arrestzellen. Günther setzt Schimmel in einen der Verhörräume. »Warte bitte kurz hier«, sagt er und verlässt mit Mader den Raum.

»Warum ist es so heiß da drin?«, fragt Mader.

»Wir kochen ihn weich.«

Mader versteht nur Bahnhof.

Sie gehen den Gang runter und werfen einen Blick in eine der Zellen. Marlon sitzt reglos auf seiner Pritsche. Günther beobachtet ihn.

»Und, holen wir ihn raus?«, fragt Mader.

»Ich hab's mir anders überlegt«, meint Günther fröhlich. »Wir gewähren Professor Schimmel einen Einblick in den bescheidenen Komfort unserer Haftzellen. Außerdem ist es hier nicht ganz so stickig.«

Maders Verwirrung nimmt immer mehr zu.

Günther ist bester Laune. »Kommen Sie!«

Sie betreten wieder das völlig überheizte Verhörzimmer. Schimmel hat das Jackett über den Stuhl gehängt und die obersten Hemdknöpfe geöffnet. »Wo ist Marlon?«, fragt er.

»Du kannst zu ihm in die Zelle. Da seid ihr unter euch. Mader, bitte bringen Sie Professor Schimmel zu seinem Sohn.«

Schimmel steht auf und greift nach seinem Sakko.

Günther winkt ab. »Lass ruhig hängen, ich warte hier.«

Schimmel hängt sein Sakko wieder hin und folgt Mader. Auf dem Gang ruft ein Polizist: »Herr Mader, der Anwalt ist jetzt da!«

»Lassen Sie mich raten – Nerlinger und Kollegen?«, begrüßt Mader den Anwalt.

»Sehr wohl, und Dr. Nerlinger ist nicht sehr erfreut über die Behandlung von Herrn Stöger. Herrn Marlon Schimmel vertreten wir ebenfalls. Was haben Sie sich dabei gedacht? Herr Schimmel ist doch Polizist! Dr. Nerlinger ist sehr aufgebracht.«

»Warum ist er dann nicht selbst gekommen? Na ja, Regensburg ist doch ein bisschen ab vom Schuss. Aber klar, dass er nicht selbst kommt. Wer im Glashaus sitzt, sollte nicht mit Steinen werfen.«

Der Anwalt sieht ihn irritiert an.

Mader lächelt. »Richten Sie ihm bitte aus, dass wir über Zimmer 14 Bescheid wissen. So, Sie haben was Schriftliches?«

Der Anwalt reicht ihm ein Blatt Papier. »Da kommt was auf Sie zu. Setzen Sie meine Mandanten sofort auf freien Fuß!«

Dass Dr. Günther sich so gar nicht aus dem Verhörzimmer herausbemüht, findet Mader merkwürdig. Er muss doch hören, was auf dem Gang los ist? Im Schein der grellen Neonröhre liest Mader den juristischen Schriftsatz. *Sofort auf freien Fuß zu setzen,* lautet die Kernbotschaft. »Kommen Sie bitte mit«, sagt Mader und betritt mit dem Anwalt und

Professor Schimmel wieder das überheizte Verhörzimmer. Günther sitzt am Tisch und spielt mit dem iPad mini. Mader fallen fast die Augen raus. Geht's denn noch? Er räuspert sich.

Erstaunt blickt Günther auf. Lässt sich das Schriftstück geben. Liest es aufmerksam. »Ja, genau, so ist es«, murmelt er. »Aber so einfach auch wieder nicht.«

Professor Schimmel kocht. »Gisbert, das wird ein Nachspiel haben!«

Günther schüttelt den Kopf. »Herrmann, ich glaub, du hast einen Termin vergessen.«

»Was für einen Termin?«

»Jetzt gleich. Ein sehr wichtiger Termin. Schreibst du dir so was nicht auf?«

Schimmel geht zu dem Stuhl und greift genervt in die Innentasche des Sakkos. Holt sein iPad heraus. Wischt über das Zahlenfeld. Nichts. Tippt seinen Code ein. Nichts. Er versucht es nochmals. Diesmal mit Fingerprint. Nichts.

»Technik ist manchmal unzuverlässig«, sagt Günther und drückt auf das Display seines iPads. Das Rauschen von Wasser ist zu hören. Er dreht das iPad so, dass es alle sehen können: nackte Knaben unter der Dusche.

Schimmels Gesichtszüge erstarren.

»Bringen Sie ihn in Zelle 4«, weist Günther den Beamten an der Tür an.

Der Anwalt will etwas sagen, aber Günther hebt warnend den Finger.

286

GESCHÄFT

Mader setzt sich. »Respekt, Dr. Günther. Woher hatten Sie den Code?«

»Tja, man kann nicht vorsichtig genug sein, wenn man mit seinem elektronischen Spielzeug angibt. Schimmel war so stolz auf sein Tablet. ›Das ist mein ganzes Büro. Und meine Fotos, meine Videos.‹ Komisch, dass er lieber den Code als den Fingerscan benutzt. Unser Glück. Ein Mann, der alles Wichtige im Griff hat. Beruflich und privat. Hat mich schwer beeindruckt. In einem schwachen Moment.«

»Meinen Sie, es geht nur um Filme oder um mehr?«

»Ich weiß es nicht. Missbrauch ist es in jedem Fall. Aber das ist nicht unser Job. Jedenfalls haben wir jetzt etwas gegen Schimmel in der Hand. Ich kann mir vorstellen, dass Schimmel versuchen wird, alles auf Stöger zu schieben, um irgendwie aus der Nummer rauszukommen.«

»Für Stöger wird es sowieso eng. Denn das passt alles zum Fall Schosser. Didi Schosser kriegt Wind von Stögers fragwürdigem Stiftungsengagement und setzt ihn unter Druck.«

»Woher wusste Schosser das mit der Stiftung?«

»Ach, das ist jetzt ein bisschen kompliziert. Eine Kettenreaktion. Zankl und Hummel haben es herausbekommen. Schosser wusste es im Prinzip über Lisa, Bertis Freundin. Bei Berti ging ja Zlatan ein und aus. Und Zlatan arbeitete für Stöger, erzählte Berti was über seine Arbeit, und so erfuhr es schließlich Schosser. Irgendwie.«

»Irgendwie. Soso. Kann es sein, dass ich nicht über alle Ermittlungsschritte informiert bin?‹

»Das ist alles taufrisch. Bericht folgt noch.«

»Dann bitte im Detail und wasserdicht.«

»Natürlich. Und diesen Berti knöpfen wir uns noch mal in Ruhe vor. Was mir noch im Kopf rumgeht, das sind diese Waffengeschäfte. Haben Sie da ein Theorie. Dr. Günther?«

»Na ja, bei dieser Sicherheitskonferenz geht es um massive wirtschaftliche Interessen, um millionenschwere Waffengeschäfte. Und da wollen viele mitverdienen. Aber Mirko Djuvic bringt alles ins Rutschen. Er will wissen, wer für den Tod seines Bruders verantwortlich ist. Und, Mader, wer war es? Und warum?«

»Wir haben keinen Anhaltspunkt. Lucky Djuvic hatte Milieukontakte, bestimmt gab es offene Rechnungen, oder es ist wegen seines Bruders Mirko passiert.«

»Hat Mirko Zlatan getötet?«

»Kann sein. Muss aber nicht sein. Jedenfalls hatte Zlatan von Mirko den Auftrag, sich um Lucky Djuvic zu kümmern. Eine alte Kameradschaft aus dem Jugoslawienkrieg. Vielleicht hat Mirko Zlatan für seine Unzuverlässigkeit bestraft.«

Günther nickt. »Und Mirko hat vermutlich mit den Waffengeschäften zu tun, für die auf der Konferenz geworben wurde. Warum sonst hätte Schimmel mir verschwiegen, dass Mirko auf den Überwachungsbildern aus der U-Bahn zu sehen war, als wir wegen der Schießerei im Einsatzzentrum waren. Ich hab die Kollegen noch mal auf die Videos angesetzt. Der eine Typ ist mit hoher Wahrscheinlichkeit dieser Mirko. Ich würde mal behaupten, dass Schimmel ihn vorsätzlich nicht erkannt hat. Was den Verdacht nahelegt, dass Schimmel mit solchen Typen unter einer Decke steckt.«

»Glücklich sehen Sie dabei nicht aus«, sagt Mader mitfühlend.

288

»Ja, ich bin enttäuscht. Persönlich. Schimmel hat eine so glanzvolle Karriere hingelegt. Er ist mein Doktorvater, hat dieses hervorragende Handbuch Kriminologie geschrieben, wird als kommender Innenminister gehandelt. Ich dachte, endlich die richtige Person auf einem so wichtigen Posten. Und dann so was. Hinter der glänzenden Fassade nur Schmutz. Am meisten enttäuscht mich das als Freund. Verstehen Sie das?«

»Ja, das versteh ich, sehr gut sogar.«

»Ich brauch jetzt ein Bier. Kommen Sie mit?«

»Jetzt hat aber nichts mehr offen.«

»Ach, ich kenn da einen Laden. Der hat die ganze Nacht offen.«

BILLIGER

Diego legt Trikot und Hose auf den Tisch in der Mitte des Raums. Dort liegt bereits Didi Schosser, den sie heute aus der Rechtsmedizin bekommen haben. Das Gesicht ist weitgehend unversehrt. Trotz der schrecklichen Verletzungen nach dem Sturz vom Olympiaturm. Und auch der Rest sieht ganz passabel aus.

»Die machen da einen Topjob in der Rechtsmedizin«, lautet Andis Urteil. Die Feinarbeit hat er übernommen. Die ausgeschlagenen Zähne sieht man nicht, weil er den Mund mit ein paar feinen Stichen geschlossen hat. Seine versierte Technik sorgt für ein süffisantes Grinsen, was dem Milchbubi nicht schlecht steht, ihm einen Hauch Männlichkeit verleiht.

»Gut gemacht, Andi«, urteilt Diego, »richtig gut.«

Andi besieht sich das Trikot. »Wo hast du das her, vom Verein?«

»Na, vom Fan-Shop unterm Stachus. Du, des is der Wahnsinn. Fürs Shirt allein zahlst du siebzig Euro! Ich hab's aber billiger bekommen. Der Typ an der Kasse hat nur fünfunddreißig dafür genommen.«

»Der hat gesehen, dass du ein Profi bist, der keine Mondpreise zahlt.«

»Die Hosn und Stuzn warn a billiger. Aber berechnen tun wir dem Miller natürlich den Normalpreis.«

»Logisch.«

»Taschengeld. Halbe-halbe. Wir ham ja noch was aufzuholen nach dem Scheiß-Tipp vom Zlatan.«

»Na ja, der ist ja jetzt aus dem Rennen.«

»Die arme Sau.«

Josef Miller betritt den Raum, sieht sich um. »Wer hat das Trikot besorgt?«

»Ich«, vermeldet Diego stolz.

»Fällt dir irgendwas dran auf?«

»Nein, außer dass wir es diesmal nicht ganz so eng genommen haben. Man muss ja nicht jede Mode mitmachen. Also nicht Robben, eher Müller.«

»Kannst glei umtauschen gehn. Des Trikot is von der letzten Saison. Außerdem auswärts! Des is a Heimspiel! Mei, Burschen!«

»Des merkt doch keiner!«, versucht Andi seinem Kollegen beizuspringen.

»Ja, logisch, wenn ich das schon seh. Ich, der sich einen Scheißdreck für Fußball interessiert. Was sollen dann die vom Verein sagen? Dass ma hier die Sparversion abziehn mit einem Trikot vom letzten Jahr? Beim FC Bayern! Burschen, wenn des ned klappt, dürft's ihr mal bei meinem Bruder in

290

Passau arbeiten. Da weht ein anderer Wind!« Er rauscht zur Tür raus.

»Altes Trikot! Diego, du bist so ein Depp!«

»Selber Depp! Woher soll ich denn das wissen? Ist ja nicht mein Verein.«

»Klar. Und die Sechzger haben immer noch Aston Martin auf der Brust. Oh Mann, jetzt stehen wir wie die Voll-Loser da.«

»Jetzt übertreib mal nicht. Ich denk, der Typ war noch nicht mal richtig bei den Bayern. Hat gerade erst den Vertrag unterschrieben. Kein einziges Spiel hat der für die gemacht, und schon soll er das topaktuellste Trikot kriegen. So ein Scheiß! Was mach ich jetzt, wenn ich das nicht mehr umtauschen kann? Ich hab die Preisschilder schon runtergeschnitten.«

»Dann musst du's selber tragen, du Profi.«

»Ich? FC Bayern? Im Leben nicht! Lieber sterb ich.«

ZUFRIEDEN

»Na, ihr Männer«, grüßt Gesine die drei Kommissare an Maders Besprechungstisch, »wie läuft's so, ohne Dosi?«

»Deprimierend«, sagt Hummel.

Zankl nickt. »Sie wurde gestern obduziert.«

»Was!?«

»Eine fiese Infektion. Diese Krankenhäuser sind die reinsten Keimfabriken.«

»Ihr verarscht mich.«

Mader schüttelt ernst den Kopf. »Es ging ganz schnell.«

»Oh Gott!«

»Ja, alles sehr traurig. Also, wer im Krankenhaus sitzt, soll nicht mit Keimen werfen«, sagt Zankl. »Von dir hätt ich jetzt gern ein Foto, Gesine.«

»Ihr Witzbolde! Was macht's ihr hier? Implosionstheater?«

Hummel grinst. »War Dosis Idee. Damit du dich auch mal bei ihr meldest.«

»Na ja, wenn ich so viel Zeit hätte wie ihr. Wie geht es ihr?«

»Schon wieder viel zu gut. Wir haben gestern telefoniert. Sie machen jetzt Rooming-in. Fränki hat sich das Bett neben ihr geben lassen.«

»Das muss Liebe sein.«

»Und, haben Sie was für uns?«, fragt Mader.

Gesine schüttelt betrübt den Kopf. »Die DNA-Analyse von dem Stofffetzen vom Olympiaturm ist da.«

»Aha. Und?«

»Gehört definitiv zu Schosser. Also nicht zu Stöger.«

»Und die Zigarette?«, fragt Hummel.

»Die habt ihr von Stöger?«

»Ja, logisch. Wenn ich mir was wünschen dürfte, dann wäre an dem Stofffetzen dieselbe DNA wie an der Zigarette.«

»Tja. Keine Hautpartikel oder Haare an dem Stoffrest.«

»Mist!«

»Das wäre auch zu einfach gewesen. Aber ich hab den Kollegen gesagt, dass sie den Stoff mal an das neue Forschungslabor in Nürnberg schicken sollen. Die haben ein ganz neues Verfahren. Sehr genau. Deswegen hat es auch etwas gedauert.« Gesine zieht ein eng bedrucktes Blatt Papier aus ihrer Mappe und reicht es ihnen. Unlesbar. Zahlenkolonnen und Fachchinesisch. Mader erinnert sich an die Fortbildung. An Professor Breitenbach, der von seinen neuen

292

Analysemethoden geschwärmt hat. So ein Wichtigmacher. »Und? Mit welchem Resultat?«, fragt er und schiebt den Bogen zurück.

Gesine zeigt auf zwei Diagramme. »Marginale Schweißspuren. Die nicht von Schosser sind.«

»Von Stöger?«

»Sie sind von derselben Person, die die Zigarette geraucht hat.«

»Jawoll!«, sagt Zankl.

»Das heißt noch gar nichts. Er kann Schossers Hemd auch beim Abendessen berührt haben, bei der Begrüßung. Diese Fußballer umarmen sich doch andauernd oder hauen sich auf die Schulter.« Gesine sieht in die enttäuschten Gesichter der Männer. »Nicht weinen, Jungs! Professor Breitenbachs Verfahren ist so fein, dass er im Schweiß sogar den Stresslevel ablesen kann.«

»Das kann er?«, fragt Mader erstaunt.

»Er sagt es. Wenn der hoch ist, dann wohl kaum wegen einer Begrüßung.«

»Und, wie hoch ist er?«

»Sehr hoch.«

Mader steht auf. »Superarbeit, Frau Doktor. Respekt! Vielen Dank. Zankl und Hummel, Sie knöpfen sich Stöger vor.«

»Zankl, dem Fußballprofi zeig ich, was ein Warmduscher ist. Und wenn es dreimal nur ein Indiz ist, den mischen wir auf!«

»Dann fehlt uns nur noch Marlon.«

»Ja, was wird eigentlich aus dem?«, fragt Hummel.

»Den übernimmt die interne Ermittlung«, sagt Mader. »Bis die Untersuchung beginnt, ist er vom Dienst suspendiert.«

»Heißt das, dass er frei rumläuft!?«, empört sich Zankl.

»Zankl, das ist nicht mehr unser Job! Die Kollegen machen das schon.«

Maders Antwort befriedigt Zankl nicht wirklich.

VORFAHRT

»Ja, was dauert denn da so lange?«, mosert Andi, als Diego mit gehöriger Verspätung ins Bestattungsinstitut kommt.

»Du bist gut. Kann ich was dafür, dass die U-Bahn stehen bleibt. Mitten im Tunnel.«

»Ja, wo denn sonst?«

»An einer Station vielleicht?«

»Das ist auch ein Tunnel.«

»Oh, der Herr haben einen Clown gefrühstückt?«

»Diego, sag halt einfach, dass du verschlafen hast.«

»Ich war bis 3 Uhr früh hier und hab die Sachen zusammengebaut.«

»Und? Funktioniert's?«

»Ja, logisch funktioniert's. Technik vom Feinsten. Der Gerd vom *Technoland* hat gesagt, wir müssen nur aufpassen, dass wir die Knöpfchen in der richtigen Reihenfolge drücken. Sonst ist die Überraschung futsch. Und das Drama im Arsch.«

»Die Dramaturgie.«

»Sag ich doch.«

Andi macht Anstalten, den Sarg noch mal zu öffnen.

»Tust du die Finger weg!«

»Warum?«

»Wegen dem Drama.«

»Alles klar. Hauptsache aktuellstes Trikot. Dann laden wir den Guten mal ins Auto. Ist ja nur ein Katzensprung.«

Sie schieben den Sarg vom Rollwagen auf die Ladefläche ihres Mercedes Kombi. Andi steckt sich noch eine Zigarette an, und Diego geht sich umziehen.

Kurz darauf ist Diego wieder da. Grauer Anzug und Sechzger-Schal um den Hals.

»Du hast sie nicht alle«, sagt Andi.

»Wieso? Bringt ein bisschen Farbe ins Spiel.«

»Das machst du nicht. Die Roten flippen aus, wenn du mit einem Löwenschal aufläufst!«

»Sonst bist du doch der große Schalträger!«

»Aber doch nicht im Dienst. Wir sind die Neutralen, die Grauen, die du eigentlich gar nicht siehst, die hinter den Fäden die Kulissen ziehen.«

»Hä?«

»Außerdem ist da bestimmt auch Presse. Wir bleiben im Hintergrund.«

»Meinst du echt, dass wer von der Zeitung kommt?«

»Logisch, wenn da die ganzen Kicker antanzen.«

»Der Müller, der Kimmich, der Neuer. Die werden Augen machen. Du, das Drama ist wirklich super. Vom Feinsten.«

»Jetzt komm endlich.« Andi wirft seine Zigarette weg und steigt ein.

Diego klettert auf den Beifahrersitz. »Okay, Andi, los geht's!«

Mit quietschenden Reifen verlassen sie den Giesinger Hinterhof und kollidieren draußen fast mit einer Trambahn. »Kann der Arsch nicht aufpassen!«, flucht Andi und steigt aufs Gas. Er biegt in die Tegernseer Landstraße.

»Wo willst du eigentlich hin?«, fragt Diego.

»Säbener Straße.«

»Was faselst du? Wir müssen nur zum Ostfriedhof rüber.«

»Hä, ich denk, wir machen das bei denen? So wie in Aichach, das ist doch die Idee von dem Ganzen.«

»Nein, das war die Idee vom Miller. Aber die vom FC Bayern haben gesagt, das bringt schlechtes Karma, wenn man das im Vereinsheim macht.«

»Die wissen auch nicht, was sie wollen.«

»Doch, 'ne geile Bestattung.«

»Und die bekommen sie!« Andi wendet auf der Straße, ein entgegenkommendes Auto kann gerade noch bremsen. »Vorfahrt, du Depp!«, ruft Andi. Diego lacht. Sie preschen die Straße zurück.

Bei den Aussegnungshallen steht bereits eine stattliche Menschenmenge.

»Kommen die alle wegen dem Schosser?«, fragt Diego, als sich das Meer teilt, um den Leichenwagen durchzulassen.

»Schaut so aus. Irgendwelche bekannten Gesichter?«, fragt Andi.

»Des könnte grad der Beckenbauer gewesen sein. Und der Neuer«, sagt Diego und lässt seinen Blick durch die Menge schweifen. »Aber ich bin mir nicht sicher. So ohne Trikot erkennst du ja gar keinen. Da schauen die aus wie Hinz und Kunz.«

»Sans aber ned. Hast du gelesen, was der Neuer im Jahr verdient?«

»Ich möcht's gar ned wissen. Aber wenn die kein Trikot anhaben, schauen die aus wie du und ich. Sonst ist es ja umgekehrt. Also, bei den Fans. Wenn ich mein Sechzger-Trikot anhab, dann …«

»Hast du immer noch eine Riesenwampe«, vollendet Andi den Satz. »Dich erkennt jeder. So dicke Fußballer gibt's nämlich nicht.«

»Du Zipfel, pass lieber auf …!«

296

Knirschend schmiegt sich der vordere rechte Kotflügel an einen Betonpoller.

»Verdammte Scheiße!«, flucht Andi.

»Mei, du und Autofahren.«

»Wer redet denn die ganze Zeit auf mich ein?«

»Bin ich jetzt vielleicht schuld, oder was?«

Andi ist gehörig genervt und parkt den Wagen beim Hintereingang der Aussegnungshallen. Sofort stürmt ein Friedhofsangestellter zu ihnen. »Mei, wo bleibt's ihr denn?«

»Ja mei, wo werden wir bleiben? Ist halt ein Wahnsinnsverkehr in Giesing.«

Im Nu sind drei weitere Kollegen da. Sie öffnen die Heckklappe, laden den Sarg auf ihren Rollwagen und verschwinden damit im Gebäude.

»So, des hätt ma«, sagt Andi und steckt sich eine Zigarette an.

»Von wegen«, meint Diego und hält die Fernbedienung hoch. »Von selber geht des ned.«

»Geh scho vor, I rauch noch aus.«

BLING-BLING

Als Andi nach erfolgreicher Nikotinaufnahme ins Friedhofsgebäude geht, sieht er tatsächlich Franz Beckenbauer. Der huscht wie ein Salamander in die vordere Aussegnungshalle. Andi folgt ihm und drückt sich in die letzte Reihe. Sieht sich um. Wow! Die Bayern-Granden sind alle da. Bosse und Spieler. Und er mitten drin. Und wo ist Diego? Aber kein Wunder, dass er Diego nicht sieht. Sie sind ja die Typen, die im Hintergrund die Fäden ziehen.

Jetzt ist er sehr gespannt, was sich Diego ausgedacht hat. So eventmäßig. Ja, darin sind sie inzwischen richtig gut. Bei Fußballbegräbnissen macht ihnen keiner was vor. Miller hat gesagt, dass sie auch den Zlatan bekommen. Den Deppen. »Aber über Tote sagt man nichts Schlechtes!« Devise von Miller. Genauso wie: »Jeder Kunde ist ein guter Kunde.« Auch Zlatan wird bei ihnen eine ansprechende Trauerfeier bekommen. Logisch. Bisschen Las-Vegas-Style, so bling-bling, schwarz-goldener Trainingsanzug. So wie er halt war – halbseiden.

Ah, jetzt sieht er auch Miller. Er will ihm winken, aber Miller konzentriert sich ganz auf den schwarz glänzenden Sarg. Der kaum zu erkennen ist im Dschungel von Blumen und Kränzen und Schleifen und Vereinswimpeln. Komisch, denkt Andi, der Schosser soll doch im offenen Sarg liegen? Im aktuellen Heimtrikot, damit ihn jeder sehen kann und man ihn so in Erinnerung behält, wie man ihn vom Platz kennt. Eigentlich ein Witz, denn der Typ hat kein einziges Spiel für die Bayern absolviert. Und dafür der ganze Aufriss mit den Klamotten und den Umbauten. Und jetzt ist die Kiste zu. Aber vielleicht gehört das alles ja zum ›Drama‹, wie Diego gesagt hat. Natürlich! Sonst hätte er ja auch nicht ewig mit dem elektrischen Türöffner herumexperimentiert. Diego hat von einer Überraschung gesprochen. Wäre der Sarg schon offen, gäbe es ja keine mehr. Der Diego!

Andi denkt wieder an die desolate Leiche und ist stolz darauf, wie toll sie ihn noch zurechtgemacht haben. Der wird einen guten Eindruck hinterlassen. Er lehnt sich zurück.

OBERLICHT

Diego sieht zum Sarg. Gleich kommt der große Moment. Schossers ultimativer Auftritt. Da werden die Bayern-Granden Augen machen. Er ist allerdings auch ein bisschen enttäuscht. Er hätte schwören können, vorhin draußen den Beckenbauer gesehen zu haben. Hier sieht er ihn nicht. Von den anderen Promis entdeckt er ebenfalls keinen. Aber es sind auch sehr viele Menschen im Raum. Und in den schwarzen Anzügen und Kostümen sehen sich alle sehr ähnlich. Den Müller oder den Hoeneß hätte er schon mal gern live gesehen. Vielleicht ist aber nur seine Kurzsichtigkeit schuld daran, dass er niemanden erkennt? Deswegen hat er sich ja auch weit vorne hingesetzt. Damit er gut auf die Bühne sehen kann. Und wo bleibt Andi? Diego sieht zum Eingang. Verdammt, am Ende steht der immer noch draußen und raucht. Und verpasst seine Show! Aber wenn der Herr nicht will, bitte schön. Dann wird eben nur er bei Miller die Lorbeeren für die Show einheimsen. Millers Geschäftsidee findet er wirklich großartig. Er hat die ersten Entwürfe für die neue Website gesehen. Sieht aus wie der Online-Shop von Aldi oder Tchibo. Gar nicht mehr diese kümmerlichen Beerdigungsfarben. Richtig knallig. »Da kann man auch Sargplus-Produkte verkaufen«, hat Miller gesagt. »Raumspray, Duftkerzen, CDs ...« Wo ist Miller eigentlich? Den sieht Diego ebenfalls nicht. Mist, er braucht wirklich eine Brille. Diego gähnt. Boh, ist er müde. Zwei Plätze weiter links döst ein großer Schäferhund. Du hast es gut!, denkt Diego und gähnt noch mal. Der Schäferhund hebt den Kopf und sieht ihn interessiert an. Dann legt er den Kopf wieder auf die Pfoten.

Diego ist warm. Und er ist müde. Seine Augen schließen sich ganz langsam. Nur einen Moment. Er sieht es genau vor sich, hört es: feierliche Musik, ein Strahlen im ganzen Raum, das Dach des Saals öffnet sich, gibt den Blick frei in den kristallblauen Giesinger Himmel. Nur ein kleines Feder- wölkchen. Ganz klein, ganz leicht. Dort oben sitzt der Herr- gott, unsichtbar in seinem Wattebäuschchen – bestimmt auch ein Sechzger-Fan –, und blickt voller Wohlgefallen auf seine Erdenbürger hinab. Auch auf ihn, Diego – ein kleines Lichtlein, aber mit so vielen unerkannten Talenten, mit einer so kreativen Ader, die bislang im Verborgenen geschlum- mert hat und erst jetzt so richtig zum Leben erwacht. Der Herrgott hat noch große Pläne für Diego, der auf dem bes- ten Weg ist, ein Großmeister der Inszenierung des letzten Akts auf Erden zu werden. Und dieser letzte Akt soll nicht traurig, düster sein, sondern hell und fröhlich. Es geht nicht mehr ums Dahinscheiden, das Weggleiten in die Dunkelheit, es geht um den Aufbruch in andere Gefilde, in himmlische Sphären. Dahin, wo es hell ist.

Gottes liebendes Auge schickt einen warmen Strahl auf Diego. Dieser kitzelt Diego in der Nase, er blinzelt, schlägt die Augen auf. Ja, eins der Oberlichter lässt einen Sonnen- strahl ein, direkt auf sein Gesicht. Diego kneift die Augen zusammen, erhebt sich mit den anderen, denn gerade tritt der Pfarrer hinter sein Pult. Beim Aufstehen rutscht Diego die Fernbedienung vom Schoß. Sie klickert auf den Steinbo- den. Als er sich bückt, um sie aufzuheben, sieht er in die schwarzen Augen des Schäferhunds. Die Fernbedienung ist schon in seinem Maul. »Danke, Waldi«, flüstert Diego freundlich und greift nach der Fernbedienung. Doch Waldi denkt gar nicht daran, sein Beutestück dem netten Herrn zu überlassen, sondern verschwindet damit nach links in der Bankreihe. Diego stöhnt, zögert kurz, dann drängt er sich durch die Leute. »Gib das Scheißteil her!«, zischt er leise. Waldi denkt gar nicht dran. Diego wird schlecht bei dem Gedanken, dass …

Schon geht ein Raunen durch die Menge. Diego sieht nach vorne. Es ist bereits passiert. Waldi hat mit seinen Zähnen auf eins der Knöpfchen gedrückt. Der Sarg öffnet sich, und *Stern des Südens* erklingt. Viel zu laut, wie Diego erschrocken feststellt. Die Blicke sind jetzt alle festgenagelt an den Sarg, der sich da von Geisterhand geöffnet hat. Der Pfarrer ist vor Schreck auf die Knie gesunken und hat die Hände zum Stoßgebet gefaltet. Unbeeindruckt schmettert die Musik aus dem Sarg, und der Stützmechanismus unter Schossers Oberkörper klappt nun selbigen nach oben. Nicht ganz so smooth, wie Diego das geplant hat, eher ruckartig, wie ein Katapult: Der Oberkörper in dem roten Trikot schnellt hoch und plumpst zur Seite. Didis Brust, Kopf und linker Arm hängen jetzt ungut über den Sargrand. Die Menge durcheilt ein schockiertes »Oh!«. Damit aber nicht genug: Eine Bayernfahne zuckt aus dem Sarg hoch und wird von einem leistungsstarken Ventilator zum Knattern gebracht. Zwei Bengalos in Rot und Weiß tauchen den Raum in farbigen Nebel. Dass auch noch die Konfettikanone mit einem Knall explodiert und alles in bunten Glitter und Qualm hüllt – geschenkt.

Diego hat sich bereits nach draußen verdrückt und die Tür hinter sich geschlossen. In der Aussegnungshalle hinter ihm steppt der Bär. Verwirrt sieht er zur Tür gegenüber. Denn aus der anderen Aussegnungshalle kommt gerade Franz Beckenbauer, gefolgt von Rummenigge und Thomas Müller.

Alle drei schütteln heftig die Köpfe und lachen. Hinter ihnen eine Meute von Presseleuten.

»He, Diego, wo warst du denn?«, begrüßt Andi seinen Kollegen.

»Ja, wo warst *du* denn?«, fragt Diego zurück.

»Bei den Bayern. Du, stell dir vor, die vom Friedhof haben die Särge vertauscht! Solche Deppen! Ich hab mich schon gewundert, dass nix passiert. Wie der Miller dann den Friedhofjungs gesagt hat, dass ›offen‹ vereinbart war und sie die Kiste aufmachen, liegt da eine schrumpelige alte Lady drin und kein junger Fußballer!« Andi bricht in heiseres Gelächter aus.

Jetzt stürmen die Menschen aus Diegos Saal nach draußen, gefolgt von Qualm, Flitter und immer neuen Explosionen. Die Bayern-Granden nehmen all dies fasziniert zur Kenntnis und stimmen in den immer noch lautstark erklingenden *Stern des Südens* ein.

Stadionatmosphäre!

Andi kriegt sich gar nicht mehr ein vor Lachen.

»Das ist nicht komisch!«, schnauzt Diego. »Wir hauen ab!«

»Halt!«, stoppt sie Miller, der plötzlich vor ihnen steht. »Was ist hier los?«

»Meinen Sie mich?« Beckenbauer dreht sich um.

Die drei Bestatter starren ihn an wie den Herrgott persönlich.

Beckenbauer lächelt gnädig. »Jenseits ist erst, wenn der Schiedsrichter abpfeift.« Er hebt den Zeigefinger der rechten Hand, lächelt tiefenentspannt, zufrieden mit sich und dem schönen Bild, das er für diese aufregenden Schlussminuten gefunden hat.

Beckenbauer dreht eine halbe Pirouette und entschwindet im rot-weißen Nebel.

PFORZHEIM

Eine Gruppe Männer hat sich im Münchner Norden in einem aufgelassenen Steinbruch versammelt. Alle trugen schlecht sitzende Militarykleidung. Mal zu groß, mal spannen die Kampfanzüge im Bauchbereich oder Schritt bedenklich.

Zwei Krähen verfolgen die Aktionen der Männer in den lustigen Anzügen.

»Ich liebe die Ausflüge mit dir«, sagt die eine Krähe. »Mal Fußball, mal eher so naturell. Was machen die da?«

»Sieht aus wie eine Wanderschauspielgruppe. Vielleicht proben die ein Freiluftstück. Von den Kostümen her könnte das *Die Soldaten* sein. Vielleicht proben die das?«

»Die proben was?«

»Dieses Theaterstück von Lenz.«

»Wenz? Wie dieser Versand?«

»Welcher Versand?«

»Klamotten und so. Aus Pforzheim.«

»Das klingt voll ordinär – Pforzheim. Nein, das Theaterstück von dem Dings, dem Lenz halt. 18. Jahrhundert. Hatten wir in der neunten Klasse.«

»Deine Bildungshuberei geht mir echt auf den Zeiger. Jetzt machen wir einen Ausflug in die Natur, und du kommst mir mit Theater.«

»War ja nur ein Gedanke. Aber mit Kultur hast du es ja nicht so. Schade eigentlich.«

»Aber du, mein Herr von und zu. Und beim Fußball dann den Proll raushängen lassen und den Leuten auf die Jacke scheißen.«

»Der Depp hat es verdient. Aber du hast recht – Theater machen die hier nicht.«

»Vielleicht einen Actionfilm. *Rambo reloaded*. Fehlen aber noch die Waffen.«

Jetzt ruckelt ein schwarzer Fiat Ducato über die zerfurchte Piste. Der Diesel erstirbt in einer Staubwolke. Zwei kräftige Typen in Blaumännern entsteigen dem Transporter und öffnen die Heckklappe. Der Laderaum ist bis oben voll mit Waffenkisten und einer Flugabwehrrakete. Die passt in keine Kiste.

TAUSEND WORTE

»Was ist das für eine Scheißkarre?«, schimpft Igor über den Leichenwagen.

»Sorry«, sagt Andi. »Aber wir hatten gerade 'nen wichtigen Job, und du brauchst wieder alles gleich und sofort.«

»Mietwagen hätten die uns eh keinen mehr gegeben«, ergänzt Diego. »Nach der letzten Aktion. Die Selbstbeteiligung mussten wir auch noch blechen. Wann kriegen wir jetzt endlich unsere Kohle?«

»Kohle, wofür? Dass Mirko euch abgehauen ist? Bist du blöd?« Igor wendet sich an Andi. »Dein Kumpel reißt das Maul sehr weit auf!«

»Igor, wir brauchen echt die Kohle.«

»Macht ihr den Job heute gut, dann kriegt ihr Kohle. Da vorn rechts.«

Sie biegen in einen Feldweg ein, fahren durch ein Wäldchen.

»Halt, hier stopp!«, sagt Igor. Er nimmt ein Fernglas aus seiner Aktentasche und steigt aus. Studiert den Kleinlaster und die Meute unten im Steinbruch. »Sauber, alle da, nur Mirko nicht. Aber Pogo. Ihr zwei geht runter. Ich will wissen, was der Zwerg sagt zu den Jungs.«

Andi und Diego schleichen sich zur Abrisskante der Grube und hangeln sich am Gestrüpp nach unten, um in Hörweite der Gruppe zu kommen.

Pogo staunt über sich selbst. Er ist ganz in seinem Element. Mirko ist verhindert und hat ihn tatsächlich mit einer Generalvollmacht ausgestattet. Jetzt ist er derjenige, der sagt, wo's langgeht. Der Termin wurde sehr kurzfristig angesetzt. Ein bisschen knapp, aber es hat noch geklappt. Schon heute Abend werden die Teilnehmer abreisen. Vorher können sie sich noch von der Qualität der Ware überzeugen, die sie dann in großen Stückzahlen bei Mirko bestellen sollen. Seine Jungs haben inzwischen die Maschinengewehre in Stellung gebracht und richten gerade die Flak aus.

Andi und Diego kauern hinter einem Busch und beobachten gebannt die illustre Herrenmannschaft. Und das sollen laut Igor ranghohe Regierungsmitglieder aus Südosteuropa sein? Es sieht eher nach einer Faschingsgesellschaft aus. Dazu passt auch die ausgelassene Stimmung.

Die Herren sind bester Laune. Konferenz hin oder her – ein ordentlicher Shoot-out sagt mehr als tausend Worte. Pogo gibt das Signal, und die Gewehre donnern los, Geschosshülsen fliegen durch die Luft, genauso aufgeschreckten Enten und Krähen, Steine spritzen, alles ist voller Pulverdampf.

Dann gibt es einen gewaltigen Rumms, und das Flakgeschoss eliminiert den oberen Rand des Steinbruchs auf zehn Metern Breite. Großer Jubel unter den Anwesenden. Und weil es so schön ist, schlagen die nächsten zwei Einschüsse knapp daneben ein, sodass jetzt ein großes Stück des Hangs in Bewegung kommt. Mit ihm der Wagen, der oben am Feldweg parkt. Mit offenen Mündern sehen die Anwesenden, wie mit den Geröllmassen ein Leichenwagen nach unten stürzt.

»Verdammt!«, zischt Andi. »Igor sitzt im Auto!«

Diego schüttelt den Kopf, deutet nach oben zur Hangkante. Dort steht Igor. Breitbeinig. Mit einer Kalaschnikow. *Tarrangtarragtatatatrrang!!!* Das Feuer wird erwidert. Volles Rohr! Als Igors Kugeln auch im Gebüsch von Andi und Diego einschlagen, rennen die beiden los und ziehen den nächsten Kugelhagel auf sich. Bei der Camouflagefraktion gibt es erste Opfer, man wimmert und schreit. Die nächste Granate aus der Flak donnert mitten in den Hang. Und noch mal. Und ein drittes Mal.

Feuerpause.

Alle starren auf den Hang, der aufächzt und jetzt auf kompletter Breite nachgibt. Igor verschwindet in den Fels- und Erdmassen, eine Lawine aus Stein und Dreck donnert herab, die Schützen rennen wie die Hasen, Andi und Diego auch. Die Erdmassen erreichen den Damm des angrenzenden Baggersees und reißen ihn ein wie ein Blatt Papier. Der Wasserdruck fegt den lädierten Damm hinweg, die Flutwelle erfasst die flüchtende Militarygang.

Es dauert keine Minute, und der Steinbruch ist komplett geflutet. Von den Menschen und dem Transporter ist nichts mehr zu sehen. Die Krähen sitzen auf einem zerzausten Busch.

»Wow! Dagegen ist Rambo ein Dreck.«

»Guck mal, die beiden da sind übrig. Die schauen auch nicht so gefährlich aus. Ganz nett eigentlich. Besonders der Dicke.«

306

Andi und Diego klammern sich an das Gestrüpp auf einem kümmerlichen Erdhäufchen. Um sie herum nur braunes Wasser.

»Fliegen müsste man können«, meint Andi und deutet mit dem Kopf zu den zwei Krähen.

FRAGWÜRDIG

Mader sitzt auf dem Balkon. Bajazzo liegt zu seinen Füßen und döst, schmeckt dem Brühwürfel nach, den er gerade mit seinem Herrchen geteilt hat. Mader blickt in den Nachmittagshimmel über Neuperlach. Eine Wolke sieht aus wie ein Dackel, der gerade zum Sprung ansetzt. Das Fenster zum Wohnzimmer steht offen. Ein bisschen mehr als zimmerlaut singt dort Serge Gainsbourg. *Histoire de Melody Nelson.* Textlich ziemlich fragwürdig, aber sonst schon toll – der Sound, die Stimmung. Mader geht es damit ähnlich wie mit *Isabelle*, dem Roman mit dem Stalker, der das Mädchen aus gutem Hause verführt. Sind das jetzt schon Altmännerfantasien bei ihm? Quatsch. Er ist gespannt, wie die Geschichte von Isabelle ausgeht. Leider hat er in letzter Zeit so wenig Muße zum Lesen gehabt. Jetzt fällt ihm ein, wann er das letzte Mal in dem Roman gelesen hat. Im Park des Altenheims in Regensburg. Er denkt an die kalten blauen Augen von Peters Vater. An das für immer verschlossene Wissen in seinem Kopf, einer luftdichten Zeitkapsel. An deren harter Hülle jegliche Verantwortung abprallt.

Das alles ist jetzt eine Woche her. Es kommt ihm vor wie Jahre. Mader trinkt einen Schluck Bier und sieht wieder in den Himmel. Die Mordfälle haben sie nicht geklärt. Keine echten Anhaltspunkte, keine verlässlichen Aussagen. Stöger und Schimmel belasten sich gegenseitig wegen der Geschichte mit dem Wohnheim. Berti hingegen singt wie eine Lerche im Morgengrauen. Aber er ist nicht gerade das, was man einen glaubwürdigen Zeugen nennen kann. Und das mit den Waffengeschäften bleibt völlig nebulös. Dazu kommt noch, dass einige Konferenzteilnehmer abgereist, aber nicht in ihrer Heimat angekommen sind. Das sorgt sogar für diplomatische Spannungen. Aber nicht ihre Baustelle. Von Schimmels großer Sicherheitskonferenz ist nicht viel übrig geblieben. Gar nichts, ein Vakuum, das offenbar gleich noch ein paar Teilnehmer eingesaugt hat.

Zufrieden ist er mit den Ermittlungsergebnissen nicht. Bei einem Kriminalroman wäre das ein unbefriedigender Schluss. Da gewinnen immer die Guten. Also meistens. Aber das echte Leben tickt eben anders. Er denkt jetzt an die Geschichte mit seinem Vater und beschließt, einen Haken drunterzumachen. Und nicht nach Regensburg zu gehen. Sein Platz ist hier. Vielleicht nicht zwingend in dieser gesichtslosen Wohnung, in diesem uniformen Viertel, aber in dieser Stadt. Und nicht zwingend allein. Ob er jemals wieder mit einer Frau zusammenleben wird? Er denkt an seine Ex-Frau Leonore. Wie es ihr wohl geht? Er hat sie lang nicht mehr gesprochen. Soll er sie einfach mal anrufen? Nein, sie würde bestimmt gleich merken, dass er sich nur meldet, weil es ihm nicht gut geht. Das ist zu billig.

Er nimmt sich vor, sich jetzt wieder mehr auf seine Arbeit zu konzentrieren. Die ist ihm in letzter Zeit ziemlich entglitten. Zum Glück kann er sich auf seine Leute zu hundert Prozent verlassen. Zu hundertfünfzig Prozent. Ein echtes Team. Er wird morgen wieder mit Zankl und Hummel zu Dosi ins Krankenhaus fahren. Eine Woche muss sie noch dortbleiben. Gut, dass es nur zwei Beinbrüche sind. Ohne Dosi ist es im Büro einen guten Tick ruhiger als sonst. Oder langweiliger. Hoffentlich ist sie bald wieder fit. Mader denkt auch an Günther. Dessen Verhalten hat ihn tief beeindruckt. Günther hat sich für ihn weit aus dem Fenster gelehnt. Und Günther ist tatsächlich tief enttäuscht von seinem Freund Schimmel. Das kann er gut verstehen. Geht ihm ganz ähnlich mit Peter und Monika. Jetzt hört er das Telefon klingeln.

Während er im Wohnzimmer das Gespräch annimmt, dreht er mit der Fernbedienung Serge den Saft ab. »Karl-Maria Mader?«

»Christian Nerlinger.«

Mader schluckt. »Was wollen Sie?«

»Ihnen eine Geschichte erzählen.«

»Über meinen Vater?«

»Ja, auch über Andreas, Ihren Vater. Sie wollen wissen, was damals wirklich passiert ist?«

Mader ist sich jetzt nicht mehr so sicher, ob er das wirklich will. Vielleicht gibt es Sachen über seinen Vater, die er nicht erfahren will. Aber ja, verdammt noch mal, natürlich will er wissen, was damals passiert ist! »Ja, bitte, erzählen Sie.«

»Ich bin alt, ich muss mich sehr konzentrieren, Sie unterbrechen mich nicht?«

»Nein. Ich werde einfach zuhören.«

»Wir waren Freunde damals: Rainer Schmieding, Paul Mittermeier, Ihr Vater und ich. Wir haben viel zusammen unternommen, viel gelacht, Pläne geschmiedet. Wir dachten, dass wir die Guten sind und für eine gerechte Sache kämpfen. Aber mit den Jahren wussten wir, dass es sich nicht wirklich lohnt: die langen Schichten, die vielen Überstunden. Alles für so wenig Geld. Wir machten uns einen Spaß daraus, das perfekte Verbrechen zu planen. Auch Andreas. Wir wussten ja, wie es ging, welche Fehler die Bankräuber gemacht hatten, bevor wir sie schnappten. Wir waren wirklich gut im Pläneschmieden. Und insgeheim hatten wir das Ziel, es irgendwann tatsächlich selbst zu probieren. Nur Andreas nicht. Er blieb immer reserviert, sobald wir konkreter wurden, und dann beließen wir es auch dabei. Wir planten ohne ihn weiter. Irgendwann hatten wir den perfekten Plan. Es ging nur noch um den richtigen Zeitpunkt. Wir wollten zuschlagen, wenn möglichst viele Polizeikräfte in Bayern gebunden waren.«

»Bei den Olympischen Spielen«, sagt Mader.

»Unterbrechen Sie mich nicht! Ja, die Olympischen Spiele in München. Und dann ergab sich plötzlich eine Gelegenheit, von der wir nicht zu träumen gewagt hätten.«

Mader schluckt. *Die Geiselnahme im Olympiadorf.* Er sagt nichts.

»Die Israelis, die Palästinenser, die Geiselnahme, alles konzentrierte sich auf München. Als gäbe es nichts anderes von Bedeutung mehr auf der Welt. Es war, als ob die Uhren langsamer liefen. Alle starrten in die Fernsehgeräte, warteten darauf, was als Nächstes in München passierte. Die Polizeieinheiten wurden dort massiert. Es war der perfekte Zeitpunkt, um unseren Plan umzusetzen. Unser Ziel war die Sparkasse am Neupfarrplatz, kurz vor der Mittagspause. Die großen Läden brachten ihre Einnahmen immer mittags und abends auf die Bank. Am Tag der Geiselnahme meldeten wir uns spontan krank. Rainer, Paul und ich. Andreas wusste nichts davon, er hatte Dienst an diesem Tag. Wir waren kurz vor 12 in der Bank und hatten die Videoanlage ausgeschaltet. Wir kannten das Gebäude, weil ein Jahr zuvor genau diese Filiale ausgeraubt worden war. Es sollte wie eine Nachahmungstat aussehen. Kein Mensch würde Polizisten hinter den Strumpf-masken vermuten. Sagten wir uns. Alles verlief sehr ruhig und professionell. Wenn nicht dieser neue Filialleiter gewe-sen wäre. Der wollte unbedingt den Helden spielen. Er schaffte es, den Alarm auszulösen. Ich war mit Rainer im Tresorraum, und wir holten die Geldsäcke, als Paul oben die Nerven verlor und Warnschüsse in die Decke abgab. Kurz darauf war draußen alles voller Polizei. Uns blieb nichts an-deres übrig, als Geiseln zu nehmen.«

Oder aufzugeben, du selbstgerechtes Arschloch!, denkt Mader, sagt es aber nicht.

»Wir hatten auch den Notfall durchgespielt, inklusive Geiselnahme. Und es sah ganz so aus, als würde es klappen. Die Polizei ging auf unsere Forderungen ein und stellte uns ein Fluchtauto. Doch dann kam plötzlich Andreas und bot sich für einen Geiselaustausch an. Wir waren völlig verblüfft. Warum ausgerechnet er? Hatte Andreas durchschaut, dass wir es waren? Wollte er doch noch dabei sein und seinen Anteil? Wir stritten, ob wir den Austausch machen sollten. Aber es war für uns auch eine gute Möglichkeit, keine der Bankangestellten zu gefährden.«

Mader würde am liebsten auflegen. Dieses Gesülze, diese mechanischen Gedanken, die kalte Berechnung lösen Übel-keit bei ihm aus. Doch er bleibt am Telefon.

»Wir verließen mit Andreas die Bank. Tatsächlich folgte uns niemand. Kein Auto, kein Hubschrauber. Wir erreichten unbehelligt unser Versteck, einen verlassenen Bauernhof in der Hochwasserzone der Donau bei Kelheim. Ich werde nie das Gesicht von Andreas vergessen, als wir die Masken ab-nahmen. Er hatte nicht den Funken einer Ahnung gehabt, dass wir es waren. Er war völlig überrascht. Und wütend. Er regte sich furchtbar auf, machte uns Vorhaltungen. Wir waren uns nicht sicher, ob er nicht die erstbeste Gelegenheit nutzen würde, uns hinzuhängen, wenn wir ihn laufen ließen. Aber dann gab es noch eine Pointe in dieser Geschichte, denn Andreas erklärte uns, warum er sich gegen die Geiseln hatte austauschen lassen.«

Lange Pause. Mader hält es kaum aus.

»Andreas hatte eine Affäre mit einer der Bankangestellten«, sagt Nerlinger schließlich. »Eine hübsche junge Frau. Er wollte sie schützen.«

Mader tritt Schweiß auf die Stirn.

»Kein treuer Ehemann, aber ein ganzer Mann. Keine Frage. Wir berieten, was zu tun war. Paul traute ihm nicht. Ich redete lange mit den anderen. Wir einigten uns: Wir würden ihn freilassen. Und er würde uns nicht verraten. Und wir ihn nicht.«

Mader ist ganz ruhig, hört Nerlingers erregten Atem.

»Doch dann kam alles anders. Wir gingen abends am Donaukanal spazieren, Andreas und ich. Wir besprachen uns, da rutschte er plötzlich auf dem Damm aus und schlug mit dem Hinterkopf auf die Betoneinfassung. Ein hässliches Geräusch. Ehe ich nach ihm greifen konnte, glitt er auf dem feuchten Beton in die Donau und wurde davongetragen. Es ging so schnell. Der Wasserstand war hoch, die Strömung stark. Ich konnte nichts tun.«

Mader ist schwindlig.

»Wir bekamen Panik. Das würde uns keiner glauben, wenn man uns doch noch erwischte. Und dann hatte Rainer die verrückt Idee mit dem Lösegeld. Es war doch schon egal. Die Idee war so irre, dass wir ganz außer uns waren. Und es klappte reibungslos. Wir waren als Polizisten an der Geldübergabe aus dem Zug beteiligt, sackten das Geld einfach ein und versenkten das Fluchtauto in der Donau.« Nerlinger atmet tief durch. »So, jetzt wissen Sie, was damals geschehen ist. Mit Andreas, das war ein Unfall.«

»Ein Unfall?«

»Ja, ein Unfall.«

»Macht das einen Unterschied?«

»Für mich schon.«

Mader legt einfach auf. Er hat genug von diesem senilen Kotzbrocken, der um Verständnis buhlt auf seine letzten Tage. Sein Gewissen erleichtern will. Oder will er gar Vergebung? Von ihm? Mader wünscht ihm die Pest an den Hals. *Unfall!* Dann sackt er auf dem Sofa zusammen und weint. Die ganze Anspannung der letzten Wochen, alles bricht aus ihm heraus. Er liegt eine Stunde wie ohnmächtig auf dem Sofa. Er wacht auf, als Bajazzo ihm die Hand leckt. Er tätschelt Bajazzos Kopf und steht auf. Fühlt sich besser, erleichtert. Das Bild von seinem Vater, dem Held, ist aus seinem Kopf verschwunden. Nein, natürlich nicht, aber sein Vater ist auf Lebensgröße geschrumpft.

Mader macht sich an die Arbeit. Es ist gar nicht schwer. Er hat sich von den wichtigsten Ermittlungsakten Kopien gemacht. Der Ordner liegt auf seinem Schreibtisch. Er schlägt ihn auf. In der Bank arbeiteten drei Frauen. Eine war Auszubildende, eine war mit einem der Kollegen in der Kreditabteilung verheiratet, und dann gab es noch Anna-Katharina Schirnharl, achtundzwanzig Jahre, dunkelhaarig und … sehr attraktiv. Mader betrachtet sie auf einem Foto, das kurz nach dem Überfall in der *Mittelbayerischen Zeitung* erschienen war. Auf dem Bild ist ihr Blick voll tiefer Trauer. Jetzt versteht er instinktiv. Er überlegt kurz, dann fährt er den Computer hoch und googelt den Namen. Er landet auf der Homepage einer Professorin für deutsche Literatur an der Universität Regensburg. Helene Schirnharl hat eine ziemlich aufwendige Website, wo sich neben wissenschaftlichen Veröffentlichungen auch Privates fand, so ein Familienstammbaum. Dort gibt es eine Anna-Katharina, ihre Mutter. Verstorben 2009. Mader sucht das Geburtsdatum von Helene Schirnharl. 12. April 1973. Es gibt auch einen Mann zu Anna-Katharina. Karl Schirnharl, verstorben 2002. Aber was heißt das schon? Wann immer die geheiratet haben.

Mader macht den Computer aus und tritt auf den Balkon hinaus, sieht in den Nachmittagshimmel. Der ist immer noch blau, jetzt sogar ohne Wolken. Die Wut über Nerlinger ist verpufft. Verjagt von einem ganz neuen Gedanken: Ist er am Ende gar kein Einzelkind, hat er eine Halbschwester? Jemanden, mit dem ihn wirklich etwas verbindet? Die ganze Geschichte aus der Vergangenheit endet nicht einfach in einem schwarzen Nichts, plötzlich geht da eine Tür auf, eine Tür in die Zukunft. Vielleicht ist das so. Er lacht. Ohne Nerlinger hätte er das nie erfahren. Er kann und will ihm nicht vergeben, aber er wird ihn auch nicht zur Rechenschaft ziehen. Nicht mehr. Soll er später in der Hölle schmoren und dort auf seinen Sohn warten. Mader schüttelt den Kopf. Das Leben hält doch noch Überraschungen für ihn bereit.

WOW!

Frühstück bei Zankls. Jasmin sitzt mit ihrem dicken Bauch wie ein Buddha auf einem Wohnzimmersessel, den sie in die Küche geräumt haben. Sie ist mit einer riesigen Schale Müsli beschäftigt. Nebenbei liest sie Zeitung. Zankl bemüht sich, Clarissa mit Hirse-Birnen-Mus zu füttern. Selbiges findet seinen Weg weniger in Clarissas Mund, sondern vor allem auf Tisch, Küchenboden und Zankls Hemd. Actionpainting. Zankl erträgt es mit stoischer Ruhe. Zumindest sieht es so aus. »Ja, mein Schatzimausi, das schmeckt prima.«

»Frank?«, meldet sich Jasmin. »Hast du die Zeitung gelesen?«

»Nein, wann denn?«

»Sei nicht immer gleich so gereizt.«

»Ich bin nicht gereizt.«

»Unser Kindergarten kriegt endlich den Garten.«

»Echt, wie das denn?«

»Steht im Lokalteil. Stell dir vor, die haben eine anonyme Spende bekommen. Bar, im Briefkasten, zwanzigtausend Euro!«

»Zwanzigtausend Euro? Wow!«

»Ja, wow! Das ist super! Wahnsinn, es gibt Leute, die haben echt ein Herz. Und sind großzügig. Da kannst du dir echt was abschneiden.«

»Danke. Wir haben auch gespendet, damit der Hinterhof entsiegelt wird.«

»Ja, fünfhundert Euro. Die tun uns doch nicht weh. Aber zwanzigtausend, überleg dir das mal!«

»Ja, zwanzigtausend tun richtig weh.« Zankl denkt an Fränki, der sich von dem Geld ein neues Bike kaufen wollte. Aber was soll's. Man muss in die Zukunft investieren. Lieber Himmel als Hölle.

OHNE ENDE

Und Hummel, was denkt der sich so? Ist es jetzt gut gelaufen für ihn in letzter Zeit? Beruflich durchaus. Aber privat?

Liebes Tagebuch,
ach, was soll ich sagen? Das Leben ist wunderbar! Jetzt
dachte ich, der Sommer ist für dieses Jahr gelaufen, und
dann scheint doch noch mal die Sonne für mich. Was
für ein Supertag! Heute war ich mit Paul beim Fußball
und anschließend beim Baden. Das Pokalspiel wurde
endlich nachgeholt, und ich hatte am Freitag einen
guten Grund, bei Karla anzurufen. Paul ist ans Telefon
gegangen. Ich hab ihn gefragt, ob das okay ist, wenn wir
ins Stadion gehen, auch für seine Mama, und er meinte
nur: »Das entscheide ich ja wohl noch selbst. Wir sind
doch befreundet!« Hat er gesagt. Respekt. Ja, logisch
sind wir befreundet.
Also waren wir beim Fußball. Aichach war gar nicht
schlecht und hat sich das 3:4 gegen 1860 tapfer erkämpft.
Hat halt nicht ganz gereicht. Aber Riesenstimmung. Und
auch schön für die Sechzger, denen gelingt ja sonst so wenig.
Hinterher sind wir noch zum Baden gegangen, denn das
Spiel war schon um 15 Uhr aus. Paul kennt einen neuen
Badesee bei Dachau und wollte da unbedingt hin. Biss-
chen lange Anfahrt, aber hat sich echt gelohnt. Das war
echt abgefahren da draußen. Nach einem Erdrutsch ist da
kürzlich in einem Steinbruch ein großer See entstanden,
und der ist jetzt der Hit bei den Kids. Da ist voll die Hölle

*los! Kein Wunder, die Szenerie schaut aus wie das Death
Valley oder der Grand Canyon. Nur kleiner natürlich.
Aber man kann von den Felsen runterspringen. So ein
bisschen Schatz im Silbersee. Das kannte Paul natürlich
nicht. Die Jugend von heute! Keine Ahnung von Winnetou.
Ja, der Wilde Westen fängt gleich hinter Dachau an.
Obwohl das ja eher der Norden ist. Da gehen wir bestimmt noch mal hin, wenn das Wetter noch ein bisschen
hält. Dann nehm ich allerdings eine Brotzeit mit. Ich
dachte, da gibt's schon irgendwas zu kaufen. Von wegen.
Sogar die Krähen haben uns ganz verhungert angeschaut.
Ein Kiosk wäre dort jedenfalls eine echte Goldgrube.
Vielleicht sollte ich umsatteln? Obwohl – was mach ich
dann im Winter? Na ja – schreiben!
Jedenfalls war das wirklich ein Supersonntag. Als Paul und
ich uns dann beim Mariahilfplatz getrennt haben, war das
richtig dramatisch. Die Sonne ging gerade unter, auf dem
Kirchplatz tanzte der Staub im orangen Licht, weil da drei
Jungs mit ihren BMX-Rädern ihre Kreise drehten und
Vollbremsungen machten. Und dann läuteten auch noch
die Glocken. Es war schon 8 Uhr. Wir hatten noch ein
richtig gutes Gespräch. So Cowboy-Dialog.
»Bestimmt ist deine Mama sauer, wenn du so spät kommst.«
»Nein, ich hab angerufen, und sie hat gesagt: kein Problem,
wenn's mit dir ist.«
»Echt? Das hat sie gesagt?«
»Ja, und dass man sich ja auf dich verlassen kann.«
»Das hat sie gesagt, echt?«
»Logo, Mann.«
Paul gab mir ein High five und sagte: »Klaus, altes Haus,
ich bin raus, ciao, bis bald, sonst wird der Schweinebra-
ten kalt!«*

Ha, der Paul, so lustig. Und was Karla gesagt hat! Ja, auf mich kann man sich verlassen! Was bin ich heimgeschwebt! Nein, stimmt ja gar nicht. Ich hab am Regerplatz beigedreht und bin noch in den Nockherberg-Biergarten rüber. Dachte, ich guck mir den restlichen Sonnenuntergang bei einer Mass Bier und einer Breze an. Und stell dir vor, Tagebuch, wie ich reingehe, laufe ich direkt Beate in die Arme! Ausgerechnet! Ich hätte tot umfallen mögen. Sie war mit einer Freundin unterwegs und wollte gerade heimgehen. Aber dann fragte sie mich: »Trinken wir noch was?«

Was hätte ich darauf schon antworten sollen? Hätte ich mir die gekränkte Seele raushängen lassen sollen, ihr kundtun, wie viele Schmerzen sie mir zugefügt hat? Nein, nicht nach einem so wunderbaren Tag. Ich hab sie angestrahlt und zu Bier und Brezn eingeladen. Sie hat zwei halbe Hendl gekauft, und dann haben wir uns den Sonnenuntergang gemeinsam angesehen.

Wir haben kaum geredet, aber was hätten wir schon groß sagen sollen? Über unseren Sommer ohne einander. Hach, das klingt jetzt wie ein Romantitel. Melancholisch mit der zarten Hoffnung auf ein Happy End. Es war sehr nett und unkompliziert. Vielleicht war sie so entspannt, weil das nicht ihre erste Mass Bier war? Jedenfalls hat sie wunderschön ausgesehen im Abendlicht. Ihre blonden Haare glühten wie ein Heiligenschein. Als wir uns dann an der Tram verabschiedet haben, hat sie doch noch was Ernstes gesagt, was Wichtiges: »Ich hab jetzt erst gemerkt, wie sehr ich dich vermisst hab, Klaus.«

Ich war sprachlos, wollte unbedingt auch was sagen, aber da schlossen sich schon die Türen. Sie winkte mir durch die spiegelnde Scheibe. Ach, Beate!

Oh, mein Tagebuch! Das Leben ist so schön! Jeden Tag, jeden Moment kann etwas ganz Neues passieren. Gerade wenn man nicht damit rechnet. Ich bin so gespannt, wie das jetzt weitergeht. Was für ein wunderbarer Abend! Danach bin ich tatsächlich heimgeschwebt all die Verwirrungen der letzten Wochen waren plötzlich so fern, ich fühlte mich ganz leicht. Das tu ich immer noch, hier in der Küche. Die laue Abendluft strömt durchs offene Fenster, die Tauben gurren im Hof. Ich mach mir jetzt noch eine gute Platte an. Ich weiß auch schon welche: die Isley Brothers mit This Old Heart of Mine. Das ist immer super. Und passt heute besonders gut. Was für ein schöner Tag, ein Gedicht!

> *Stehst du wieder vor der Tür*
> *Gehört mein altes Herz nur dir*
> *Deine Augen sprechen Bände*
> *Love forever – ohne Ende*
> *Alles glitzert, knistert wie beim ersten Kuss*
> *Love forever – Story ohne Schluss*
> *Du kannst es drehen, schrauben, wenden*
> *Dieser Sommer wird nicht enden*
> *Niemals ist mein Herz zu klein*
> *Da passen tausend Tage Sonne rein*
> *Stehst du wieder vor der Tür*
> *Gehört mein altes Herz nur dir*